曾维惠——著

中师儿女

重庆出版集团 重庆出版社

图书在版编目(CIP)数据

中师儿女/曾维惠著.—重庆：重庆出版社，2022.11
ISBN 978-7-229-17194-0

Ⅰ.①中… Ⅱ.①曾… Ⅲ.①长篇小说—中国—当代 Ⅳ.①I247.5

中国版本图书馆CIP数据核字(2022)第197154号

中师儿女
ZHONGSHI ERNÜ
曾维惠 著

责任编辑：李云伟
责任校对：杨　婧
书名题字：范　功
装帧设计：百虫广告

重庆出版集团　出版
重庆出版社

重庆市南岸区南滨路162号1幢　邮编：400061　http://www.cqph.com
重庆升光电力印务有限公司印刷
重庆出版集团图书发行有限公司发行
E-MAIL:fxchu@cqph.com　邮购电话：023-61520417
全国新华书店经销

开本：787mm×1092mm　1/32　印张：12.25　字数：300千
2023年4月第1版　2023年4月第1次印刷
ISBN 978-7-229-17194-0
定价：42.00元

如有印装质量问题，请向本集团图书发行有限公司调换：023-61520417

版权所有　侵权必究

目录

1	1. 挂在半山腰的小学
21	2. 教师会
36	3. 开学报到
56	4. 开学第一天
70	5. 孩子们的午饭
88	6. 教室里的背篓
101	7. 第一个教师节
114	8. 塑料雨衣
131	9. 秋之美，冬之暖
149	10. 农忙假
166	11. 稿费、毛衣、稿笺纸
182	12. 选择
199	13. 老杜来了
224	14. 放寒假了
231	15. 老杜的志愿
246	16. 梦想与婚礼
259	17. 老杜在楼板上练字
277	18. 红苕粉
292	19. 伤离别
307	20. 心语信箱
319	21. 贞卿来了
328	22. 调动
347	23. 两个小懂事
366	24. 爱的传递
381	尾声　荣光

1. 挂在半山腰的小学

1993年8月28日。18岁的江月,从江津师范校毕业后,休息了一个暑假,要去她工作的学校报到了。

天刚蒙蒙亮。江月一家早早地起了床。江月爸爸把箱子和捆好的棉絮提到屋门口,江月妈妈正在清点胶水桶里面的生活用品,江月把昨晚洗了晾上的衣裤收起来,叠好,放进箱子里。

"小月,往后,你是吃公家饭的人了,要好好工作啊……工资不够用,跟我们讲……"江月妈妈说这话的时候,掉着眼泪。

"妈,你们已经把我管到这么大了,我都18岁了,有工作了,应该是我来负责你们的吃穿了。"江月笑着说。

"小月,你别管我们,你刚工作,工资也不多,先过好你个人的生活。"江月爸爸说。

"小月,看看还缺什么,一会儿从街上路过的时候,还可以去买。"江月妈妈说。

"妈,在师范校的时候用的就是这些东西,不会缺什么了。"江月说。

"锅碗瓢盆的,我看还是带去吧,反正我送你去,能拿得下。"江月妈妈说。

"坐这么远的车，还带锅碗瓢盆的，你不怕它们一路叮当响啊？就不怕铁锅把人家的衣裳给搞脏划破了呀？"江月笑着说，"到了那里，肯定能够买得到，除非那里的老师们都是神仙，都不做饭吃。"

"行了行了，赶紧到车站等车去吧，班车少，万一没赶上，会耽搁报到。"江月爸爸说。

"走吧小月，我送你到学校去。"江月妈妈说。

"妈妈，您跟爸爸把我送到车站就可以了，您不用送我去，您晕车，会很难受的。我这么大一个人，这点东西，能搬得走。"江月说。

"不行！"江月妈妈的态度很坚决，她说，"我得去看看你申请去的那个地方到底是个什么样的地方。别人都不愿意去，你偏要去……那里肯定比我们这里的农村还偏僻，指不定喝口水都得走很远的路去挑……"

"那地方离四面山近，可能跟四面山差不多，山高，路不好走，水倒是好。"江月爸爸说。

"水好，光喝水能活命？我一个长得乖又听话成绩很好的姑娘，到那么个地方工作，我不放心啊……"江月妈妈说到这些，眼泪又下来了。为了江月这工作，江月妈妈不知道担了多少心，流了多少泪。

在车站等了将近一个小时，到柏林的班车才来。江月爸爸把江月母女俩送上了车，只说了句："小月，好好工作。"便扭头快步离开了。

江月爸爸走得这样快，并非有要紧事，他是不想让江月看到自

2

己的表情，看到自己的眼泪。养了这么大的姑娘，这么听话的姑娘，要一个人去到那么远的都没有人愿意去的地方当老师，当父亲的，能舍得下吗？

等班车开走了，江月爸爸才回过头来，望着远去的班车，泪流满面。

江月爸爸知道，柏林山区，就在四面山隔壁，当年，他步行到四面山下过苦力扛过木头，他知道那里的山有多高，路有多崎岖，条件有多艰苦。而今，自己捧在手心里长大的姑娘，要到那么艰苦的地方去工作，他不能不担心，不能不心疼，不能不流泪。

父亲的泪，极少是为自己而流。每一位在儿女心目中最为坚强的父亲，都曾为自己的亲人流过泪，只不过他们多数是选择在无人之处悄悄抹泪。

江月坐车到柏林，只是到柏林区教办去报到，她任教的学校，并不在柏林街上。在暑假里，江月接到柏林区教办的通知，她被分配到了柏林区沙河小学，请她于8月28日上午到区教办报到。柏林有多远？柏林是什么样子？沙河小学离柏林街上还有多远？这些，她都不知道。令江月高兴的是，暑假里，她和李心雨通信，李心雨说她也被分配到了沙河小学。有最好的朋友做伴，江月对未知的生活便不那么害怕了。在暑假里，江月原本打算约李心雨去沙河小学看看，一问才知道，从县城到沙河小学有将近一百公里，路况不好，要坐三个多小时的车，每天只有一趟班车，除了远，她还舍不得车费钱，便打消了去看看沙河小学的念头。

班车上的人很多，江月和妈妈都没有座位，她们在拥挤的过道上勉强放下了棉絮、箱子和水桶，江月坐在棉絮上，江月妈妈坐在

3

箱子上，扶着旁边的座位，一路颠簸着前行。在驶过一个多小时较为平坦的公路后，便进入了弯弯曲曲的山间公路。山路弯弯，江月妈妈晕车很厉害，所幸的是她知道自己晕车，便没有吃早饭，也不至于呕吐。江月轻轻地为妈妈拍背，让妈妈好受些。

班车越往山里行驶，公路的弯道便越来越大，坡度越来越陡，两旁的山越来越高，树林越来越密。

"好远都不见一户人家。"江月妈妈忧心忡忡地说。

"妈，放心吧，学校那里肯定不是这样。"江月小声地安慰着妈妈。

在递交志愿到山区工作的申请书的时候，江月就已经想到了，未来工作的地方，条件肯定很艰苦。当时的想法就是：再艰苦，也总得有人去呀，大家都不去，那里的孩子们怎么办？孩子们没有老师教，没有书读，没有文化，不就一代又一代地穷下去吗？自己上了三年师范，师范校的老师告诉我们：教书育人是教师的天职。到祖国最需要的地方去，到最需要老师的地方去，不是更能体现自己的人生价值吗？

看着公路两旁越来越高的大山，越来越茂密的树林，江月的心中，充满了对未知的学校和生活的憧憬。这美好的憧憬，掩盖了山间公路的崎岖，掩盖了弯道太急带来的不适感。所以说，人是需要理想与憧憬的。有了理想有了憧憬，心境会随之改变，对待眼前人眼前事的态度，也会随之改变。

经过三个多小时的颠簸，公共汽车终于到了柏林站。江月妈妈因为晕车，下车后就蹲在地上，休息了好一会儿才缓过来。因为通知的是今天报到，柏林区教办有工作人员在站上等着接前来报到的新老师。工作人员帮江月和妈妈把行李拿到了办公室。

"辛苦了,辛苦了!江月妈妈,来,你们先洗把脸,再喝杯水。"教办的领导李文教打来一盆水,盆里放着两块新毛巾。一旁的办公桌上还有两杯水。

领导考虑得真是周到啊!江月和妈妈坐了三个多小时的车,天热,为了透气,为了凉爽,车窗一直开着,灰尘直扑车里,特别是前面有车的时候,后面这辆车就只有吃灰尘的份儿了。这会儿,江月和妈妈满脸满身都是灰尘。

江月和妈妈洗了脸,喝了水,感觉舒服了很多。

"山区条件艰苦,许多中师生都不愿意分配到山里来。"李文教说,"江月老师是个好同志啊,志愿申请到我们山区来工作。以后,遇到什么困难就跟我们提出来,我们尽量提供帮助。非常感谢江月妈妈对女儿的支持!没有你们的支持,江月老师肯定不能到我们这里来工作。"

"儿大不由娘。姑娘一心要来,我们也拦不住啊。"江月妈妈说,"这往后啊,还靠领导们多帮助我们家姑娘。姑娘年纪小,不懂事的地方,领导要像教育自己的娃娃一样教育她。"

对妈妈说的这番话,江月心里充满了感激。江月知道,妈妈对自己申请到这里来工作,心里一直不大痛快。但是,在领导面前,妈妈却没有说要让自己马上调回去的话,江月感到很欣慰。

"哪里哪里,您太客气了!师范校培养的中师生,都是知书达礼的,我们非常放心。"李文教说,"我们山区真是缺教师啊,各个学校都还有许多民办教师、代课教师,今年,有这么几个志愿申请来的中师生,我们感到很高兴,我替山区人民感谢你们!感谢师范校培养出这么有奉献精神的中师生!"

正说着话,李心雨到了。李心雨和领导们打过招呼后,便跟江月亲热地聊了起来。

正说着话,又来了好几个前来报到的新老师,在师范校时都是同一个年级的,虽然平时接触不多,但总归是照过面,还是有些印象。

吃过午饭,便是下午的新教师会。李文教在会上再一次宣布了大家的去向,江月这才知道,除了她和李心雨,还有两位校友分配到了沙河小学:代杰和龚安萍。20岁的代杰,中等个子,长得敦实,面相实诚,给人一副值得信任的模样。19岁的龚安萍,短发,身材偏瘦,是个极为文静的女孩。

会后,这四位分配到沙河小学的校友相互打着招呼。

"你好,大作家李心雨!"代杰跟李心雨打招呼,他说,"在学校的时候我就知道你的大名,你的文笔很好,还在报刊上发表过文章呢。"

"哇,好荣幸哦,竟然跟我们师范校的作家分配到同一所小学工作。"龚安萍高兴地说。

"我就发表了几篇文章而已,称不上作家。"李心雨红着脸说,"要想当作家,我还要继续努力写作。"

"龚安萍、代杰,以后我们就是同事了,你们要多多帮助我。"江月还是那么谦虚。

"江月,你的体育很好,排球打得好,我认识你,但你不认识我。"代杰说。

"应该是碰过面,但是,在哪里碰过面,的确是记不起来了。"

江月说。

"江月记不起来了，我可记得你。"李心雨说，"有一次，你在长江边写生，我路过的时候，还踩翻了你的调色盘。"

"哈哈！真是冤家路窄呢。那我可有机会报仇了。"代杰笑着说。

"行，随时欢迎你报仇。"李心雨也笑了。

龚安萍打量着江月，说："我不喜欢体育，甚至害怕上体育课，所以，我对江月的印象不深。江月，你要原谅我啊。"

"这样说吧，你对江月的印象就深了。"李心雨说，"她，是老杜的同桌，而且同桌了三年。"

"老杜?！还是中师三年的同桌?！"龚安萍的语气里带着嫉妒，她说，"就是那个书法一级棒成绩特别好，还保送上大学的老杜?！"

"对，老杜，杜大星。"李心雨说。

"近朱者赤。江月，你一定跟老杜一样优秀。"龚安萍说。

"哪有啊，我跟他比，差远了。"江月说。

"江月，有机会的话，你可得把你的同桌老杜引到沙河小学来，我得好好向他学习。"代杰说。

江月只是抿着嘴笑了笑，没有说话。

这四个即将奔赴到同一所山区小学的校友，相互间留下了好印象，为他们日后的和谐相处打下了基础。

区教办派了一辆七座的小车送江月他们去沙河小学，当然，李文教也一路陪同，他说，他要把这几个光荣的新教师亲自送到沙河小学领导的手上。在车上，李文教给大家介绍了道路的情况。如果从柏林街步行到沙河小学，要先下一个陡坡，过一座人寿桥，再爬一段缓坡到沙河街,再爬一段叫青杠坡的陡坡,便到沙河小学了。这段路需要走一个小时左右,走得快的人走五十几分钟便到,走得稍慢一点或者带着东西走,那就得走一个多小时了。坐车也并不节约时间,因为没有从柏林街上直接通往沙河的公路,车得倒回去走一段,到复兴后,再拐进一条乡村公路,直达沙河乡,这么一绕,得花一个小时左右。

"虽说走路和坐车花同样的时间,但你们个个都带着这么多用品,走路不现实。何况,就算是没有带东西,坐车也比走路轻松一点。山区的路不好走,一出门不是下陡坡就是爬坡上坎,这往后啊,就要辛苦大家了!"李文教说。

载着大家的车在公路上行驶了大概半个小时,到了复兴的地界,从复兴的一个岔路口拐进了一条更为狭窄的乡村公路。这条乡村公路,比刚才那段路更为崎岖,车颠簸得更加厉害,坐在车里的人时不时会被颠得跳起来,屁股离开座椅,头也碰到车顶了。

载着大家的车,在这段极为狭窄的公路上颠簸了大概半个小时,才停了车。停车的地方,并不是沙河街,而是在离沙河街还有一小段路的一个叫文家林的路口。沙河小学的校长带着工会主席、后勤主任等在这里等候,哪怕新老师没有行李,他们也会在这里等候,表示最诚挚的欢迎。

"王校长,来,我给你介绍一下这几位新老师。"李文教对前来接新老师的王校长说。

李文教介绍过了几位新老师,王校长也开始给江月他们介绍前来接大家的几位领导:"这位是我们学校的工会主席于贞贵,是70年代毕业的老中师生。这位是后勤主任赵友学,是80年代毕业的中师生……"

眼前这位王校长，40来岁，中等身材，国字脸，满面笑容，一看就是个很容易亲近的人。

前来迎接的领导们都抢着拿大家的大件行李，拿到最后，江月手中只剩下一个装有生活用品的水桶，江月妈妈都没有什么东西可以拿了。

"从这个路口一直往上爬坡，爬个十几二十分钟，就到沙河小学了。"王校长说。

一行人沿着山路往上爬。爬到一半的时候，大家便已经气喘吁吁。江月妈妈在停下来喘气的时候，忧心地望着江月，她虽然没有说话，但江月能从妈妈的眼睛里读出妈妈想说的话："小月，你申请到这么偏僻的地方来，你能生活得好吗？妈妈不放心你呀……"

江月拉了拉妈妈的手，小声说："妈，快到了，到了就好了。"

"看到大石包了，就表示我们的学校到了。"工会于主席指着上方的大石包说。

绕过大石包，出现在大家眼前的，便是沙河小学。

这是一所挂在半山腰的小学，因为在小学的后面，还有高高的山，如果继续往上爬，不知道还要爬多久才能到达山顶。

沙河小学有一块泥操场，估计一圈跑道不足一百米。正对操场的是一幢两层石砖教学楼。教学楼的一侧是一幢三层教师宿舍，宿舍下面的花台里，种着许多粉籽花，花台周围，有好些盆葱兰，红的、白的、粉的葱兰花，开得正艳。教学楼的另一侧是一幢两层的土楼，屋侧有一副木楼梯用于上下楼。楼下有一间图书室，门侧挂着"图书室"三个字。操场边上，在靠着大石包的这一头，有一棵梧桐树，还有几棵柳树。这些柳树中，有一棵歪脖子柳树，都倾斜得跟地面可能只有45度夹角了，稀稀疏疏的枝条，稀稀疏疏的柳叶，在阳光下泛着绿光，表示它还有旺盛的生命力。沿着几棵柳树看过来，便是学校的厕所。厕所的一侧，是一幢两层的石砖房，楼上是会议室，楼下是食堂。这幢房子的一侧，有一棵高大的榆钱树。房子的后面，有一口池塘，池塘边上有一棵不大的黄葛树。食堂那一侧，有两间土坯房教室，那是村幼儿园。幼儿园旁边有一间村卫生室。在池塘的下面，还有一幢两层石砖教学楼，比操场上面的那幢教学楼要老旧一些。

学校不大，没有围墙，周围都是农田、山林，还有一些人家。

江月打量着这所陌生而又简陋的学校，若有所思。终于真正地面对自己当初的选择了，她说不出心里是什么样的滋味，只觉得仿佛一切都在这一刻停滞了。人，当你为未知的前途作出选择的时候，或许总是往最好的方向去想象，去猜测，甚至努力告诉自己："一切都会是顺利的，一切都会是美好的。"但当你真正置身于其中的时候，你会发现一切都不那么顺利也不那么美好，然而，你又不得不接受这一切。这时候，你所需要的，除了要有一颗面对现实的心，还要有足够的勇气。

"各位新老师，学校条件差，套房不够，就要委屈大家先住在这幢木楼上了。"王校长指着大石包一侧的木楼，说，"如果有住套房的老师搬走，就优先考虑你们搬进去。"

大家踩着木楼梯上了楼。

走进木楼的大门，便见三扇房门，代表着这里有三个房间。其中一个房间里住着一位七十来岁的退休教师金老师。金老师的隔壁住着一位老师，他只在这里午休，晚上都要回家到沙河街附近的家里去住。还有一个房间空着。

"你们的房间在上面。"王校长指着一侧的几级楼梯，说，"从这里上去。"

上了那几级楼梯，便进入到一个过道里。这一溜，有四个房间，刚好够四位新老师居住。

"都到了，辛苦了！欢迎欢迎！"一个热情的声音，从房间里传出来。随后，走出来一位女性。她四十余岁，中等身材，偏瘦，利落的短发让她显得极为精神。

"老师们，这位是我们学校的杨芳老师，是王校长的夫人，她提前来给大家打扫房间。"于贞贵主席给大家介绍。

这时候的杨老师，满身灰尘，手上还拿着一块抹布，汗水已经把衬衫都打湿了。

"谢谢杨老师！你休息，我们自己来。"江月妈妈一边说，一边想从杨老师手中拿过抹布。杨老师并没有把抹布给江月妈妈，她说："你们一路辛苦，先洗把脸吧，水我都准备好了。"

原来，过道里已经备有一桶清水，供大家洗脸用。

这时候，从房间里又走出来一位四十来岁的偏胖的女性，也是一身灰尘，大汗淋漓，她手里拿着几块新毛巾，说："老师们辛苦了！这位妈妈也辛苦了！先洗把脸，凉快凉快。"

"这位是于主席家的田翠老师，很关心年轻老师，教学经验也很丰富。"王校长给大家介绍着。

"谢谢田老师！"大家再一次表示感谢。

清凉的山泉水，洗去了大家脸上的灰尘，也带走了刚刚爬山的暑气。洗过脸后，江月感觉清爽了许多。在陌生的地方，能得到一份关爱，便如同得到一份安抚，一份勇气。

房间已经被杨芳老师和田翠老师收拾得干干净净，木地板都用布拖把拖过，空气中还弥散着老旧的尘土的气息。这几个房间，应该是很长时间没有人住过了。

楼上的房间都是板壁房，在房间里喊一声，别的房间都能听得见。李心雨笑着说："这样好，方便我们随时联系。"四个房间，刚好够江月、李心雨、龚安萍和代杰每人一间。由里到外，代杰住最里面一间，然后是李心雨、江月、龚安萍。每个房间里都有一张床，一张大办公桌，一张课桌分成两半，一半用来放热水瓶、牙膏牙刷等，另一半用来当饭桌吃饭。

"我们可以一起做饭，一起吃饭。"李心雨建议。

李心雨的建议得到了大家的赞同。于是他们向后勤赵友学主任要了两张课桌，拼出一张较大的足够四个人一起吃饭的饭桌来。饭桌就放在李心雨的房间里，因为她房间的门离过道里的灶最近，进出方便。

过道里有两眼灶，一眼柴灶，一眼蜂窝煤灶。看着这两眼灶，江月妈妈提醒大家，要及时把锅碗瓢盆添置回来，才能开火做饭。杨芳老师告诉大家：沿着学校旁边的一条小路走，走到青杠坡，一路往下，便能走到沙河街上，那里有卖日常生活用品的店铺。

就在大家准备去沙河街上买东西的时候，一个中年妇女背着一背篼东西上楼来了。

"赵大妹，你背了些啥哟？"杨芳老师问那个妇女。

这个打着光脚的妇女叫赵平，三十来岁，就住在学校附近，没什么文化，但是个尊师重教的热心人，很爱帮助学校的老师们。

"杨老师，我看见有新老师来，给他们背了点米和菜过来。"赵平一边说，一边把背篼放了下来。她从背篼里拿出一袋米，这袋米有二十来斤。随后拿出来的那些黄瓜、番茄等，应该是刚从地里摘回来的，非常新鲜。赵平最后拿出来的是一罐辣椒面，她说："老师们刚刚来，肯定还没准备砂钵，我给大家拿点辣椒面来，炒菜、凉拌菜都用得上。"

"谢谢赵大姐！"江月代表大家给赵平道了谢。

"不要谢，不要谢。"赵平说，"这周边有我的地，种了些菜，要吃菜的时候，去摘就是。"

谢过了赵平，大家便朝沙河街走。从幼儿园边上的那条小路一直往前走，先是下一段缓坡，再下青杠坡那段陡坡，便到了通往沙河街的公路，走了一小段公路，便看到沙河街了。

这所谓的沙河街，其实就是一条长一百余米的小街，街道两旁连破旧的房屋都数不出多少来。几间店铺门前，冷冷清清的，看不到顾客。

在一家杂货铺里，大家选了锑锅、铁锅、桌罩、蒸饭器、筲箕、锅铲、大汤勺、碗筷、泡菜坛等。大家还想买点菜，店铺老板说，这个小街平时买不到菜，这里的人都是自己种菜吃。

结账的时候，老板问："马上开学了，你们是古寺坪学校新来的老师吧？"

古寺坪学校？大家都是第一次听到这个词，所以一时没反应过来。

"古寺坪学校，就是沙河小学。"老板说，"那里原来是个寺庙，那个村就叫寺坪村。"

原来是这样啊。

大家又到隔壁的店铺去买了盐、酱油、醋等调料。结了账。杂货铺的老板找来一个大背篼，把所有东西都装进背篼里，说："我给你们送到学校去。我最尊敬的就是老师。"

大家推托不了，也只好由着老板的性子，让他把这些送到了沙河小学。

当大家回到木楼的时候，看见过道里多了一些东西：干柴块、豇豆、茄子、小白菜等。退休老师金老师说，这些柴和菜是于贞贵主席和田翠老师送来的。

大家刚把从沙河街上买回来的锅安放在灶上，便又听见有人上木楼来的脚步声。

"炒菜，要有腊猪油才香。"是王校长的声音。

王校长把装满了腊猪油的小陶罐和一块腊肉放在灶上，对大家说："这腊猪油，一下锅，操场上的人闻到都要流口水，香得很！这腊肉的味道，只有我们山区才做得出来，你们尝尝。"

"谢谢王校长！您真是太有心了。"代杰说。

"有腊猪油炒菜，我们吃饭的时候，舌头都要吞下去。"李心雨说。

"真是太谢谢你们了！你们真是把这些娃娃当成你们自家的娃娃了。"江月妈妈说。

"这些新老师，从平坝地区申请到山区来，为山区教育作贡献，是你们家长教育得好，是师范校教育得好，我们理所应当给他们提供力所能及的帮助，也应该把他们当成自己的娃娃一样看待。"王校长说,"论年龄,我应该把你们当成自己的娃娃来看待,但不过,你们都是我的小师弟小师妹哦,我和杨芳都是70年代的老中师生。"

"大师兄好!"代杰大声说。

"谁是二师兄?"李心雨调皮地问。

"代杰。"江月指着代杰说。

"我是二师兄?我有猪八戒那么丑吗?"代杰很无辜的样子。

"噗——"龚安萍领头笑出了声,大家都跟着笑了。

王校长在大家的笑声中下了木楼。

大家各自在房间里归置了一下自己的东西后,便到该做晚饭的时间了。柴米油盐都备好,就缺水了。

在木楼进大门的地方,有个小水槽,水槽上方安有自来水管和水龙头,但却放不出水来。金老师说,这自来水是从学校在山上修的那个大水池里引下来的,但时常会停水,有时候是大水池里的水枯了,有时候是路上的水管堵了,这两天没有水,学校正派工人在检修。金老师还说,下了木楼,从图书室和大石包中间的那条小路走一两分钟,有一个凉水凼,那里的山泉水四季不断,是个挑水、淘菜、洗衣服的好地方。

大家提着水桶,拿着菜,去寻找凉水凼。果然,走了一两分钟的路,便听到了"叮叮咚咚"的流水声,跟唱歌一样。这凉水凼果然名不虚传,水很凉,很清,捧一捧喝上两口,自带甘甜,清凉无比。

大家正在洗菜的时候,王校长挑着水桶,拿着菜来了。他说:"我们这山区啊,没别的宝贝,就是水好。"王校长还说,学校的自来水隔三岔五没有水，大家时常都要来这里挑水，得有一副担钩才好，挑着比提着好走路，大家需要的时候可以去他家拿来用。

大家淘好了菜，把水桶都接满了水，开始往回走。王校长对代杰说："代杰，你要好好照顾这几个女同学。在我们学校，有一种光荣的传统就是男老师煮饭，你要好好学习煮饭，将来才能娶得到好媳妇。"

走过大石包，跟王校长分了道后，李心雨笑着说："代杰，我们这个大家庭，煮饭的事，就归你了哟。"

"行，包在我身上，为了能娶到好媳妇，我一定要好好表现。"代杰一本正经地回答。

木楼过道光线暗，拉亮了过道里的电灯，大家便开始生火做饭。望着灶里燃得很旺的火，江月妈妈说："王校长说山里没别的宝贝，就是水好。依我看，还有一样好。"

"哪样？"江月问。

"还有柴好。"江月妈妈说，"像这种火大又熬灶（熬灶：指燃烧时间长）的青杠柴块，在我们老家可没有。"

"锅烧辣了，谁来炒菜？"龚安萍问。

"代杰。"李心雨脱口而出。

"我来就我来，暑假里头苦练了两个月，就是为了今天大显身手。"代杰一边说，一边拿起了锅铲，开始往锅里放油。

"哧溜——"刚下锅的腊猪油，在热锅里冒着烟，马上就散发出特有的香味儿。

新鲜的小白菜，配上腊猪油炝炒，绝对是美味。

"砰——"

眼见着小白菜要起锅了，灶上方的电灯泡，爆了。

"呀，还有定时炸弹啊？"代杰打趣道。

"这是沙河小学在以特殊的方式欢迎我们的到来。"李心雨说。

"嗯，就当它是一个礼炮。"江月说。

金老师也听到灯泡爆裂的声音了，他打着手电筒，拿了一个灯泡上来，递给代杰，说："代老师，你把灯泡换上。这栋楼的线路有问题，经常会爆灯泡。这锅菜，不能吃了，玻璃碴不是小事。"

代杰把灯泡换上后，说："明天得去买几个灯泡备用。"

在沙河小学的第一顿饭，虽然简单，但也吃得很开心，虽然是刚到这里，却得到了这么多的关心和帮助。

晚饭后，大家在操场上散步，王校长和杨芳老师也加入了散步的队伍。山区的早晚都很凉爽，一阵凉风吹来，让人忘了现在正是"秋夹伏，热得哭"的日子。

杨芳老师告诉大家，学校有校地，大家可以抽时间去种菜，菜种得好，不仅仅是够吃，有时候还吃不完。杨芳老师还说，刚调走的两位老师的菜地里，也还有一些菜可以摘来吃。

"呀，还有地呀？那我们可以当地主了。"江月笑着说。

"行，你们三个当地主，我当你们的长工。"代杰说。

"代杰，你有自知之明就好。"李心雨说。

"我们不能老是欺负代杰，这对人家不公平。"龚安萍笑着说。

"也是，不能欺负人家，毕竟刚认识还不到一天，这样会给他留下不好的印象。"李心雨说。

"那就让代杰来当这个地主，我们三个来当长工好了。"江月说。

"好，就这么说定了。哈哈哈！"代杰说完，大笑起来。

散了步，回到寝室，王校长很郑重地征求大家的意见："我想和你们商量一件事情。我们这里有几个教学点：田坝小学、大月小学、天堂小学、山峰小学、水浒小学和青堰小学等，除田坝小学稍微近一点外，另外几所村小都很偏远，都要走一个小时以上的山路才能到。这些教学点，基本是一位在编的主任教员和两三位代课老师在那里教学。暑假里，大月小学的主任教员因为要照顾家庭调走了，你们四个人中，有没有哪位愿意分配到大月小学去……"

"我去吧。"代杰说，"我是男生，我来跑路。"

"代杰老师，有担当！"王校长在赞扬了代杰后，继续说，"几个教学点的老师们都是每天上完课就回家，做家务，做农活。教学点没有准备教师住房，如果代老师需要在那里住的话，我们可以把那间堆放杂物的屋子收拾出来。"

代杰想了想，说："我还是每天回这里来住吧，跟大家住在一起，相互交流，对提高自己有好处。"

杨芳老师还告诉大家，原本，今年有两位本地的中师生分配回来，但他们去了更为偏僻的更缺老师的四面山的村小工作。听到这些，江月为之一震，心想："原来，还有那么多的中师生，比自己还勇敢，申请到了更为艰苦的地方。在师范校的时候，老师就教育我们，'一颗红心两种准备，到祖国最需要自己的地方去'、'做一颗螺丝钉，哪里需要就往哪里钉'，我选择申请到山区来工作，我无怨无悔！"

在离开木楼的时候，杨芳老师告诉大家：从沙河发往县城的每天唯一的一趟班车，早上五点便从沙河街上发车，江月妈妈明天要回家的话，得提前赶到文家林路口等车，如果这趟车错过了，得走一个小时的路到柏林去坐车。如果在文家林遇到机动三轮车，也可以坐机动三轮车到复兴去坐车。如果步行去复兴的话，得走两三个小时。

王校长和杨芳老师离开木楼后，李心雨打趣说："代杰，从明天起，你负责走路，我们负责煮饭。"

"就是说，要剥夺我煮饭的权利？"代杰却不依，他说，"王校长说了，在沙河小学，男老师煮饭是一种光荣传统，只有好好学习煮饭，才能娶到好媳妇。不让我煮饭，我娶不到媳妇，谁来负责？"

"谁剥夺了你煮饭的权利，就由谁负责。"龚安萍一本正经地说。

李心雨掐了龚安萍一下，疼得她叫出了声儿。

江月笑了，意味深长地望着李心雨，李心雨又掐了江月一下。

"喂，李心雨，你可别四面树敌啊。"江月假装生气地说。

"好吧，我投降。"李心雨说，"辛苦一天了，我们都早点休息吧。明天早上阿姨还要早起坐车呢。"

第二天，江月和妈妈四点准时起了床，他们担心错过了沙河的班车。刚下楼，便看见杨芳老师站在操场上，拿着手电筒，应该是等好一会儿了。来到文家林，等了十来分钟，班车来了，在上车的时候，江月妈妈对杨芳老师说："杨老师，小月给你们添麻烦了……"

杨芳老师说："大姐，不要说添麻烦这样的话，江月老师他们是来给我们山区作贡献的。你放心,我们会照顾好他们的,这些全面发展的中师生,是我们山区学校的宝啊!"

江月妈妈又对江月说:"小月,既然来了,就好好工作。"

江月妈妈含着泪,带着不舍,带着担忧,上了车。

2. 教师会

把妈妈送上了车，江月回到寝室，本想再睡个回笼觉，却怎么也睡不着。于是，她干脆起床来，给大家做早饭。

江月轻轻地洗锅的声音刚刚响起，几个房间便次第开了门。

"哟，我以为是田螺姑娘呢。"李心雨揉着眼睛说。

"你这么早就抢着做饭，是存心想让我娶不到媳妇啊？"代杰笑着说。

"江月，今天的早饭，就交给代杰好了，让他表现表现。"龚安萍说。

"代杰老师，麻烦你煮好了饭就叫我们。"江月说完，便把锅交给了代杰。

农村长大的孩子，都是锅灶上的好手，做饭炒菜样样来，虽然有时候做出来的菜味道不是太好，但自己人吃总是可以的。

江月、李心雨和龚安萍各自进了寝室。代杰很利索地洗锅，添水，生火。

代杰煮出来的稀饭刚好合适，没有太黏稠，也不至于太稀。凉拌出来的黄瓜，咸淡也刚刚好。江月、李心雨和龚安萍都表扬代杰有一手好厨艺。

"我懂你们的意思。"代杰慢悠悠地说,"在你们这些表扬的话语的背后,都藏着一句话。"

"哪句?"江月问。

"代杰,以后做早饭这活儿,就包给你了。"代杰说。

"嘻嘻嘻——"李心雨笑了。

"代杰,我可没有说这话啊。"龚安萍说。

"我也没说。"江月说。

"嗯,你们都没说,是我自己说的。"代杰说,"现在,我正式宣布,煮早饭这件事情,就包在我身上了。"

大家在愉快的氛围中吃过了早饭,一起收拾了锅灶和碗筷,便准备去参加全体教师会。

沙河小学的全体教师会在食堂楼上的会议室里召开。这次全体教师会,参会的不仅有沙河小学的教师,还有田坝小学、大月小学、天堂小学、山峰小学、水浒小学和青堰小学等教学点的教师们。开会时间到了,王校长首先给大家介绍了新来的四位新老师:江月、李心雨、龚安萍和代杰。王校长说:"今年真是好年头啊,虽然调走了两位老师,但上级一次性给我们分配来四位优秀的中师生,为我们的教师队伍增添了新鲜血液,为提高我们山区的教育质量增添了力量。这次的四位新教师,在各科目都能教的情况下,还都有自己的特长,比如美术、音乐、写作、体育等,教务处排课的时候,根据师资情况,我们沙河小学排了新分来的龚安萍老师上全校的音乐课,我们沙河小学也有专职音乐教师了,跟县城的学校也有一比了。我们这里条件艰苦,来的教师都会有各种各样的理由要求调走,这些我都能理解,谁都要照顾家庭,谁都希望到条件好的地方去工作……"

会议快结束的时候，王校长说："刘江老师调走了，我们还得找一位老师来管理图书室，有没有愿意来做这件事情的老师呢？"

一想到木楼底楼的图书室，想到图书室里的图书，李心雨毫不犹豫地举起了手。王校长高兴地说："好，李心雨老师愿意担任图书管理员，年轻人有担当，好！会议结束后，请李老师到后勤赵主任那里拿图书室的钥匙。"

会议一结束，李心雨便迫不及待地找赵友学主任拿到了图书室的钥匙。她握着这把钥匙，就像找到了打开宝藏大门的密码似的，高兴的神情溢于言表。

江月他们刚刚回到木楼，便见到了金老师隔壁寝室的主人。他叫梁兴盛，一米七几的个子，壮实，脸上挂着让人觉得踏实的微笑。22岁的梁兴盛已经从师范校毕业两年，家就住在沙河街附近，用他的话来说："我生在沙河，长在沙河，读书在沙河，工作在沙河。"

"师弟师妹们，我是梁兴盛，在师范校比你们高两届。这是我的见面礼，请大家笑纳。"梁兴盛把从家里背来的米和菜拿到楼道里，放在灶旁，大声说道，"你们是昨天下午到的吧？早知道，我应该到文家林接你们一下，铺盖卷啊，箱子啊，热水瓶啊，肯定都拿不下。"

"谢谢梁师兄！"代杰说，"昨天，王校长、于主席和赵主任他们去文家林路口接我们了。"

"梁师兄，中午跟我们一起吃饭吧。"江月热情地邀请梁兴盛吃中午饭。

"饭都还没做呢，就请师兄吃饭，吃什么呀？"李心雨笑着说。

"马上开火，马上开火。"龚安萍说完，便开始洗锅。

"咦，水不多了，我去挑一担水来。"梁兴盛说完，转身朝自己的寝室走去。

大家惊讶地望着梁兴盛，或许都在想：这位师兄的寝室里有水井吗？说是挑水，怎么朝寝室里跑？

梁兴盛从寝室里出来的时候，拿着一副担钩和两只水桶，说："我这副行头，还是刚分配来的时候置的家当，都没怎么用过，现在你们来了，总算派上用场了。"

梁兴盛又对正在洗锅的龚安萍说："安萍师妹，中午准备吃什么菜？我顺便拿到凉水凼去淘洗干净。"

龚安萍看了看堆放在楼道角落里的菜，对梁兴盛说："这些小白菜中午必须得吃了，再不吃，坏掉就可惜了。还有四季豆，也可以拿过去一起淘干净。"

听了龚安萍的话，李心雨把这两样菜放进一只水桶里，递给代杰，说："你跟梁师兄去淘菜，可以顺便提两桶水回来。"

"得令！"代杰大声应道。

同时提两桶水还能健步如飞，那可是中师生们在学校里练就的绝技，就连女生都可以提着两桶水从开水房出发一口气爬到女生宿舍的四楼，更何况是男生。学生时代练就的本领，终归是会派上用场的。

梁兴盛和代杰去凉水凼淘菜挑水去了。

"梁师兄挺勤快的嘛。"李心雨说。

"代杰也挺勤快。"龚安萍说。

"你们俩啊，"江月就像一个旁观者一样，说，"就知道指使那两位男生去做事情。"

"哟，江月，好人都让你当了。"李心雨说，"你请梁师兄吃午饭，人家不表现表现，不出点力气，好意思在这里吃午饭吗？"

"嘻嘻，心雨，你这张嘴呀，比我想象的要厉害得多。"龚安萍说。

"安萍，你怎么一下子就倒在江月那边去了？这个时候，我们应该站在一起才对呀。"李心雨说。

"好，我跟你站在一起。"龚安萍说完，放下装有米的蒸饭器，站到了李心雨身边。

"好了好了，别闹了，一会儿他们就该回来了。"江月说，"不要给人家留下一个疯疯癫癫的形象。"

"喊！"李心雨斜了江月一眼，说，"江月，你知道吗，你说这话的神情跟口气，就像我奶奶。"

"好了好了，我投降。"江月说，"各就各位，我烧火，安萍看锅。"

"那我呢？"李心雨问。

"心雨站岗。"江月一本正经地说。

"江月，我发现你比在师范校时调皮了。"李心雨笑着说。

"调皮了？就是说，我越长越小了？"江月惊讶地问。

"不是越长越小，是越长越大胆了，越长越有智慧了。"李心雨说，"我觉得，你得到了老杜的真传，毕竟同桌三年。"

一提到老杜，江月便沉默了。

龚安萍不解地望着李心雨。李心雨冲着龚安萍吐了吐舌头。

梁兴盛和代杰回来了。梁兴盛放下挑子，说："这桶，这担钩，都归你们了。当然，我有空的时候也会来挑水，顺便蹭饭吃。"

"我想代表大家作一个长期的邀请：请梁师兄以后每天中午都来吃饭。"代杰又问，"江月、心雨、安萍，你们同意吗？"

"当然同意。"大家都这么说。

"好吧，恭敬不如从命。"梁兴盛说。

大家在吃午饭的时候，梁兴盛给大家讲了山区工作的辛苦，他说："菜，还可以自己种，肉就不好买了，沙河街上平时是买不到肉的，只有逢五逢十赶集的时候才有少量的肉卖，如果去晚了，可能也买不到。这里跟外面的通信也不方便，一封信得走个十天半月才能到，比人走路还慢……在师范校时常说'要忠于人民的教育事业'，校歌里也唱'我们要永远做个光荣的人民教师'，话说起来容易，歌唱起来也容易，但真正要做起来，却不那么容易……这其中的辛苦，你们慢慢会有体会……这两年来，日子虽然苦了点，但我觉得这样过才充实，才有意义，这不是多少工资能衡量的……"

午饭后，收拾好锅灶碗筷，梁兴盛说："大家先午休，三点钟的时候，我带你们去看看大月小学，愿不愿意去？"

大家都非常愿意去看看代杰上课的地方。

三点钟的时候，各间寝室的门都准时打开了，这会儿，大家的心都飞到大月小学去了，虽然他们都还不知道大月小学在哪里。

梁兴盛带着大家出发了。

"好热呀！"李心雨说。

"我们是爬山，爬到高处应该会凉快一点。我们走快一点吧。"龚安萍说。

"再走一小段路,我给大家弄把伞遮遮。"梁兴盛说。

"梁师兄,你能变戏法?"江月问。

"我又不是孙悟空。"梁兴盛笑着说,"再走几步,走到马鞍石就有了。"

梁兴盛所说的马鞍石,是学校附近的一处地名,那里集中住着一些人家。

走到马鞍石,梁兴盛便朝不远处那丛香蕉树跑去,地上正好有一些被砍下来的香蕉叶,梁兴盛把它们拖过来,一人发了一块。

"嗯,这伞不错。"代杰说。

"不花钱,还很特别。"李心雨说。

"那是。这是天底下最特别的伞。"江月说。

"谢谢梁师兄!"龚安萍说。

"不用谢我。要谢的话,就谢马鞍石,谢马鞍石的香蕉叶。"梁兴盛笑着说。

大家顶着香蕉叶,沿着青杠坡一直往上爬,坡很陡,路很不好走。梁兴盛说:"天晴还好,要是下雨,从山上下来的话,走起路来,既像溜冰,又像跳舞,一不小心还得坐滑梯。"

"哈哈哈!梁师兄,你很会用比喻句啊。"李心雨笑着说。

"师范校毕业的学生,不会用比喻句,那文选和写作课是怎么及格的?"代杰说。

"梁师兄,心雨是要当作家的人,你能得到她的表扬,说明你很优秀。"江月说。

"江月,你这话说得好。"龚安萍说。

"好在哪里?我怎么没觉得呢?"江月问。

"你这叫一石二鸟。"李心雨说。

"哎哟,一石二鸟,好深奥啊!我怎么理解不了呢?心雨,你给我们解释一下。"代杰说。

"咳咳咳——"李心雨清了清嗓子,说,"一石二鸟嘛,就是一颗石子击中了两只鸟。"

"我怎么听着这话有点火药味儿呢?"梁兴盛皱着眉头说,"好像真有两只鸟被击中了。"

"嘻嘻嘻——"龚安萍笑了,她说,"江月那句话,既表扬了梁师兄,也表扬了心雨,所以叫一石二鸟。"

"哈哈哈!"梁兴盛笑了,他说,"有你们在,爬山也不累。"

"你不累,我可累死了。"龚安萍说,"我强烈要求原地休息。"

大家找了一处有大树遮阳的地方,各自找了一块石头,坐了下来。

"从小走的路不少,但真没有爬过这么高的山啊。"江月说,"还有多远啊?我们需要爬到山顶吗?"

"不用爬到山顶去。快了,还有半个小时。"梁兴盛说。

"还有半个小时?"李心雨和龚安萍异口同声地问。

"我们差不多已经爬了半个小时了。"江月说。

"代杰,以后,你每天早上都要爬一个小时的山,下午放学后,还要下近一个小时的山,够辛苦哦。"李心雨说。

"不怕,上师范校的时候,我就喜欢跑3000米。拿出跑3000米的劲头来走6000米,一点问题都没有。"代杰说。

"代杰,你在师范校练习3000米长跑的时候,就知道要到大月小学工作吗?"李心雨问。

"或许是吧。我们每个人决定做每一件事，都不会无缘无故。"代杰说。

"这话，好深奥呢。"江月说。

"是很深奥。"李心雨说，"跟老杜一样，喜欢说些深奥的话，让人半天都明白不过来。"

一提到老杜，江月又不说话了，她抬起头来看天。天高云淡，很清爽，就像师范校的长江。

终于到大月小学了。几间破旧的教室，土墙，瓦屋顶，没有办公室，教室里靠讲台的那张学生课桌应该就是老师的办公桌。四间教室，刚好能容纳四个年级的学生（大月小学的学生，升五年级的时候，便到沙河小学就读）。一块铺有煤炭花的平地算是操场，没有篮球架，只有两块水泥板拼起来的乒乓球桌，中间用砖头垒起来，算是球网。

这里的确没有可供住宿的寝室。

"食堂在哪里？"李心雨问。

梁兴盛说："村上的几个教学点，都是上午八点半开始上朝读课，然后连续上五节正课，上到中午一点半左右的时候就放学，没有安排放中午学吃中午饭。"

"这条件，真是艰苦啊！"江月说。

"是呀，我们在沙河小学比这里好多了。"龚安萍说。

"代杰，你替我们受苦，我们感谢你。"李心雨说。

"这哪叫受苦啊！就是每天多走两趟路的事。"代杰轻松地说，"我天天走路锻炼身体，身体一定棒棒的。"

在大月小学的操场上走了走，大家便准备返程了。

"代杰，你后悔选择到大月小学吗？"李心雨问代杰。

"不后悔。"代杰说，"我的小学就是在村小上的。当年，我们那村小的老师要是不负责，就没有我的今天。我现在又到村小当老师，也算是对当年老师们的培养的一种回报吧。"

"代杰，我终于明白你刚才说的那句'每个人决定做每一件事情，都不会无缘无故'的意思了。"梁兴盛说。

一路上，江月捡了好些漂亮的叶子，她收藏叶子的爱好一直有。梁兴盛说，这山里的叶子多，你想捡多少都有，想开一个叶子博物馆都可以。

回到沙河小学，已经是五点多钟了。大家正准备上木楼，便听见大石包处有人喊："梁老师，你回来了呀？我都等你半天了。我家的电视机很模糊，不清亮，麻烦梁老师去帮我看看。"

"好的，杨大哥，你等我一下，我把工具包背上。"梁兴盛说完，便快步上木楼，进了寝室。

等梁兴盛从寝室里出来的时候，他身上多了一个大帆布包，鼓鼓囊囊的，里面装的一定是他修电视机的工具和零件。

"兴盛，又要出去修东西了？"金老师打开门来，问梁兴盛。

"是的金老师，我去修电视机。"梁兴盛回过金老师的话，又对大家说，"我走了啊，你们走累了，休息一下。"

梁兴盛说完，便"噔噔噔"地下了楼，跟着那个杨大哥走了。

"咦，梁师兄还会修电视机？"江月说。

"兴盛能干，哪样都会修。"金老师说，"电视机、收音机、电饭锅……还会安电灯，好像凡是和电有关的，他都会。"

"哇，好能干的梁师兄！"龚安萍说。

"那，梁师兄是不是还能赚回一份工资？"代杰问。

"这个兴盛啊，是个好心人。"金老师说，"只要他能够解决的问题，他都不收费，工具呀线呀小零件呀，都是他自己准备，他会从废旧的电器上拆一些可以用的零件下来，也会有用得上的时候。他给学校的老师们修，给附近的村民们修，他有两个身份，一个是教师，一个是修理工。"

"呀，无私奉献，真是了不起！"代杰说。

金老师还说："这个兴盛啊，比谁都忙，忙上课，忙背娃娃，忙修电器，忙安电灯，忙检修线路……"

忙背娃娃？这让江月他们感到惊讶。

回到寝室，江月小声地问李心雨："梁师兄有娃娃了？"

"我怎么知道？！"李心雨说。

"是不是毕业就结婚，然后就生娃娃了呢？"龚安萍说完，吐了吐舌头。

"什么样的可能性都有。"代杰说，"你们在这里瞎猜，不如当面问梁师兄来得痛快。"

梁兴盛修电视机去了，江月他们也开始做晚饭。这时候，他们才发现，灶旁又多了一大捆干柴块。

"金老师，您知道这捆干柴是谁给我们送来的吗？"江月问。

"是吴文财背来的，四十几岁的壮汉，力气大得像头牛，喜欢帮助学校的老师们挑蜂窝煤呀什么的。他就住在学校后面，说你们刚来，又是平坝头来的，肯定不会砍柴，就背了一捆来，送给你们煮饭用。"金老师说。

听到这些，江月心里想："昨天来的时候有车送，有领导接行李，有老师帮忙打扫寝室，有人送柴送菜送米送油，连买日用品也有杂货店的老板送……山区条件是很差，山高，路陡，但山区人很热情。好好工作吧，唯有这样，才能报答他们……"

江月他们把晚饭做好了。

"等一等梁师兄吧。"龚安萍说。

江月来到金老师的寝室门前，问："金老师，梁师兄会不会在修电视机那家吃晚饭呀？"

"不会不会，他都是修了就走，不会在别人家吃饭。"金老师说。

于是，大家便等着梁兴盛回来吃晚饭。

不一会儿，梁兴盛回来了，他高兴地说："一点儿小问题，解决了。"

吃过晚饭，梁兴盛要回家。代杰说："梁师兄，明天学生报到，全体教师都要到岗，你就住在这里吧，今天回去，明天还得赶来。"

但梁兴盛坚持要回家住，还说他平时都不住这里，家里有事，需要他回去帮忙。

梁兴盛回家去了。江月他们又开起了玩笑。

"梁师兄肯定回家背娃娃去了。"李心雨笑着说。

"不回家背娃娃，肯定要挨媳妇骂。"龚安萍说。

"不要在背后说人家的坏话。"江月说。

"江月，这是在夸奖他，好不好？"李心雨说。

"梁师兄家里也可能有老人需要照顾，或者还有农活要做。"龚安萍说。

"哟，安萍，有一颗善解人意的心啊！"李心雨说。

"少说话，多干事。"江月说。

"事都被代杰一个人包了，我们没事干。"李心雨说。

……

代杰没有插话，他一边收拾锅灶碗筷，一边听大家说话，他的脸上挂着笑容，一副很享受这种生活的样子。

这天晚上，江月准备早点睡觉，为了有更好的精力迎接参加工作的第一个工作日。明天就是开学报到的日子，她和李心雨分别担任一年级一班和二班的班主任，都教语文，还另外任了一些副科课，这让江月很有压力。如果单是教语文，她还没觉得有什么压力，但班主任可不是那么好当的。在师范校的时候，不管是学《心理学》还是学《教育学》，老师都会强调班主任的重要性，都会强调当班主任需要有管理艺术。刚入学的小孩子，不管是生活习惯还是学习习惯都需要培养，如果班主任工作不到位，就会害了孩子。

江月把明天学生报到需要的花名册、报到册整理了一下，放在办公桌的一侧。她又从抽屉里拿出一个崭新的笔记本，翻开了第一页。江月有写日记的习惯，这个笔记本，便是江月参加工作的第一个日记本。她拧开钢笔盖，开始写日记：

这是一个全新的世界。我已经在这里开始了全新的生活。这样的生活，或许是一年、两年……五年、十年……甚至是一辈子。

当区教办送我们的车到文家林路口的时候，当我抬起头来，望着高高的山顶，得知要爬山才能到达学校的时候，当我到达这所挂在半山腰的小学的时候，我心里有了一丝后悔。当初志愿申请到山区工作，凭的是一腔热血，心中根植的是师范校老师们"到祖国最需要的地方去"的谆谆教诲。师范校三年，"为人民的教育事业奉献终生"的信念一直在心中。

来沙河小学一天了，我感受到了大家的热情，得到了大家的帮助，我深深地认识到：不是我一个人在吃苦，而是有一大群人在吃苦，在为山区教育奉献自己的青春和热血。王校长、于贞贵主席、杨芳老师、田翠老师、梁兴盛师兄……这些都是师范校培养出来的优秀教师，他们的奉献精神非常值得我学习。

这里，比我想象中的要艰苦得多，山那么高，路那么陡，买东西那么不方便……既然选择了，就好好干吧。

李心雨也总是跟我作对，总是提起老杜。我是想忘记老杜的，也许说这话有些违心。但，我的确是想要忘记老杜的。他到大城市上大学去了，我却到这么偏僻的山区来当老师，我跟他的距离，定会越来越远……

明天，就是孩子们来开学报到的日子。我非常期待见到那些可爱的孩子们！

……

当天晚上，雷声大作，暴雨倾盆而下。熟睡中的江月被雷声震醒，睁开眼来，发现窗扇已经被吹开。

"砰——"窗扇被撞回来。

"哗啦啦——"窗扇上的玻璃碎了，大雨便往屋里猛灌。

江月还感觉到木楼在颤抖，像是要散架似的。

"江月，开门。"是李心雨的声音。

李心雨也被吓醒了,并且很害怕,跑来跟江月挤在一起。

"江月,开门。"是龚安萍的声音。

龚安萍进屋后,用颤抖的声音说:"太吓人了,我真担心这木楼会垮塌。"

"别怕,应该垮不了。"江月安慰着龚安萍,"学校安排我们住这里,它肯定就是牢固的。"

其实,江月心里也害怕啊!但她觉得,李心雨和龚安萍都来到了她这里,她就应该给大家壮胆。

江月、李心雨和龚安萍坐在江月的床上,小声地聊着天,还说明天得去买几支蜡烛备用。

"代杰睡得太死了,这么大的雷,这么大的风和雨,都没有把他震醒。"李心雨说。

"人家胆子大,就算是醒了,也不会害怕。"江月说。

雷声渐渐小了。风和雨也渐渐停了。李心雨和龚安萍回到了自己的寝室。

第二天一大早,杨芳老师便来到木楼上,问江月他们屋里有没有漏水,有没有需要维修的地方。杨芳老师见江月房间的窗玻璃碎了,便说:"这个要等赵友学主任统一登记后,到街上去划玻璃回来统一安装。先拿塑料薄膜钉上,挡风挡雨要紧。"

于是,江月从杨芳老师那里去拿了塑料薄膜、钉子和锤子,准备在中午或晚上不忙的时候,把窗户的破洞给封上。江月明白:自力更生的日子,已经开始了。一个人,当你开始独自面对困难解决困难的时候,你离成熟便又近一步了。

3. 开学报到

8月30日，是学生开学报到时间，学校要求全体领导和教师到岗到位。

代杰早早地做好了早饭，一个人早早地吃了，朝大月小学奔去。江月他们起床的时候，看到了代杰留在灶上的纸条：

江月、心雨、安萍，稀饭在锅里，黄瓜已经切好，你们根据口味加作料就行。我爬山去了，羡慕我吧！

洗漱过后，江月在代杰切好的黄瓜片里加了盐、辣椒面、酱油、醋和少量的味精后，大家便开始吃早饭。

"我们几个是不是太自私了？"李心雨说。

"我也正想说。"龚安萍说。

"从明天起，我们要尽早起床做早饭，代杰每天都要跑那么远的路，还要给我们大家做早饭，想想都有点不忍心。"江月说。

吃过早饭，江月和李心雨便进了各自的教室，准备给孩子们报到。

江月的一年级一班教室和李心雨的一年级二班教室，都在操场边池塘下方的那幢旧教学楼的二楼，办公室也在这一层。这幢教学楼里，这一学年安排的是小学一二年级和初中一个班共五个班级的孩子在这里学习。这一届是沙河乡初中的最后一届学生。

江月刚走到食堂那边，便遇见梁兴盛背着一个拿着拐杖的男孩来了。江月奇怪地打量着梁兴盛，心想："金老师说梁师兄回家'忙背娃娃'，说的就是背这个男孩吗？梁师兄才毕业两年，怎么就会有这么大的孩子？"

见江月满脸的惊讶，梁兴盛笑着说："江月，早啊！这是我班上的孩子，叫陈安。"

"噢……"江月还惊讶着，竟然忘了跟梁兴盛问好。

梁兴盛又对背上的男孩说："陈安，叫江老师。"

"江老师好！"陈安怯怯地却很有礼貌地向江月问好。

"你好！"江月回了一句。

梁兴盛背着陈安朝操场上面的教学楼走。江月心想："也难怪，昨天傍晚，梁兴盛坚持要回家，说家里有事，需要他回去帮忙，应该就是这个男孩需要他背着来上学。"

"江老师早！"

江月正准备转过身来往阶梯下面的教学楼走的时候，听见一个陌生的声音在跟自己打着招呼。

"江老师，我是肖静，学校安排我教你们班的数学课。"肖静老师微笑着说。

40岁左右的肖静，中等身材，是民办教师，学校缺什么科目的老师，就会请他们担任什么科目的教学。这学期，肖静要教江月班上的数学课，还要教一年级两个班的劳动课、自习课等。肖静家住在沙河街附近，每天跟学生一起上下学，是一位工作认真负责、热爱关心学生的好老师。

"肖老师好！"江月说，"走吧，我们一起去教室。"

江月和肖静老师并排着朝教学楼走去。

"兴盛这小伙子，是个好人啊！"肖静一边走一边说，"学校有寝室他不住，天天跟学生一起上学，放学，为的就是背腿有残疾走路不方便的陈安上学。非亲非故的，背了两年，看样子，要背到小学毕业了。"

"非亲非故的，背了两年。"想起肖静说的话，江月心里"咯噔"了一下，心想："陈安不是梁师兄的娃娃呀……还天天背着来上学，放学后又背回家……"

走到教室门口，江月拿出钥匙开了教室门，进了教室。

"江老师，我看看我们班的学生花名册啊。"肖静一边说，一边拿起江月摆在讲桌上的学生名单，一边看，一边说，"花名册上有四十几个，估计能来近四十个就很好了。"

"肖老师，为什么不能全部都来呢？"江月问。

"有些会到就近的村小去报到，有的会到柏林小学去报到，还可能会跟着在外地打工的父母一起去外地读书。"肖静说。

"噢，这样啊。"江月说。

"报告！"

一个响亮的声音，在教室门口响起。

一个虎头虎脑的男孩，站在教室门口，用一双会说话的大眼睛望着江月。

"请进。"江月大声说。

男孩拉着妈妈的手，进了教室。

通过缴费、注册，江月了解到，男孩名叫冯远辉，七岁，家就住在学校旁边，两分钟就能到学校。江月仔细地打量着冯远辉，他两眼有神，虎头虎脑，像只讨人喜爱的小老虎。冯远辉身穿一件已经很短小了的白衬衫，应该是去年买的，一条黑裤子，裤腿挽得高高的，为了凉爽。他的手上提着一双凉鞋，看起来还挺新。

"远辉，你这鞋，为什么不穿着呀？"肖静问。

"嘿嘿——"冯远辉笑了笑，没有说话。

"新买的凉鞋，他怕穿坏了，穿了一会儿就脱下来提在手上。"远辉妈妈说。

的确是一个有意思的孩子。

"冯远辉同学，你愿意为同学们服务吗？"江月问。

"老师，我愿意！"冯远辉说这话的时候，身体站得笔直，跟站军姿一样。

"我想把一项很重要的任务交给你，你愿接受吗？"江月问。

"我愿意！"

"这项任务，要求你不能迟到，不能早退，下午要等同学们把卫生做好了才能离开学校，你愿意吗？"江月又问。

"我愿意！"冯远辉的回答，还是那么坚定。

"好！"江月说，"冯远辉同学，你是一个很有责任感的孩子，我要把一项重要任务交给你，让你保管我们班教室的钥匙，你每天早上要来开教室门，下午放学后，要等大家把清洁卫生做好了再锁教室门。"

"老师，我可以做好。"冯远辉大声说。

江月从钥匙串上取下两把教室钥匙中的一把，交给了冯远辉。把钥匙交给冯远辉，江月很放心，此刻，她觉得自己做成功了新学期开学的第一件大事。

为人师者，把一件重要的事情委派给一个有责任心的孩子，便如同为孩子鼓起了一面前行的风帆。

就在江月把教室钥匙交给冯远辉的时候，教室里又多了几个前来报到的学生和家长。

今天开学报到，肖静不是班主任，本没有什么事，就算学校要求全体教师到岗，她也可以坐在办公室里，收拾自己的办公桌，或备备课。但肖静并没有坐在办公室里，她来到自己所任班级的教室里，看看有没有需要帮忙的地方。肖静虽然是民办教师，但她已经任教十几年，有着丰富的教育教学经验，学校安排她来担任江月班上的数学老师，应该是希望她能帮助刚走上讲坛的新教师。李心雨班上的数学老师是马波，他虽然不是老教师，但已从师范校毕业有好几年了，也算是有教育教学经验的教师。

"家长们，小朋友们，都排好队，一个一个来，不要着急，只要来了，都能报名，都有书读。"肖静在招呼着大家排队报到。

这时候，轮到一个长得眉清目秀的女孩报到。这个女孩穿得极为朴素。上半身穿着一件无袖马褂，也可能因为长期穿无袖马褂的缘故，两只手臂晒得黢黑。她下半身穿一条短马裤，屁股上补了两个很对等的补丁，像两只大眼睛钉在屁股上，极为有神。脚穿一双已经断了好几股袢儿的绿色塑料凉鞋。

见老师在打量自己，女孩红了脸，低下了头。

这个有点害羞的叫刘婷婷的女孩说话的声音很好听，在她妈妈的鼓励下,她还给江月唱了一首歌:"春天在哪里呀,春天在哪里,春天在那青翠的山林里……"

在得知女孩叫刘婷婷的时候,江月想起了在师范校里离世的同学柳婷婷……

在江月填写刘婷婷的相关信息的时候,刘婷婷妈妈说:"江老师,我们婷婷害羞,我怕她中午不好意思去食堂打饭,麻烦你帮我多盯一下。"

"好的大姐,我记下。"江月说完,便在一边的笔记本上记下了这事,然后对刘婷婷说,"刘婷婷,马上就是小学生了,以后要大胆一点,好不好?"

"嗯。"刘婷婷点了点头。

接下来报到的男孩叫马川,这是一个小花猫一样的男孩,脸上鼻涕混着泥土,就像是画了一幅抽象画,说不出画的是什么。

马川在报出生年月和家庭住址的时候,每说一个词,就吸一下鼻涕,仿佛生怕鼻涕流过了河(鼻涕流过了河:方言,指鼻涕沿着鼻孔往下流,流到了嘴里)。

估计是鼻涕马上就要流过河了,马川伸出手来,在鼻孔下面抹了一下,鼻涕被抹在了脸上。

"哎呀呀,马川,你都长胡子了。"在马川的身后,有一个声音尖叫着。

"嘻嘻嘻——噗——"

马川这一笑不打紧,鼻涕跟着喷出来,还被喷成了一个大大的泡泡。

"哇,马川的鼻子里头喷出泡泡糖来了。"还是那个声音。

说话的是一个个子瘦小但额头很宽眼睛很大的小男孩,他应该跟马川熟悉,要么是两家离得近,要么是在同一个幼儿园毕业的。

马川妈妈又拿出手帕来,给马川擦着鼻涕。

轮到那个大眼睛的小男孩报到了。他叫苏先才,一双大眼睛骨碌碌地转,仿佛一刻也没有停止过思考。江月想,这一定是个聪明的男孩,便准备考考他。

"苏先才,幼儿园教加法减法没有?"江月问。

"老师教过一些,爸爸妈妈也教过一些。"苏先才说。

"那我考考你好不好?"江月问。

"好。"苏先才竟然没有因为老师要考他而感到紧张。

"5+1等于几?"

"6。"简直是抢答。

江月明白,这种最简单的加法对苏先才来说,简直不叫考试。

"2+7等于几?"

苏先才伸出双手,比划了一下,说:"9。"

嗯,不用慢慢数手指头,比划一下便知道结果,已经是反应快的孩子了。

"8-4等于几?"

"4+4等于8,"苏先才说,"8-4等于4。"

自己想考考这个孩子,没想到这个孩子还能用这样倒推过来做减法。江月高兴地说:"苏先才,今天的考试,你得了满分。"

"江老师,满分是多少分呀?"苏先才问。

"你想要多少分呢?"江月问这话的时候,觉得这个孩子很可爱。

"我想要多少老师就给多少？"苏先才又问。

"对呀。"江月觉得奇怪：这孩子，到底想得到多少分呢？

"1000分。"苏先才说。

江月想笑。是的，幼儿园也好，小学也好，满分都是100分，从来没有过1000分，所以，苏先才想得到1000分的满分。

"好，今天的考试，苏先才得了1000分。"江月说。

得了1000分的苏先才，高兴地冲出了教室，他心里的快乐，一定比这1000分更多。

"江老师，毕竟是受过师范教育的，跟我们就是不一样啊。"肖静夸奖着江月，"都说师范生学过《心理学》和《教育学》，懂孩子的内心，懂得和孩子交流，的确是。"

"肖老师，我还得向你们这些经验丰富的老前辈学习呢。"江月说。

"江老师太谦虚了。"肖静夸奖着。

江月是值得夸奖的。对孩子来说，抓住时机适当表扬鼓励，无异于给孩子增强了信心，插上了翅膀。

接下来，江月又给几个孩子报了到。

突然，一小束野花被一只小手轻轻地放在讲桌上。这些黄色的、蓝色的、不知名的小野花，被谁用一根铁线草捆绑在一起，那原始的朴素的美，在这一瞬间深深地打动了江月。

江月抬起头来，看到一个脸上挂着微笑的女孩。见江月微笑着打量着自己，她脸上的微笑又添了几分，她能感觉到江月对她的喜爱。这是一个小眼睛翘嘴巴的女孩，眼睛虽然小，但却很有神，滴溜溜地转，仿佛在告诉大家："我有我的思想，我有话要讲……"

43

那张翘起来的嘴巴，也仿佛随时都能吐出一串词儿来。

"你叫什么名字？"江月问。

"老师，我叫马玉萍。"女孩答道。

"给老师讲讲你的出生年月日，还有你的家庭住址。"江月说。

马玉萍在报过了出生年月日和家庭住址后，没有等江月问话，她便说："老师，我们家离学校很远，但我保证以后不会迟到。我要用很多时间来走路，不过我还是会完成家庭作业。"

一个刚来报到入学的小学一年级的学生，在老师没有问话的情况下，一口气说这么多话，已经算是很有思想很大胆的孩子了。

马玉萍报到过后，并没有像别的孩子一样冲出教室，要么在窗外看里面的同学继续报到，要么在操场上玩，要么回家，她走到教室后面，拿起仅有的一把扫把，开始打扫教室。江月心想："班长候选人，可能会算她一个，看她第一周的表现……"

今天上午最后一个来报到的孩子，是一个特别的孩子。这个剪着娃娃头的瘦弱的小女孩，由她的姐姐带着，前来报到。

"吴明芳，送妹妹来报到呀？"肖静问小女孩的姐姐。

"嗯，肖老师。"姐姐答道。

"妹妹的头发是你给她剪的呀？"肖静问。

"是的。"姐姐答道。

"吴明芳，还想读书吗？还想读书的话，老师帮你联系，可以从四年级读起。"肖静说。

听到这里，江月心里一酸：这个女孩，读到三年级就辍学了吗？

"肖老师，我就不读书了，让妹妹读。"那个叫吴明芳的姐姐说。

　　肖老师在跟吴明芳讲话的时候，吴明芳的妹妹一直低着头，站在吴明芳的身后，仿佛害怕江月看到她。

　　"小朋友，你叫什么名字？来报到吧。"江月温和地说。

　　小女孩没有动，也没有抬头。

　　"是不是没带学费呀？"肖静老师问吴明芳。

　　"嗯。"吴明芳说，"爸爸找王校长去了。"

　　"那就等一等吧。"肖静老师说。

　　"明静，我们到外面去，看看爸爸过来没有。"吴明芳说完，拉着妹妹吴明静的手，出了教室。

　　吴明静那瘦弱的身材，那张瘦削而苍白的面孔，那双不敢与人对视的眼睛，那身补丁多得再没空隙安放新的补丁的衣裳，深深地刻在了江月的脑海里。

　　"江老师，你不了解吴明静一家。"肖静说，"吴明静的妈妈智力有问题，奶奶常年生病吃药，爸爸又是个老好人（老好人：方言，指极为憨厚没有什么本事的人），家庭经济一直很困难。吴明芳我教过，是个听话的姑娘，也爱学习，可惜呀，读完三年级就辍学回家，帮忙做农活。我也去劝过几次，还说了学校会免学杂费，但就是劝不来，家里缺劳动力呀……"

　　肖静的话还没说完，吴明静便跟在爸爸和姐姐的身后进了教室。

　　明静爸爸身材倒是高大，但脸上的表情木讷，身上穿一件全是破洞的红涤纶背心，一条布满了歪歪斜斜的补丁的短裤，已经看不出布原有的颜色。他光着脚板，五个脚趾似乎在颤抖着，似乎在担忧着害怕着什么。明静爸爸背着一个大背篼,应该是还要在回家路上割一背篼草,或是还要捡一背篼柴回去。进教室后,明静爸爸望了望江月,又望了望肖静,犹豫着,应该是不知道哪位是班主任,嘴里嗫嚅道:"肖老师……"

"吴兄弟,这位江老师是吴明静的班主任。"肖静明白明静爸爸的意思,她指着江月,对明静爸爸说。

"老师,"明静爸爸把一张单子递给江月,"王校长写的。"

江月从明静爸爸那双因为做农活而既粗糙又洗不干净的大手上接过单子,一看,是王校长开的免学杂费单子。

"吴明静,学校给你免了学杂费,来报到吧。"江月对吴明静说。

"明静,快,你可以上学了。"吴明芳一边说,一边高兴地把妹妹推到了江月面前。看吴明芳那快乐的神情,妹妹可以上学了,就像她自己能上学了似的。

在给江月报过了自己的出生年月和家庭住址后,吴明静笑了,笑得很浅。看得出来,吴明静是一个不太爱笑的女孩。

"好的,你们可以回家了,记得9月1日来上学。"江月说。

可是,吴明静和姐姐并没有转身离去,她们都望着爸爸。

明静爸爸犹豫了片刻,把手伸进随身背的旧帆布包里,拿出一把干豇豆。这一定是今年才晒的干豇豆,还散发着太阳的味道。

"老师……"明静爸爸把干豇豆放在江月的讲桌上,两片厚嘴唇又动了动,却没有吐出字来。

"你们种菜也辛苦,带回去自己吃吧,我们的地里也有菜。"江月起身来,拿起干豇豆,准备递到明静爸爸手上。

"老师……"明静爸爸伸出手来,却没有接。他的嘴唇依旧在动,但还是没有吐出字来。

"江老师,收下吧,这是家长的一点心意。"肖静老师说。

江月也只好收下了这把干豇豆,说:"谢谢你们啊!赶紧回家吃午饭吧,记得9月1日来上学。"

在吴明静转身的那一瞬,江月看见,吴明静的眼里,闪着泪光。

"江老师啊,农村家长给你拿点菜来,是在表示他们对老师的尊敬,你收下了,他们才会高兴。你如果不收,他们会觉得你看不起他们。"肖静说,"在农村,自家种的菜都吃不完,拿到沙河街上去也卖不掉,大家都种了菜,谁还买菜吃呢?"

肖静说完,便回家去了。

望着眼前这把干豇豆,江月对自己说:"有一种拒绝是伤害,有一种接受是尊重。"

江月收拾好报到所用的资料,刚出教室,准备锁教室门,便见冯远辉跑了过来,他说:"老师,我来锁门。"

呀,这小家伙,一直守在这里等着锁教室门吗?冯远辉不等江月说话,便拿起挂在脖子上的钥匙,打开锁在门上的挂锁,锁了门,说了声"江老师再见",便一蹦一跳地跑了。

望着冯远辉远去的身影,江月感到很欣慰。

江月下了楼,站在旧教学楼下面的小操场上,回想着今天上午报到的情形:这些来报到的孩子中,有好几个都是光着脚丫来的,而且衣着破烂,补丁补了一重又一重。江月想起了小时候的自己,也时常是光着脚丫去上学,衣服上的补丁也是一重又一重……

过了一会儿，江月从沉思中回过神来，打量着这幢老旧的教学楼，打量着这四周的环境。小操场边上长着几棵杨槐树，还有几丛叫不出名字来的灌木，下方便是农田，一溜下去，一弯弯梯田，金黄的稻穗低着头，享受着即将丰收的喜悦。谷底，是一条小河，蜿蜒到远方。小河对岸，便是柏林街，28日报到的地方。

江月穿过旧教学楼，上了阶梯，穿过大操场，朝寝室走。刚踩上楼梯，江月便闻到了炒菜的香味。龚安萍已经把饭做好了，这会儿正在炒丝瓜。

随后，李心雨也上了楼。

"呀，安萍，辛苦你了。"李心雨说。

"是呀，真是辛苦安萍了。"江月说。

"我上全校的音乐课，我到各班去走了一遍，他们的语文数学老师都在，都说没有我什么事，让我回寝室来。我觉得吧，也不好意思回寝室闲着，我便去大办公室，给大办公室做了一个大扫除。最高兴的是，咱们学校的大办公室里竟然有两台脚踏风琴，有一台坏了，有一台还能用。"龚安萍说，"我把风琴也抹了一遍，便回来了。"

"安萍，有了风琴，你的音乐课会上得更好。"江月说。

"没想到在这么偏远的山区小学，竟然还能弹着风琴上音乐课。"龚安萍美美地说。

"祝贺你，安萍！准备开饭了。"李心雨说。

"梁师兄呢？他还在班上吗？我去叫他一声。"龚安萍说。

不一会儿，梁兴盛背着陈安，跟着龚安萍来到了木楼上。

"梁师兄、陈安，快请坐。"江月说完，赶紧添了一副碗筷。

来到楼道里端菜的时候，李心雨用带着疑问的眼神望着江月。江月自然明白李心雨的疑问，那就是："你怎么知道那个孩子叫陈安？"她把嘴巴凑到李心雨耳边，极其小声地说："早上我碰到了，肖静老师给我讲了，待会儿慢慢给你讲啊。"

大家都坐下来，准备吃饭。梁兴盛很抱歉地说："对不起啊，我忘了提前告诉你们，我还要带陈安来一起吃饭。"

"梁师兄，不要这么见外，饭菜都够。"龚安萍说，"都饿了，赶紧吃饭吧。"

因为多了个陈安，一个脚有残疾的陈安，江月、李心雨和龚安萍都不知道该说什么才好。

在这新的学年里，陈安上三年级了。陈安，一个脸上带着忧郁的男孩，然而，这忧郁，却掩饰不住他的聪明，他那双忽闪忽闪的大眼睛，仿佛总是在仔细地观察着这个世界，洞察着生活，他的脑子一定是在思考着未来。

陈安吃得快，也可能是因为陌生而没有吃好饭，他早早地放下了碗筷。

"陈安，要不要下去玩？"梁兴盛问陈安。

"要。"陈安小声说。

"慢点啊。"梁兴盛说。

陈安拄着拐，慢慢地走了。那缓慢的、轻重不一的脚步声，在过道里响起，振动着在吃饭的每一个人的心。

听不到木楼梯振动的声音了，陈安应该是到操场上去了。梁兴盛这才一边吃饭一边跟大家讲起陈安。陈安没有爸爸妈妈，家里只有一个近80岁的体弱多病的爷爷。陈安的腿有残疾，可以拄着拐杖

49

慢慢走路，但如果遇到上坡或下坡，就特别容易摔跤。晴天还好，如果是雨天，路滑，更容易摔跤，摔倒后就是一身水一身泥。梁兴盛不忍心看他这样摔着跤来上学，便决定每天背他上学和放学。从梁兴盛家到陈安家，要朝反方向走20分钟路，然后再背着陈安，走50分钟左右的路来沙河小学。下午放学，梁兴盛背着陈安走50分钟左右的路到陈安家，再返回来走20分钟回到自己的家。因为这事，梁兴盛便没有在学校分给他的寝室里住。中午，梁兴盛会带着陈安在学校食堂吃饭，梁兴盛吃什么，陈安就吃什么。陈安的腿部肌肉需要得到锻炼，所以，课间和午间时分，梁兴盛会鼓励他跟同学们一起在操场上玩耍。

"梁师兄，今天只是报到，不上新课，你可以不用背陈安来呀。"龚安萍说。

梁兴盛说："安萍，在我看来，报到是学生学习生活中一项重要的仪式，每个学生都会在漫长的假期快要结束时盼望着这一天，盼望着跟老师和同学们见面，我想，陈安也不例外，兴许，他会比别的同学更渴盼这一天……"

"陈安为什么会比别的同学更渴盼这一天呢？"龚安萍问。

"他是残疾孩子，能有上学的机会，已经很不容易。他嘴上不说，但心里一直担心会失学。"梁兴盛说，"所以，每个开学报到的日子，对他来说，都是他所向往的美好生活的继续。"

听到梁兴盛讲到这里，江月、李心雨和龚安萍都哽咽了，碗里剩下的饭也吃不下了。

一个看起来很平常的人，却揣着一颗伟大的爱心。梁兴盛就是这样的人，他不光是解决了陈安在肢体上的困难，还努力走进陈安的内心，在精神上予以帮助。

大家沉默了一会儿，梁兴盛说："谢谢你们邀请我一起吃午饭。我是两个人来吃饭，生活费我得交两份才对。"

"梁师兄，陈安的生活费，你就不用交了，我们大家一起承担，何况，多一个陈安，也多不出多少生活费来。"江月说。

"江月说得对。这么一点生活费，跟你天天背陈安相比，根本不算什么。"龚安萍说。

"今天代杰不在，我相信他也不会同意梁师兄你替陈安交生活费。"江月说。

午饭后，江月、李心雨和龚安萍一起收拾锅灶碗筷。李心雨把剩下的饭菜罩在饭桌上，说："等代杰回来，给他热一下再吃。"

"哎呀呀，真是抱歉！"龚安萍很内疚地说，"我竟然忘了还有代杰没有吃午饭，早些想起来，应该给他留一份，不能让他吃我们剩下的饭菜呀。"

"没关系，下次给他留一份就好。"李心雨说。

"嘻嘻嘻，没关系……这事儿好像真跟谁有关系一样。"江月调皮地笑着说。

"吃了代杰煮的早饭，还不为代杰说话，你到底是什么人啊！"李心雨假装生气地说。

"好了好了，我错了，我是坏人。"江月笑着说。

"哎呀，你们俩就不要吵了。"龚安萍说，"下午，你们报到，如果代杰回来了，我就给他热饭菜，这样行了吧？我将功赎罪。"

"行，安萍，这事儿就交给你了。"李心雨说。

然而，等代杰回来的时候，已经是吃晚饭的时间了。

51

"代杰，你不饿呀？怎么不早点回来吃饭呢？"李心雨问。

"早上就吃了碗稀饭，没有吃午饭，我不饿，那一定是妖怪。"代杰笑着说。

"那你怎么不早点回来吃饭呢？李心雨把饭菜都给你罩在饭桌上呢。"江月说。

"安萍做的饭菜很好吃，你错过了。"李心雨说。

"下午，肚子饿得咕咕叫，我也想早点回来。"代杰说，"我又担心有孩子来报到找不到老师，万一他以后就不来了呢？我岂不是耽误人家一辈子。"

"嗯，你说得也有道理。"江月说。

"代杰，明天你带饭去吃吧，不能再这样早上吃一顿管到天黑了。"李心雨说。

"好，带饭去。"代杰说。

代杰答应带饭了，李心雨便到寝室里找可以装饭的盒子。所幸的是，心雨奶奶在给李心雨收拾行李的时候，给她放了可以在食堂打饭菜的带盖的瓷钵，用这个来带饭，只要不盛汤进去，饭菜也不容易撒出来。可是，用什么来装这个瓷钵呢？李心雨继续在箱子里找。

"心雨，在找什么宝贝呢？"江月到李心雨的寝室里来了。

"找到了，就用这个手提袋来提饭菜。"李心雨拿出一个手提袋，说，"奶奶给我装这些东西的时候，我还说用不着，现在派上用场了。"

江月看了看带盖的瓷钵，看了看手提袋，又看了看李心雨，说："我怎么感觉你就像个小媳妇一样细心呢？"

"一点爱心都没有。"李心雨斜了江月一眼,假装生气地吼道,"去!滚回你自己的寝室里去。"

"嘻嘻嘻——我就不滚回去,我就要赖在你这里,碍你的眼。"江月笑着说。

过了一会儿,代杰和龚安萍也来了,大家一起交流今天报到的情况。

"我班上来了15个孩子。"江月说。

"我班上来了13个。"李心雨说。

"我只有6个。"代杰说这话的时候,心情有点沉重。

"很多孩子家庭条件都不好,有打光脚的,有衣服破了连补丁也没有打的,有裤腿一边长一边短的……"江月说。

"都差不多。我们班今天来报到的,有几个孩子每天要走一个小时的路来上学。山区孩子上个学真不容易啊!"李心雨说。

"我那里是村小,我不图别的,我只希望多有几个孩子来报到入学。"代杰说,"今天来报到的6个孩子中,有两个孩子都背着背篼。我问他们背着背篼做什么,他们都说,爸爸妈妈说的,在回去的路上,要割满一背篼草才能回家。"

"有些家长支持孩子上学,有些家长本就不太情愿让孩子来上学,我真担心,上不了多长时间的学,他们就辍学了。"李心雨说。

"我们要多给家长们做工作,多去家访,让家长们知道孩子读书的重要性,尽量不让孩子们辍学。"江月说。

"嗯,江月说得对。"代杰说。

一直没有说话的龚安萍插话了,她说:"我教音乐课,我想,我应该让孩子们喜欢上音乐课,喜欢来上学,家长的工作,我们一起做。"

……

几个人聊了很长时间，在他们看来，现在感到最难的不是山区的生活条件，而是都觉得肩上的担子很重。

"很晚了，我们都回去写写教案吧。"江月提议。

于是，大家各自回了自己的寝室。

过了一会儿，江月又折返回到李心雨的寝室，小声说："心雨，明早我们一定要早起煮早饭。"

"好。"李心雨小声应答着。

江月回到寝室后，很认真地备着课。她的教案写得很详细，她牢记师范校时老师们说的话："备课，要备教材，备学生，备随时可能出现的课堂状况……这样才能做到因材施教……"在备课的过程中，江月发现，想要把教材里的知识传递给学生，自己得有非常全面的知识，正如师范校老师们说过的一句话："要给学生一滴水，教师得有一桶水。"江月深深地感受到：还得加强学习。

备了课，江月拿出日记本来，开始写日记。

今天是开学报到的日子，前来报到的有15个孩子，希望花名册上的孩子都能全部入学。

从孩子们和家长们的穿着，我能感受到山区和我们平坝地区的经济差异。我想，要改变这种差异，就需要一代又一代人的努力，需要孩子们好好学习，长本领，改变家庭的经济状况，改变山区的经济状况。这些，或许是很多年以后的事情，但如果现在不努力，很多年后也不可能实现现在的美好愿望。

此刻，我感觉自己肩上的担子很重。

梁兴盛师兄竟然天天背着一个残疾孩子上学，而且已经背了两年，这是我没想到的。原来，在这条件艰苦的大山里，还有如此大爱！还藏着这样一颗不为人知的爱心！师范校时，老师们时常教大家要有爱：爱祖国，爱人民，爱学生，爱岗敬业，等等。是啊，我们的生活中，处处需要爱，像陈安这样的孩子，如果没有梁师兄这样的爱，他可能就没有上学的机会了。

今天，刘婷婷来报到的时候，我竟然想起柳婷婷了。天堂里的柳婷婷，你还好吗？

……

4. 开学第一天

9月1日,星期三,是学校正式开学的日子。

江月早早地起了床,她准备煮早饭。可是,江月在寝室里便闻到了米饭的香味,她知道:已经有人在煮饭了,并且,饭都快好了,空气中才会有这米饭的香味。

江月打开寝室门,见李心雨和代杰正在煮饭。李心雨坐在灶旁烧火,代杰站在灶旁,正揭开锅盖,看饭煮好了没有。为了方便代杰带饭到学校去,今天早上煮的便不是稀饭,而是干米饭。

煮好了饭,代杰匆匆忙忙地吃了早饭,便准备出发了。这时候,李心雨已经替代杰打好包,她把装有饭菜的手提袋递给代杰,说:"中午记得吃。最好是拿到附近的农户去热一下。"

"好的。谢谢!"代杰接过手提袋,说。

在还不到7点钟的时候,代杰便出发了,他走得很快,要爬一个小时的山呢。8:30的朝读课,代杰想要在8点就赶到大月小学,站在操场上或者是教室门口,迎接他的孩子们的到来。

还不到8点钟的时候,江月和李心雨便朝教室走去,迎接小不点儿们开学。截止到昨天晚上,江月班上前来报到注册的有33个孩子,李心雨班上有36个孩子,而且还有不在花名册上的孩子,应该是在学校摸底的时候他们说要在村小上学,后来改变主意跑到沙河小学来了。当然,也可能是在摸底的时候把这些孩子漏掉了。杨芳老师说,一个年级两个班一共有69个孩子已经很不错了。

江月和李心雨的班上都有几个孩子没有报到入学,向教务处汇报的时候,教务处说,没报到入学的孩子有可能是改变了主意,到就近的村小去报到入学了,等今天下午各教学点的报到名单交上来,便知道有哪些孩子没入学,到时候再去家访,劝其入学。

"江老师好!"一个响亮的声音在教室门口响起。

脖子上挂着教室钥匙的冯远辉,站在教室门口,微笑着望着江月。

"冯远辉,你来多久了?"江月问。

"我七点半就来开教室门了。"冯远辉说,"不过,我一直在这里守着,不让别人进我们的教室。"

"好样儿的,冯远辉!"江月表扬了他。

得到了老师的夸奖,冯远辉很开心。

孩子们陆续来到教室,坐在板凳上,像一群小麻雀一样,叽叽喳喳地吵个不停。他们的手上还没有教科书,除了叽叽喳喳地吵闹,也没什么事情可以做。

"安静!"江月站在讲台上,用教室里原有的教鞭敲了敲黑板,大声说,"孩子们,安静!"

江月叫了好几声"安静",过了好一会儿,孩子们才渐渐安静下来。江月说:"孩子们,幼儿园都教些什么歌?"

"《春天在哪里》。"

"《小燕子》。"

"《铃儿响叮当》。"

"《学习雷锋好榜样》。"

"《一分钱》。"

……

看来,孩子们在幼儿园的时候学过不少歌呢。

江月说:"谁来起个音,大家一起唱歌?"

"老师,我来。"刘婷婷高高地举起了小手。

"好,刘婷婷,你来起个音,大家一起唱歌。"江月说。

于是,在刘婷婷的带领下,孩子们唱起了《小燕子》:"小燕子,穿花衣,年年春天来这里……"

唱过了《小燕子》,又唱了《春天在哪里》《一分钱》《学习雷锋好榜样》等。

朝读课开始的时候,学校的广播在播送着通知:"请全校教师和同学们注意,现在播送一则通知:请各班主任带领学生到后勤处领取教科书和作业本……"

江月问大家:"有哪些同学愿意跟老师一起去领书和作业本?"

江月的话刚问完,孩子们的小手齐刷刷地举了起来。

江月想:"得有一个镇得住场面的孩子留下来管理教室里的纪律才好呀。"于是,她又问:"哪位同学愿意留在教室里维持纪律?"

"我!"马玉萍反应最快,她把手举得高高的,声音也很响亮。

"好。"江月说,"马玉萍负责管好纪律,不过,每个同学都要自己管好自己。靠窗户这两组的同学跟老师一起去领书和作业本。刘婷婷负责继续起音唱歌。"

江月带着孩子们把书和作业本领回来的时候,教室里的孩子们依旧在整齐地唱着歌，马玉萍站在讲台上，拿着教鞭，很严肃的样子，一副小老师的模样。

见到新书和作业本的时候，孩子们特别兴奋，一个个又开始叽叽喳喳地吵闹起来。

"安静！"江月又开始敲教鞭。

江月发现，这声"安静"和在黑板上敲教鞭并不太管用。她想了想，说："孩子们，我们来训练一个口号。"

"江老师，什么口号呀？"

"是喊'一二一'吗？"

"是喊'齐步走'吗？"

……

"安静！听我说。"江月又费了一些神儿，才让孩子们安静下来。

江月做着拍手的姿势，对孩子们说："我一边拍手一边说：'一二三'，刚好拍三次手，你们紧接着便也一边拍手一边回应老师：'快坐好'，也是拍三次手。我再拍手说'小嘴巴'，你们接'不讲话'。我再拍手说'小眼睛'，你们接'看黑板'。"

"一二三，快坐好。"

"小嘴巴，不讲话。"

"小眼睛，看黑板。"

……

江月如此反复地训练了好几次，孩子们才能整齐地回应，而且同时也集中了注意力。

江月想："这应该就是师范校时所学到的组织教学法吧。"

由此看来，没有哪一门功课哪一门技能会白学，当你走上工作岗位后，你会发现，你所做的每一件事情，都需要用上你以前所学的知识和技能。如果当初你学得深入学得扎实，那么，你在工作的时候便能运用自如。而你在学习的时候偷过的懒，终归是会在工作中以栽跟斗的形式来体现。

教科书都分发下去了，作业本只发了两个，一个语文作业本，一个数学作业本，剩下的作业本江月会给孩子们保管好，到时候统一发放，以免孩子们一下子就把所有的作业本都弄脏了甚至是弄丢了。

随后，江月数了数孩子的个数，发现教室里还缺一个孩子，通过点名，知道是那个叫李月娅的女孩还没有到。

过了一会儿，一个怯怯的身影，来到了教室门外。这个女孩没有像别的孩子一样大声地打报告进教室，而是站在门外，低着头。

"李月娅，进教室吧。"江月来到教室门口，对李月娅说。

李月娅依旧低着头，没有动。江月发现，李月娅在哭，但她尽量忍着，不让自己哭出声来。江月还发现，李月娅的裤子全打湿了，还沾了不少泥，凉鞋也只剩下一只，提在手上，她应该是在上学路上滑进水田里去了。

"老师，我的裙子可以脱给她穿。"马玉萍来到教室门口，对江月说。

江月打量着马玉萍，她今天穿得很整齐也很漂亮，上半身是一件白色的泡泡袖小衫，下半身是一条粉红色的短裙。江月心想："你把裙子脱给李月娅，那你……"

小小的马玉萍似乎看穿了江月的心思，她撩起短裙，说："老师，你看，我里面穿着短马裤，不怕。"

"你穿这么多？"江月脱口而出。

"嘻，我是担心裙子打湿了，就多穿了个小马裤在里面。"马玉萍说。

望着眼前这个有主意的小眼睛翘嘴巴女孩，江月心想："这真是个能干的孩子。"

"这样吧，马玉萍，你把马裤脱给李月娅穿好不好？"江月说。因为李月娅的裤子全湿了，内裤肯定也湿了，只穿个短裙也不合适。

"好的。"马玉萍说。

来到厕所里，江月为李月娅换上了马玉萍的马裤，说："明天记得把马玉萍的马裤带来还给她。"

"嗯。"李月娅一边说，还一边流泪。

"好姑娘，把眼泪擦擦，我们到教室去，有新书可以领呢。"江月替李月娅擦了眼泪，带着她到了教室。

课间的时候，在集体办公室里，江月向肖静请教："肖老师，我没有当过班主任，您可得多教我啊。"

"江老师，我看你和李老师都很不错，开学第一天，便能让孩子们听指挥。"肖静说，"当年，我第一次当班主任的时候，面对一群像小麻雀一样的娃娃，我还真拿他们没办法，吼不过他们，吵不过他们，声音没有他们大，一天下来，嗓子就不行了。"

"其实，我也感觉嗓子快不行了。"江月说完，又清了清嗓子。

"多喝水，不要把嗓子弄坏了，才刚开始呢。"肖静说，"一年级的小朋友，大事没多少，就是鸡毛蒜皮的小事多，比如：谁的铅笔不见了，谁的橡皮擦不见了，谁摔进沟里了，谁尿裤子了……天天都会有十个八个的娃娃来告状……"

"报告！"正说告状呢，就有一个男孩站在办公室门前，打着报告，要进办公室。

"进来。"李心雨大声说，这是她班上的孩子。

"李老师，周彤把杨小萍的铅笔弄断了，杨小萍在哭。"那个男孩说。

李心雨赶紧跟着那个男孩一起，出了办公室，朝教室走去。

"你看，这才刚开始呢。一天大大小小的事，都要你去管。小学一二年级，老师就像鸡母，学生就像小鸡崽儿，整天都围着你叽叽喳喳地吵个不停，你得有一百二十分的耐心来对待他们……"肖静还说，"一年级的小学生，行为习惯和学习习惯的养成非常重要，这两种习惯如果养好了，孩子会受益终生。"

肖静跟江月说了许多，让江月受益匪浅。江月说："谢谢您，肖老师！您随时想到什么教育学生的好方法，都请您告诉我。我在班级管理中，如果有做得不妥当的地方，也请您给我指出来。"

"江月，你真是好学呀！沙河小学有你们这样的老师，真是山区娃娃的福气。"肖静由衷地说。

上午第三节课的时候，江月上了厕所后又折返回来，她想看看孩子们在数学课上的表现。江月正准备上楼，便见楼底的靠楼梯间的二年级一班教室里，有一位老师正在用左手写字。江月不禁停下了脚步。这位老师的右臂袖管是空着的，应该是失了右臂，他用左手在黑板上写字，速度跟常人一样快，字也写得很工整很漂亮。那位老师见窗外有人在看他讲课，便报以浅浅的微笑。

江月在上楼的时候，正好有李心雨班上的数学老师马波跟着上楼。江月问："马老师，刚才那位老师叫什么名字？"

"黎治明老师，是个好人。"马波说。

走上二楼，有同事找马波有事，江月和马波的谈话便结束了。

下午四点多了，沙河小学的学生们都放学回家了，还是不见代杰的身影。

"这个代杰，是不是在回来的路上被拐卖了？"李心雨说。

"别担心，他带了饭去，肚子不饿就行。"江月说。

"我觉得吧，代杰很可能在回来的路上遇上铁扇公主了。嘻嘻嘻——"龚安萍笑着说。

"完全有可能，这么帅的男生，说不定什么时候就被哪路妖精给半道劫走了。"江月也打趣道。

"拐卖也好，劫走也罢，我都没意见。还省了给他包饭菜呢。"李心雨说。

江月他们各自忙了一会儿自己的事情，便开始做晚饭。

"我想吃肉。"龚安萍皱着眉头说，"我们是哪天吃过肉的？"

江月想了想，算了算，说："8月28号当晚吃过肉，然后是8月30日中午吃过肉，昨天没有吃。"

"说起肉，我都流口水。"李心雨说，"我也想吃肉。"

"那天王校长拿过来的腊肉，还有一些，我们今天晚上吃吧。"江月说。

"今天才1号，沙河要5号才赶集，才能买到鲜肉呢。"李心雨说，"这点腊肉，我们分两次吃，明天中午吃一半，4号中午吃剩下的。我们以后吃肉都要在中午吃，趁梁师兄和陈安在一起吃饭。"

"心雨,你想得太周到了!"江月说。

"嗯,心雨这个主意不错。4号中午吃完,5号正好是星期天,我们去沙河街上买点肉,吃一点,剩下的拿到杨老师家的冰箱里去冻着。"龚安萍说。

"嗯,我们买肉一次别买太多,能吃两三次就可以了。杨老师的冰箱不能只冻我们的东西。"江月说。

"5号赶沙河街,还得买一点肥肉或猪板油回来,熬些熟猪油,方便平时炒菜做汤用。"李心雨说。

"好,一定要记住。"江月说。

因为今天晚上不能吃肉,可是龚安萍又很馋,江月在炒菜的时候便多放了一些腊猪油,还笑着说:"安萍,吃饭的时候,猪油渣是你的啊。"

"好啊好啊,小时候,我们家猪油渣就是我负责吃。"龚安萍高兴地说。

在做饭的时候,李心雨一直透过过道的窗户往马鞍石方向望,她多么希望能望见代杰回来的身影。可是,一直望到大家把饭菜做好,一直望到夜幕降临,天黑得已经看不清那条路的时候,代杰还是没有回来。

"代杰不会出什么事了吧?"龚安萍说。

"这么大个人,会有什么事啊?就算迷了路,也会问路吧?"江月说。

"会不会被家长请去吃晚饭了?"龚安萍说,"这里的家长都太热情了。"

"想来不会吧?开学第一天,代杰应该不会到学生家里去吃饭。"李心雨说。

"也是啊。"龚安萍说。

"我们先各自忙吧,说不定我们忙着忙着,代杰就回来了。"江月提议。

江月几个人写着教案等,终于等到了打着手电筒归来的代杰。

"哇,代杰,我们都以为你被铁扇公主掳去了呢。"龚安萍说。

"我还巴不得有铁扇公主出现。"代杰说,"有她带着我飞,我就不至于这么晚才到家了。"

"赶紧准备吃饭吧。"李心雨从代杰手里接过那个手提袋,觉得还很沉,打开一看,喊道,"哎呀,代杰,你竟然没有吃午饭。"

"赶紧开饭吧,我肚子都饿扁了。"代杰说完,把手上提着的另一个口袋放在了灶的一旁。

江月打开口袋一看,口袋里装着茄子、黄瓜等,她笑着问道:"代杰,你这么晚回来,为的就是顺手牵羊?牵了这么多菜回来。"

"先吃饭。"李心雨说。

"好,先吃饭,再听我细细讲来。"代杰迫不及待地端起一碗饭,狼吞虎咽地吃了起来。

吃完了第一碗饭,李心雨赶紧给代杰添了一碗。代杰一边吃饭,一边给大家讲今天回来得这么晚的原因。今天是开学的第一天,代杰的花名册上的15个孩子,只来了10个,一直到中午1点30分放学的时候,还是只有10个孩子。代杰在学校等了近一个小时,仍然没有孩子来报到。于是,代杰按花名册上的家庭住址,挨家挨户去家访。

"呀,代杰,你是我们几个中最早开始家访的人。值得表扬。"

江月说。

"江月,你不要讲话,我要听代杰讲他一路的惊险故事。"龚安萍说。

"家访,又不是孙悟空打妖怪,有什么好惊险的?"李心雨笑着说。

"嘻嘻——代杰,你继续讲。"龚安萍说。

"我先讲好事。"代杰说,"这5个没有在我那里报到的孩子中,有2个竟然跑到沙河小学报到了。"

"还记得名字吗?"江月问。

"当然记得,是陈霞和邓亮。"代杰说,"心雨、江月,我正好核实一下,这两个孩子是不是跑到你们班上来了?我就怕家长撒谎骗我,不让孩子入学。"

"邓亮在我班上。"江月说。

"陈霞在我班上。"李心雨说。

"好,这我就放心了。"代杰说。

"喂,代杰,我们替你教那两个学生,你放心吗?"李心雨问。

"我真不放心。"代杰说。

"为什么?"江月和李心雨异口同声地问。

"哈哈哈!"代杰笑着说,"我是担心你们把他们教得太优秀了!"

"另外3个呢?"龚安萍问。

"另外3个,有点惊险。"代杰说。

"呀!"龚安萍说,"还真有惊险?"

不单是龚安萍,江月和李心雨也用惊讶而期待的目光看着代杰。

"这3个孩子是杨敏、周开莉和向小勇。我一个个地讲给你们听啊,尤其是心雨和江月,要好好听,总结家访经验。"代杰说。

"嗯。"江月和李心雨都点头表示会认真听,认真总结经验。

接下来,代杰给大家讲了他去这3个孩子家里家访的经过。

去杨敏家的时候,刚走到院坝里,见一个小女孩正在翻晒干豇豆。

"小朋友,你是杨敏吗?"代杰问。

小女孩点了点头。

"杨敏,我是代老师,同学们都开学了,明天你也去上学,好不好?"代杰说。

这时候,一个中年妇女从大门里走出来,黑着脸,也没有和代杰打招呼,拉着杨敏,气冲冲地进了屋,只听"砰"一声响,大门被关上了。代杰上前去敲了敲门,大声说:"大姐,杨敏该是上学的年龄了,让她去上学,学知识,将来长大了才有更好的出路……"

屋里的高音抢了代杰的话茬:"把娃娃喊去上学,学费你出?屋里的事你来做?你们这些老师,吃得饱穿得暖和还有钱用,不晓得农村人的苦……"

代杰在外面等了好一会儿,说了好多关于孩子要读书的话,门还是没有开。代杰只好朝下一个孩子的家里走去。

好不容易找到了向小勇的家。向小勇的爸爸一见穿着不同于农村人的代杰,直接对他说:"你是老师啊?我们学费还没凑齐,等凑齐了学费,我们小勇就来上学。"

一听这话，代杰舒了一口气，说："大哥，学费没凑齐没关系，让向小勇先去上学，学费过段时间交也没关系。"

"好好好，谢谢老师！"小勇爸爸高兴地说，"小勇明天就上学。"

怀揣着愉快的心情，代杰找到了周开莉的家。周开莉的家人说："我们开莉到柏林小学上学去了。"这一句话，就把代杰挡在了门外。

这3个孩子的家离得都比较远，他连走带跑，都跑到天黑才回到了家。

"我还会去杨敏家，争取说服家长，让杨敏来上学。"代杰说，"我会向学生打听，周开莉到底有没有去柏林小学上学。"

"代杰，我们都要向你学习。"李心雨说。

"嗯，明天问一下教务处，我们的名单上没有来的学生，有没有到别的小学去报到入学，如果没有，我们也要及时家访，争取让他们入学。"江月说。

"早上带去的饭菜，你怎么没吃呀？"李心雨问。

"第三节课上完是11点50分，10分钟课间后，便又接着上第四节课，所有的学生都没有吃午饭，你们说，我能把饭拿出来吃吗？"代杰说，"我想着吧，等放学后再吃。但是，放学后，想着还有5个学生没有来上学，也没有心情和胃口了。"

"于是，你就带着饭菜去家访。"江月笑着说。

"然后，家长请你吃晚饭，你就把瓷钵打开，说：'我带着饭菜呢。'"李心雨说。

"哈哈哈！江月，心雨，你们俩真是笑死我了。"龚安萍说。

"一个孩子的妈妈给我准备了一大背篼菜,让我背回来。我说不要,她说:'是不是嫌少了?我再去地里摘一些。'我象征性地拿了一点,赶紧逃掉了。"代杰说,"家长见天黑了,借了我一支手电筒。"

"看来,真不是所有的家长都支持孩子上学呀。"龚安萍说。

"不过还好,多数家长都是通情达理的。"代杰说。

"往后,我们要做的工作还很多啊。"李心雨说。

"在和家长沟通的过程中,肯定会遇到不少困难。不过,为了孩子们能上学,再困难,我们也不要放弃。"江月说。

……

经过努力,该入学的孩子都入学了,这让代杰感到很欣慰。他说:"我班上这13个孩子,我一定要把他们带到四年级,再送到沙河小学来交给你们,一个都不能少。"

代杰是一个心细的人,他背着江月和龚安萍,悄悄地对李心雨说:"以后我就不用带饭了,大家都没有吃午饭,我一个人吃也不好。你们吃了午饭后给我留一点,我那里1点30分就放学了,我赶紧跑回来吃饭,怎么样?"

李心雨也是个善解人意的人,她点点头,说:"好。我们会给你留中午饭。"

5.孩子们的午饭

　　沙河小学的食堂，由近五十岁的张师傅和张二嫂承包。食堂虽然小，却也打理得干干净净。饭菜虽然简单，却也飘着香，每当上午最后一节课的时候，食堂的饭香菜香便飘进教室和办公室，老师和孩子们都忍不住咽口水。

　　正式上课的第二天，是星期四，江月做好了午饭，在上午最后一节课（沙河小学的课是这样安排的：上午一节朝读课加三节正课，下午两节正课）的下课钟声敲响的时候，来教室门口看孩子们放中午学。这节课是音乐课，龚安萍跟江月打了个招呼，便回寝室了。江月站在教室门口，说："孩子们，都饿了吧？赶紧回家或者去食堂吃午饭吧。"

　　"走喽走喽，回家吃饭喽。"冯远辉一边喊，一边冲出了教室。

　　"冯远辉，等我一下。"巫正兵也大喊着冲出了教室，追赶冯远辉去了。

　　"快跑快跑，去食堂排队。"刘大贵喊完，箭一般地冲出了教室。

　　"扑通——"刘大贵在楼道里摔倒了，他在地上打了个滚儿，翻身起来，下了楼。

"嘻嘻嘻——"同学们一阵大笑。

这时候，江月想起了开学报到那天刘婷婷妈妈的话："江老师，我们婷婷害羞，我怕她中午不好意思去食堂打饭，麻烦你帮我多盯一下。"果然，刘婷婷还在座位上呢。

"刘婷婷，去食堂排队吃饭吧。"江月说。

刘婷婷的脸红了，似乎害怕去排队吃饭。

"老师，刘婷婷她昨天中午就没有去吃饭，她有食堂的票。"马玉萍对江月说，"我叫她去吃，她就是摇头不去。"

"马玉萍，你怎么也不去排队吃饭呢？带着刘婷婷一块儿去排队吧。"江月对马玉萍说。

"老师，我可以带刘婷婷去排队。不过，我不排队，我没有票。"马玉萍说。

"你没有票？那你饿着肚子不吃饭吗？"江月问。

这时候，教室里已经有几个孩子在吃从家里带来的饭菜了。

"我昨天带饭来了，今天没带，明天会带。"马玉萍说。

江月走到正在吃饭的黎文身旁，问："饭都凉了吧？还好吃吗？"

"嗯。好吃。"黎文嘴里满是饭菜，回答得口齿不清。

江月对教室里正在吃带来的已经凉了的饭菜的孩子说："孩子们，要不要把你们的饭菜拿到老师那里去热一下？"

大家都摇头，或许，有些孩子是不好意思，有些孩子可能真觉得热饭菜和冷饭菜吃起来没什么区别。

"马玉萍，怎么带一天不带一天的？不饿吗？"江月担忧地问马玉萍。

71

"我不饿。下午放学回家去吃。"马玉萍说。

"老师请你到家里去吃,好不好?"江月问。

"我不去。好多同学都没有带饭呢。"马玉萍笑着说。这个懂事的女孩,似乎在问江月,好多同学都没带饭,老师家里的饭够吃吗?

江月把教室扫视了一圈,这会儿,有几个孩子在吃从家里带来的饭菜,还有几个孩子在写字,或是站在窗口朝着食堂那边张望……

"还有几个没有带饭的同学,出去玩儿了。"马玉萍似乎提醒着江月。是的,说不定还有跑出去用玩耍来忘记饥饿的孩子……

江月一下子不知道该说什么了,她的确没想到还会有这么些孩子在吃凉了的饭菜,有这么些孩子是不吃午饭的。

"刘婷婷,走,我带你去排队,你有票,不能饿着肚子。"马玉萍说完,便走过去,拉起了刘婷婷的手。刘婷婷也就是害羞,不想去排队打饭,有马玉萍愿意陪她,她自然就起身来跟着下楼去了。

望着教室里这些个吃着已经凉了的饭菜的孩子,望着那些个站在窗前看着食堂那边排队打饭的孩子,还有那些个在操场上奔跑着试图用玩耍来忘记饥饿的孩子……江月的心里真不是滋味。她想给那些带饭来的孩子热一下饭菜,可是他们已经快吃完了。她想请那些没有带饭的孩子到家里去吃饭,可是又觉得这样的想法不太现实。这时候的江月,感到自己力量太小,不能帮助这些孩子。

来沙河小学上学的孩子,有大概三分之一会在学校的食堂吃饭。他们与食堂结算的方式通常是:家长把米背到食堂,兑换成饭菜票,大一些的孩子自己拿票去打饭菜,一年级的小朋友容易把票弄丢,便以记账的形式记在食堂张师傅的账上,孩子去打一次饭菜，张师傅便记上一笔。也有一些孩子是带饭到学校来吃，早上带来的饭菜，到中午便已经凉了，也只能将就着吃。这些带饭来吃的孩子中，也有时候不带饭，就只能等到下午放学回家才能吃上饭。离家近的孩子，便是回家吃饭了。

江月在回寝室的途中，经过食堂的时候，见大大小小的孩子们还在排队打饭。有好些个孩子站在不远处朝食堂这边张望，他们一定是饿了，也想吃饭，但是没有票。

星期五上午的第三节课，是江月的体育课，中午放学的钟声一敲响，江月便说："孩子们，饭菜凉了不好吃，对胃也不好，带了饭菜来的同学，都拿到老师家里去热一热再吃，好不好？"

听江月这么一说，好几个孩子都把刚打开的饭菜藏在了桌子下面。

江月见马玉萍也带了饭菜，便说："马玉萍，你来带个头，带上同学们到老师家里去热饭菜，好不好？"

"老师，我也可以带头。"带了饭菜的黎文站起来说。黎文也是一个大方的孩子。

马玉萍端着装有饭菜的盒子走到教室门口，对大家说："走吧，我们一起去江老师家热饭。"

但是，除了马玉萍和黎文，别的同学都没有起身，他们都低着头，像做错了什么事情一样，一副很难为情的样子。

马玉萍和黎文跟着江月来到了木楼上。这时候，李心雨班上也有三个孩子在灶旁等着李心雨给他们热饭菜。

"马玉萍，你说说看，他们怎么不愿意到老师这里来热饭菜呢？"江月问。

"肯定是觉得不好意思。"马玉萍说。

"他们胆子小。"黎文说。

热过了的饭菜吃起来肯定更香，马玉萍和黎文站在木楼的过道里，不一会儿便把热好的饭菜吃完了。

星期六，江月上完上午的第三节课思品课，放学的钟声一敲响，江月便邀请带饭的孩子把饭拿到家里去热。可是，江月发现，有好几个昨天带了饭的孩子，今天中午都没有带饭了。马玉萍和黎文带了饭，但不管江月说什么，他们都不愿意去木楼上热饭菜了。

"马玉萍，你和黎文怎么不愿意去老师家里热饭菜了？"江月问。

"我妈妈说，这样会给老师添麻烦。"马玉萍说。

"老师不觉得麻烦呀，你们愿意拿去热一热，老师会很高兴呢。"江月说。

"我妈妈说，班上这么多同学，都拿去热的话，老师会忙不过来。而且，老师也没那么多柴来烧。"马玉萍说。

"有好几个同学今天都没带饭来了呢，你知道为什么吗？"江月问。

"他们有些人本来就是带一天不带一天的。"马玉萍说，"苏先才、吴明静还有好几个同学都说，害怕老师让他们把饭菜拿去热，干脆就不带了。"

这些小家伙，真是人小鬼大呀，想法比老师还多。于是，江月只能跟大家说："孩子们，因为路远不能回家吃午饭的同学，希望你们尽量拿粮食到食堂来换饭菜票，不愿换饭菜票的同学，也希望你们尽量带饭来吃，不能饿着肚子。以后，老师不会再来教室里喊大家把饭拿到我家里去热。当然,大家如果愿意拿去热一下,愿意一边吃饭一边跟老师聊聊天,老师也特别欢迎……"

江月的话刚说完,那些皱着眉头的孩子,便把眉头舒展开来。江月想:"真希望孩子们无忧无虑地吃带来的饭啊!看着那些没有带饭的孩子饿着肚子看别的孩子吃饭,还要饿着肚子上下午的课,再饿着肚子走很远的路回家,我心里真不是滋味……"

江月在路过食堂的时候,看见那个叫王绍平的男孩正躲在梧桐树的背后,悄悄地朝食堂这边张望。江月想:"这孩子没带饭,兴许是饿坏了。"于是,江月朝梧桐树走去。王绍平见老师朝他这边走来了,便转过身去,蹲下身子,假装开始玩泥巴。

"王绍平。"江月轻声地喊着他的名字。

"嗯。"王绍平回答的声音很低很低,低得恐怕只有他手上的泥巴能听得见。

"今天忘了带饭是吧?"江月轻声问。

王绍平没有回答,只是揉着手中的泥。

江月想了想,说:"你一定口渴了吧?到老师家里喝杯水,好不好?"

王绍平没有回答,继续揉着手中的泥。

"走吧,去喝杯水,然后回教室睡午觉。"江月伸出手来,去牵王绍平那沾满了泥的小手。

王绍平虽然把手缩了缩,但并没有拒绝江月牵他的手。

江月牵着王绍平,走上木楼,在进木楼的大门一侧的水槽旁,江月拧开水龙头,说:"来,把手洗干净再喝水。"王绍平听话地把手洗得干干净净。进到过道里,江月听见了大家在李心雨的寝室里一边吃饭一边聊天的声音,便没有把王绍平带到吃饭的地方,而是带进了自己的寝室里。

"王绍平,你坐一会儿,我马上就回来。"江月说。

江月走进李心雨的寝室,把一个手指头放在嘴边压住嘴唇,对正在吃饭的李心雨、龚安萍、梁兴盛和陈安做了一个不要出声的动作,再用手指头指了指隔壁自己的寝室。大家大概明白江月的意思:"大家不要说话,我的寝室里有人。"江月先是倒了半杯水,然后拿了一个碗,舀了一大碗饭,夹了一些菜在碗里,朝自己的寝室走去。

江月来到王绍平身边,先是把半杯水递到王绍平面前,说:"王绍平,先喝水,一定渴坏了。"

王绍平接过水,先是浅浅地喝了一口,又抬起头来望了望江月。江月鼓励他说:"喝吧,如果不够,老师再去给你倒。"王绍平大口大口地把这半杯水喝完了。

"来,吃饭。"江月把筷子塞进王绍平的手中,说,"你今天忘了带饭来,一定很饿,吃吧,吃饱了进教室去睡午觉。"

王绍平还是觉得难为情,他不敢动筷子。江月轻声说:"你慢慢吃,老师要到隔壁去忙点事,一会儿我来看你,送你回教室。"江月说完,便出了寝室,到了大家吃饭的地方,先是示意大家不要说话,尽量不要弄出声响,然后坐下来,继续吃饭。

没过多大一会儿,大家便听见过道里有"咚咚咚"的快速的脚步声,随即又听见"噔噔噔"下楼梯的声音,江月朝自己的寝室一指,大家都会心一笑。大家又等了一会儿,给足了王绍平从木楼跑向食堂下面的教学楼的时间后,才起身来,站在窗口往外望,已经没有了王绍平的身影。

江月回到自己的寝室，只见桌上摆着一个空碗，里面的饭菜被吃得精光，一粒饭也没有剩下。

这时候，陈安也吃好了饭，拄着拐杖，慢慢地下楼去了。

"我应该给他添碗饭的。"江月一边收拾碗筷一边后悔地说。

"他能把这碗饭吃下去都不错了，都不知道给自己壮了多少次胆呢，你再去给他添饭，只怕他也不会再吃了。"梁兴盛说。

"看来，梁师兄很有经验啊。"龚安萍说。

"毕竟多上了两年课，对学生的心理还是有一些了解的。"梁兴盛说。

俗话说："欢喜不知愁来到。"江月正为中午做了一件好事情而高兴的时候，班上便发生了一件让她发愁的事情。

星期六下午第二节课，通常是中队或大队活动课，这开学第一周，学校大队委没有开展活动，便由各班班主任安排。快到下课的时候，坐在最后一排的苏乾亮大声说："老师，好臭啊，是屎臭味儿。"

这一说不打紧，所有的孩子都朝后排望去。

"老师，一定是李小强又把屎拉在裤子里了。"坐在第一排的郭巧玲大声说，"他上幼儿园的时候就是这样，一会儿尿裤子，一会儿把屎拉在裤子里。"

郭巧玲是个大方、嘴快的女孩，特别爱告状，有时候她一天要到江月那里告好几次状，江月不在办公室的时候她就向肖静老师告状，谁今天没有洗脸就来上学了，谁把谁踩疼了，谁和谁吵架了，谁弄脏了谁的作业本……都是她告状的内容。

江月也闻到了屎臭味儿。这时候，李小强涨得满脸通红，眼睛里含着眼泪，想哭，却又极力忍着，他那既委屈又害怕的模样，让江月很是心疼。

放学了，那个爱告状的郭巧玲已经出了教室，却又折返回来，把嘴凑到江月的耳朵边上，小声说："江老师，李小强的妈妈很凶，李小强尿了裤子回去都要挨打。今天他把屎拉在了裤子里，回家去肯定挨打。"

教室里，做清洁卫生的孩子正在扫地。负责锁教室门的冯远辉，正在阳台上做着家庭作业，他在等同学们把卫生做完后，锁了教室门再回家。通过一周的观察，江月发现，冯远辉不仅仅责任心强，做事认真，脑子也聪明，学知识一点也不吃力。

江月把嘴巴凑近冯远辉的耳边，小声说："冯远辉，你回家去拿一条裤子来给李小强换上，让他穿干净裤子回家去，可以吗？"

"呃——"冯远辉皱了皱眉头，没有说话，然后用手捂着鼻子，仿佛突然闻到了臭味儿似的。

"我会给他洗个澡，再穿你的裤子。"江月小声说，"你把裤子拿到老师的寝室去，好不好？"

"好的，老师。我一会儿再来锁教室门。"冯远辉说完，背着书包，飞快地跑了。

江月好说歹说，才把李小强带到了寝室里。当冯远辉把裤子送来的时候，代杰从大月小学回来了，江月交给他一个任务：把李小强带到男厕所去，给他洗个澡，换上干净的裤子。代杰愉快地接受了这项任务。

在代杰给李小强洗澡的时候，江月提了两桶水下楼，在男厕所旁边的空地上等待。等代杰给李小强洗完澡，把李小强的脏裤子拿出来后，江月便接过裤子，洗了起来。两桶水没有够，代杰又去提了两桶水来，江月才把李小强的裤子给洗干净了。

江月要把李小强送回家，而李小强家又比较远，家访还得耽搁一点时间，江月回来肯定要摸黑。李心雨和代杰提出陪江月一起去。

临走的时候，代杰向金老师借了一支手电筒。李心雨说："星期天赶沙河街，一定要添置几支手电筒，随时可能用得上。"

江月他们把李小强送回了家。刚到家门口，小强妈妈就是一顿骂："死崽崽儿，天不见黑就不回来呀？我以为大猫把你叼去吃了……"

李小强委屈地朝江月这边看。这时候，小强妈妈才注意到，孩子的班主任老师来了。小强妈妈放下柴捆，把江月他们迎进了屋。

江月让李小强在屋外玩会儿，她在屋里跟小强妈妈交流。一开始的时候，小强妈妈听说李小强上厕所弄脏了裤子，很是生气，不停地说李小强给她丢了脸。经过江月的一番劝说，小强妈妈才消了气。

小强妈妈进到里屋去找了一条裤子出来，冲着屋外喊："小强，来换裤子了，让江老师把裤子给你同学带回去。"

李小强明显听见妈妈不那么生气了，也知道有江老师在，妈妈不会打他，便听话地进了屋，换了裤子。小强妈妈把冯远辉的裤子拿到屋后洗了一遍，用一个袋子装好，递给江月，说："那就麻烦江老师了，把这条裤子帮我们还回去。"

小强妈妈一再留江月、李心雨和代杰吃晚饭，江月说："不添麻烦了,家里已经煮好了晚饭,等我们回去吃呢。"

临走的时候,小强妈妈硬是要江月他们带一些菜走。江月他们趁小强妈妈拿菜的时候,飞快地离开了。

"这里的家长多数都非常热情,非得要让你拿一点东西走他们才高兴。"代杰说。

"这是山区人民尊师重教的表现。"李心雨说,"这是好事。如果家长们都不尊敬老师,就不知道他们的孩子学习的重要性,我们的工作就更不好做。"

"对呀,要是所有的家长都像前几天我们去家访的时候遇上的某几位家长一样,我们怎么办?"江月说。

"唉!"李心雨叹着气,说,"想起前几天我们的家访,真是一把辛酸泪呀!"

江月不禁想起了前几天的家访。

星期二朝读课后,学校开了一个短会,教务处把核实过的各班上应入学但未入学的孩子的名单发到了各班主任手上,说:"学校研究决定,请各位班主任在这周抽下午放学的时间去这些未入学的孩子家里走访,劝他们入学……"

江月班上有4个未入学的孩子,李心雨班上有5个未入学的孩子,当天下午,江月和李心雨便跟着放学回家的孩子们一起,踏上了家访的道路。

第一天,江月走访的离学校最远的名叫吴大礼的男孩的家。大礼妈妈根本不和江月搭话,她不管江月走出了一身汗,也不管江月已经走得很口渴了,她只管不停地做着自己手上的事。吴大礼在哪里?被妈妈关在屋里。江月给大礼妈妈讲了许多上学的好处,讲学知识长本事，将来可以走出大山，可以有好工作，可以赚钱养家，等等。然而，到最后，大礼妈妈极不耐烦地说了一句："我没有读过一天书，我一个字都认不得，我不是照样生活？我不是照样有吃有穿？"

当江月还想说点什么的时候，大礼妈妈把大门一关，背着背篼走了。

江月觉得很委屈，就跟自己没有能够上学一样委屈。江月想："我走这么远的路来家访，本以为能够让孩子上学，可家长却这样对待我……"想到这里，江月真想哭，她强忍着眼泪，转身回学校。

第二天，江月走访了两个家庭。

刚走进赵明远家，江月便感受到了赵明远家的贫困。三间破旧的土房，一间堂屋，一间灶房兼猪圈，一间卧室，都不大，墙壁还裂着很宽的缝，四下漏风。堂屋里，明远爷爷躺在一张破烂的凉椅上，呻吟着。明远爸爸正在用竹篾修补着一只筲箕。江月给明远爸爸说明了来意，明远爸爸说："不是我们不想让明远上学，我也知道上学的好处，但家庭经济实在是困难，凑不齐学费……"

江月说："赵大哥，只要您支持明远上学，学费的事，我去给学校申请，您现在有多少就交多少，剩下的可以在半期的时候交齐。"

"好，好，太谢谢老师了！"明远爸爸说。

就这样，江月为赵明远争取到了上学的机会。

江月高高兴兴地朝下一个孩子朱丽家走去。这一次，江月便没有那么幸运了。不，应该说是这个家庭的孩子便没有那么幸运了。

江月刚给家长说明来意，便被那家长轰出了家门，朱丽爸爸大吼道："我的娃，读不读书，关你们什么事？真是狗咬耗子——多管闲事。女娃子家，读书有什么用？长大了，嫁人了，啥都不是我的……你不要来了！你再来，我对你不客气……"

接下来，朱丽爸爸骂了许多脏话，简直不堪入耳。

江月的眼泪真是包不住，一下子就涌了出来。上门去劝孩子上学，怎么跟做小偷似的讨人厌讨人咒骂？江月越想越委屈，她转身走进一片林子里，坐下来，哭了一会儿，才起身回学校。

江月回到学校才知道，朱丽去年就应该入学的，就是因为她爸爸重男轻女，认为女孩读书没有用，一直不让她上学。看来，真是没办法再劝了。

第三天家访，是去谭雪梅家。谭雪梅的爸爸妈妈一开始也是认为女孩读书没什么用处，也是认为将来嫁人了就是别人家的了。所幸的是，经过江月劝说，谭雪梅的爸爸妈妈同意让谭雪梅来上学了。

原本4个没有入学的孩子，江月都走访完了，但她不甘心，她决定再去吴大礼家一趟。这一次，吴大礼的爸爸在家，他一再强调，是吴大礼的妈妈不让孩子上学。江月还见到了吴大礼。

"吴大礼，你想上学吗？"江月问。

"想……"吴大礼含着泪说。

也就在这时候，大礼妈妈背着猪草回家来了，她见吴大礼在哭，生气地吼道："你哭丧啊？老娘还没有死！"

这么一说，吴大礼更伤心了，他"哇"地大哭起来。

一旁的大礼爸爸，只有叹气。

"你们这些当老师的，少一个学生你就教不下去了？"大礼妈妈把气都撒在江月身上。

江月正想说点什么，大礼妈妈转身便进屋去了。过了一会儿，大礼妈妈拿了一个盒子出来，递给大礼爸爸，她说，"你看一下，这农药，一瓶盖药要兑多少水。"

"你能干，你自己看。"大礼爸爸的语气里透着不满。

"我斗大的字不识一个，你不知道？"大礼妈妈说。

"那你还不让大礼上学？"大礼爸爸说。

"你这个……"大礼妈妈似乎想骂人，但没骂出口来。

江月上前去，从大礼妈妈手中拿过药瓶，说："大姐，我来帮您看看。"江月仔细地阅读了使用说明后，给大礼妈妈讲了一瓶盖要兑多少斤清水才合适。这样一来，大礼妈妈的态度转变了一些。

接下来，江月给大礼妈妈讲了许多："大姐，如果现在不让吴大礼上学，他将来打农药也要去请别人帮他看怎么兑水。出个远门，车站都不认识，能往哪里走啊……"

最后，大礼妈妈同意让吴大礼上学了。

经过三天的家访，江月劝来了3个孩子，李心雨劝来了2个孩子，她们在感到欣慰的同时，也为失学的孩子感到遗憾。在家访的过程中，江月被家长轰出家门，李心雨被一位家长扔出来的扫把打中了腿，疼得她直咧嘴。李心雨回来后，关起门来，悄悄地哭了一场。

……

"江月，你今天在和小强妈妈说话的时候，说得很精彩。我就纳闷儿，在师范校的时候，你没有这般头头是道啊。"李心雨说。

"暑假里看了一些书。这两天又在看从图书室借来的教育理论书，特别是教师和家长的沟通方面，我看了好几篇文章，对我启发很大呀。"江月说。

"你看完后我也要看。"李心雨说。

"等你们都看完了，我也看。"代杰说，"不过，你们可得抓紧时间看完，可别等我退休了你们才把书给我，我再看也没什么用了。"

"怎么没有用？你可以发挥余热呀。嘻嘻嘻——"李心雨笑着说。

走到半路，天就黑了。幸好临走时在金老师那里借了一支手电筒。

当天晚上，江月总觉得有什么话特别想表达，她在备了课后，拿出了日记本，开始写日记。

开学已经一周了。每一天都很忙碌，很充实。

刚到学校的时候，觉得学校的条件艰苦。现在，孩子们开学了，我觉得孩子们上学才真叫辛苦。他们要走那么远的山路，有些孩子还吃不上中午饭，更别说有零食吃了。

我很爱我班上这36个孩子（20个男生，16个女生）！有主见的马玉萍、做事踏实的冯远辉、体育课上跑得飞快的苏乾亮、计算能力非常强的苏先才、歌声很动听的刘婷婷、憨厚的黎文、爱笑的赵敏、很自卑却又很爱学习的吴明静……这些孩子我都喜欢。还有爱告状的郭巧玲、爱哭的李月娅、爱流鼻涕的马川、爱脸红的袁文天、调皮的刘大贵……我也很喜欢。就连会尿裤子的李小强、学习特别吃力做10道题可能10道都会错的刘小梅和王绍平，我也非常喜欢。

马川的鼻涕，可算是出名了，孩子们给他取了个绰号叫"鼻涕大王"，他似乎挺喜欢这个绰号，可能是因为绰号里有"大王"二字的缘故吧？调皮的刘大贵，时不时摔一跤，他会就地打一个滚儿再翻身起来，说不定又摔一跤，紧接着又就地打一个滚儿再翻身起来，孩子们给他取了个绰号叫"刘打滚儿"。刘大贵儿，刘打滚儿，谐音，似乎他生来就该有这个绰号。刘大贵也不介意同学们这样叫他，还总是乐呵呵地应答着。

我爱孩子们！我会像他们的大姐姐一样，像他们的妈妈一样爱着他们！我会陪着他们一起成长，我会努力传授知识给他们，让他们健康快乐地成长。

这第一周，做了五次家访：吴大礼家（两次）、赵明远家、谭雪梅家、李小强家，深感在山区当教师的不容易。山区的家访，路途远，家长多数没有文化，比较偏执，沟通起来很困难。不过，我不会放弃，我会多和家长们沟通，希望家长们支持孩子们的学习，等这批孩子长大了当家长的时候，他们有文化，会教育孩子，将来的老师们和家长沟通起来便没这么困难了。总结这五次家访，总体觉得比较成功。以后，我还要多学习，多积累更多的理论知识，再结合实际，做好班主任工作，做好语文教学工作。

我会努力做一名合格的人民教师。

……

星期天正好是5号，赶沙河街的日子。

代杰依旧起了个早，他要为大家做早饭。代杰打开寝室门，见李心雨已经坐在灶前，正往灶里夹柴。

江月和龚安萍也先后起了床。在灶边，大家商议着今天赶沙河街需要买些什么东西。

大家都觉得得添置一些日常用品，比如家访一定得带上的手电筒、修桌椅需要的小铁锤等。

"得添一个大一点的蒸笼。"江月说。

"嗯，给孩子们热饭菜用得上。"李心雨说。

"也幸好这眼柴灶够大，这口铁锅也够大，可以放一个大蒸笼。"龚安萍说。

"添一个大蒸笼，我怎么觉得我们这里像是天天都要办酒席一样呢？"代杰笑着说。

"嗯，就是要办酒席，办得热热闹闹的，让孩子们吃上热饭菜。"江月说。

大家还商议说要买点肉，但不能买太多，虽然可以放进杨芳老师家的冰箱里，但也不能占用太多的空间。

必须要买的还有猪板油，如果没有猪板油卖，也得买一些肥肉回来，熬制一些猪油出来，不管是做菜还是吃面条，都用得上。

大家一起到沙河街上买了鲜肉和板油，还买了装猪油的陶罐和蒸笼，便一路爬坡回了家。

下午，江月和龚安萍自告奋勇地揽下了熬猪油的活儿。李心雨去楼下的图书室当书虫，她说她要写文章，得多阅读。代杰则支起画板，打算为江月和龚安萍画画。

油熬好了。猪油清亮，油渣金黄。等油放凉后，还要在里面加白糖和盐，这样，猪油的味道会更好，也不容易变质。

江月把捞出来的油渣盛进一个小搪瓷钵里,她说:"做菜的时候放一点,油渣可以当肉吃。烧冬瓜,炖萝卜,都很美味。"

"哇,好香啊!我想吃油渣。"李心雨上楼来了。

江月分出一些油渣来,在里面放了白糖,说:"小时候,最喜欢吃刚出锅的放了白糖的油渣了,要吃的自己拿筷子来哦。"

李心雨夹了一块油渣放进嘴里,嚼了嚼,夸张地说:"江月牌油渣,真是太好吃了!"

代杰也没能忍住,起身来,拿起筷子,吃起了油渣。

龚安萍夹了一块油渣递到江月嘴边,说:"这是江月牌油渣,你不尝尝,一定后悔终生。"

江月笑着,把这块油渣吃进了嘴里。

"呀,代杰,你这素描画得真好啊!"李心雨看到了代杰的画。

"面对如此勤劳的劳动人民,我能画不好吗?"代杰说。

原来,代杰画的是熬猪油的江月和龚安萍。江月和龚安萍也围过去看代杰画的画,都夸赞着。

6. 教室里的背篼

开学第二周，江月根据上一周对孩子们的观察，以及孩子们自己的意愿，选出了班委：班长马玉萍和冯远辉、学习委员苏先才、文娱委员刘婷婷、体育委员苏乾亮、劳动委员黎文等。各小组第一个孩子担任小组长，方便收发作业。还选出了各科代表。

这两天，江月发现，教室后面出现了几个背篼。这些个背篼，有大有小，篾条的间距有疏有密。肖静老师告诉江月，山区的娃娃，除了上学，还要做家务，做农活，哪有纯粹只上个学的。肖静老师还说，有些家庭，让娃娃来上学，只是因为怕旁人说闲话，了个心愿而已，也没有希望娃娃能读到多少书，更不会奢望孩子要靠读书来长出息。听了肖静老师的话，江月也在观察，高年级也有许多孩子带着背篼来上学，下午放学的时候，这些孩子又背着背篼出了校园。

清晨，江月早早地来到教室门口，迎接着孩子们的到来。

吴明静来了。这个瘦削的女孩，眉间藏着深深的忧郁，这原本不是她这个年龄应该有的。但是，因为她的家庭，因为她的懂事，她必须得承载这份忧郁。吴明静也背着一个大背篼，与她小小的身体极不相称。

"吴明静，早啊！"江月跟吴明静打着招呼。

"老师……"吴明静在喊过这一声"老师"后，用手摸了摸背篼，低着头，仿佛在等待着老师的批评。

"进去吧，把背篼放好就行。"江月微笑着说。

吴明静低着头进了教室，她走到教室的后排，先是把自己的大背篼从背上放下来，然后，把那几个大小不一的背篼挪到卫生角，按从大到小从低到高的顺序重叠起来。吴明静把这件事情做好后，抬起头来望了望江月，江月给了她一个赞许的微笑。

这天上午第二节课后，江月和李心雨这两个班上，一共有九个孩子主动拿了带来的饭到木楼上来加热。李心雨和龚安萍都没有第三节课，做饭和为孩子们热饭的事情，便由她们俩来负责了。

到了吃中午饭的时候，孩子们来木楼上拿饭。孩子们通常是拿了自己的那份饭"噔噔噔"地下楼，到操场上去跟小伙伴们一起吃饭去了。江月和李心雨也理解这些孩子，他们一定是害怕跟老师们一起吃饭，觉得难为情，所以，也没有劝他们在楼上吃了再走。用李心雨的话来说就是："可别劝他们，要是再把他们吓着了，我们这热饭的活儿，就得暂停了。"

江月班上的马玉萍和刘小梅却没有像别的孩子那样，领了饭拿走，她们就站在灶旁，一边望着窗外，一边吃着热乎乎的饭。

"来，吃肉。"江月夹了几片肉在碗里，走到过道里来，夹给了马玉萍和刘小梅。

"嘿嘿——"马玉萍笑了。刘小梅也在笑，只不过没有笑出声儿来。

"马玉萍，你背背篼来没有？"江月问。

"我今天没有背。妈妈叫我放学后直接去地里，跟妈妈一起割猪草。"马玉萍说。

"老师，我背了。"刘小梅说。

"你今天打算往背篼里装什么？"江月问。

"放学回家的时候，在我们家的柴山林中去捡一背篼干柴背回去。"刘小梅说。

"你能背得动吗？"江月问。

"能啊，干柴根本就不重。"刘小梅又吃了一口饭，说，"我上幼儿园的时候就能背干柴了。"

在收拾锅灶碗筷的时候，江月说："我们小时候也要帮爸爸妈妈做一些农活儿，但却没有同学把背篼背到教室里来。"

"我在各班上音乐课的时候，也发现教室后面放有背篼。"龚安萍说。

"山里娃上学不容易。有些孩子，家里原本是不打算让他们上学的，要把他们留在家里做农活，只不过咱们这些做老师的就是不放过他们，三番几次往人家家里跑，劝他们来上学。"梁兴盛一边洗碗一边说，"家里该干的活儿，一样都少不了，所以，背着背篼来上学，就显得理所当然了。那些没有背背篼来上学的孩子，放学回家后，直接把书包背进地里干活，或者进了家门还没来得及放下书包，便接到了爸爸妈妈的安排，或是割猪草，或是背柴，或是把晒坝里的东西收进屋，或是在家里做晚饭……总之，没有几个孩子回家后是闲着的。只有少数孩子能在回家后先完成家庭作业再干活儿。"

下午放学的时候，江月见吴明静背着大大的背篼走出教室后，她临时决定，跟吴明静一起回家，顺便去做一次家访。

"吴明静，今天老师跟你一起回家。"江月说。

"我……"吴明静怯怯地望着江月。

"吴明静，江老师是去你们家告状，你要挨打了。"刘大贵大声地吓唬着吴明静。

这下好了，吴明静的眼圈一红，眼泪"唰唰唰"地往下掉。

"刘打滚儿，该被告状的是你。"小个子的苏先才对刘大贵说，"我还没有给江老师告你的状。"

"哼！"刘大贵瞪了苏先才一眼，有点心虚地说，"我又没有做坏事……"

"嘻嘻嘻——"苏先才笑着跑了。

也不知道刘大贵是做了坏事，还是苏先才故意这样说他，总之，刘大贵愣在原地，看着苏先才跑远了，才挠了挠头，跑了。

江月笑了，她想："这两个小鬼头，不知道在搞什么鬼。"

吴明静还在擦眼泪。江月说："吴明静，老师不是去告你的状，老师是去家访，学校要求老师要到每个学生的家里去家访，了解情况，就像老师每天都要上课一样，你明白吗?"

"嗯。"吴明静点了点头。

江月跟着吴明静一起，走出了校园。见吴明静背着这么大的背篼，江月说："吴明静，让老师来背一下你的背篼好不好?"

吴明静只是笑了笑，不愿意。

江月又说："吴明静，老师好久没有背过背篼了，想试一下背背篼爬山的感觉。"

听江月这么一说，吴明静便把大背篼给了江月。

"吴明静,今天是要割草还是捡柴?"江月问。

"割喂牛的草。"吴明静说。

"家里养了牛吗?"江月问。

"跟别人家一起养的,这几天轮到我们家割草喂牛。"吴明静说。

走到一处草多的地方,江月打算割草。吴明静说:"老师,爬完了这个坡再割草,一路割到家,背篼就装满了。"

"为什么?上面的草多?"江月问。

"不是多。"吴明静笑着说,"现在把背篼装满,爬坡多费力呀。"

这时候,江月分别感觉到吴明静在笑她,在笑她这么大个人了竟然不懂得这么简单的道理。江月也在心里想:"我也是农村长大的孩子,但没想到平坝地区和这山区的区别,背一背篼东西走平地和爬山,完全是两回事。"

快爬完这段陡坡的时候,江月见一个孩子正在路旁的林中捡柴。

"吴明静,你今天捡柴吗?"那个女孩问吴明静。

"不捡柴,今天我割喂牛草。"吴明静说。

江月问吴明静:"你们两家离得近?"

"嗯。她上二年级,每天放学都要赶快跑回家做事,不然她爸爸要打她。"吴明静说。

"如果你回家晚了,爸爸会打你吗?"江月这话一出,便后悔了,她担心伤害到了吴明静。

"爸爸不打我。"吴明静说,"姐姐这几天感冒了,我帮她割一些草,让她少割一点。"

爬完了这个陡坡,吴明静便准备开始割草了。

"老师,您在这里坐着等我。"吴明静指着一块较干净的石头,对江月说。

"我也帮你割草。"江月说。

"可是,您没有割草刀呀。"吴明静说。

江月顺手扯了几把草,在吴明静面前晃了晃,说:"你看,老师不用刀一样可以扯草。"

"老师,您还是不要扯草了,草浆弄到手上,弄到衣服上,洗不干净。"吴明静一边割草,一边说。

真是个懂事的孩子啊!

江月一边扯草,一边对吴明静说:"吴明静,我也是农村长大的孩子,我不怕草浆,它弄不到我衣服上去。手上弄了草浆,把洗衣粉打在手上,在石头上搓,很容易就搓掉了。"

"嗯。"吴明静停下来,打量着江月。

"我的脸被弄花了吗?"江月赶紧用袖子擦脸。

"没有,老师。"吴明静很认真地问江月,"老师,您是在农村长大的?"

"对呀,我是在农村长大的,只不过我家离这里很远很远。"江月说。

"如果我好好学习……以后能……当老师吗?"吴明静在问这话的时候,又回到了之前那种怯怯的表情。

"能啊!"江月说,"吴明静,只要你努力,将来可以当老师,可以当医生,可以当警察,还可以当科学家,等等。"

"呀。"吴明静的眼睛里,有一种亮光,江月从未在吴明静的眼睛里看见过。

"吴明静,我们学校好多老师都是在农村长大的呢,他们都是通过努力学习才当了老师。只要你一直努力学习,以后就有可能当老师,或者做别的。"江月说。

吴明静听了这些,觉得跟江月更亲近了。

开学一周多了,吴明静并不如马玉萍、冯远辉等同学那样跟江月亲近,或许,在吴明静的眼里,老师们都是高高在上的。

江月和吴明静一起努力,很快就把大背篼装满了。

"吴明静,快到你们家了吗?"江月问。

"快了……"吴明静皱着眉头小声说。

从吴明静的表情里,江月感觉出,吴明静不是太希望她去家里家访。这时候,江月想起了自己:小时候,老师要去家访,自己也不愿老师去,因为家境贫寒,担心老师嫌弃……

"我今天来,是想知道你家住在哪里,以后啊,老师从这里路过,走路口渴了,兴许会到你们家里来喝碗水呢。如果我饿了,还可能会在你们家里吃两大碗饭。"江月笑着说。

江月这么一说,吴明静皱着的眉头舒展开来了,脸上也有了笑容。

吴明静家的屋子,很低矮,很破旧。三间屋,里屋有一间床,住着吴明静、明静姐姐和奶奶,堂屋里安了一张床,住明静爸妈。床上的凉席,有好几个破洞,用布缝着。这会儿,明静奶奶正在床上呻吟着,明静妈妈正在宰猪草,她只是抬眼看了江月一眼,用的是小孩子看陌生人的眼神。明静爸爸还在山坡上忙活。

"老师，坐。"明静姐姐用衣角把一根板凳擦了擦，请江月坐。

江月坐了下来。

吴明静家的情况，真是让江月感到心酸，难怪明静姐姐那么小就辍了学，也难怪明静爸爸要到学校去请求免交学杂费。

明静妈妈又抬起头来，冲着江月笑了笑，一句话也没有说。江月也只能和明静姐姐聊几句，然后起身来看看他们养的猪，还有牛。

时间不早了，江月得往回走了，这么远的路，她一个人不可能摸黑回学校。明静姐姐留江月吃晚饭，她说："江老师，吃了晚饭，我和爸爸送您回学校。"

"不用了，我现在回去刚好赶上吃晚饭。"江月说。

在临走的时候，江月摸出她仅有的20元钱，递给明静姐姐，说："等你爸爸回来，把这点钱交给他，就说江老师说的，这钱给奶奶买药。"

明静姐姐不接这钱，她说："爸爸回来会吵我。"

"这是给奶奶买药用的钱，你爸爸不会吵你的。"江月说完，把钱塞进吴明静姐姐手里，快步离开了吴明静的家。

吃晚饭的时候，江月谈起孩子们放在教室里的背篼，谈起孩子们在放学回家的路上还要割草、捡柴等，代杰便给大家讲起了他班上的孩子割草捡柴的事情。

代杰所在的大月小学，班上的孩子离家稍微近一点，学校附近就可能会有这些孩子家的土地和柴山林，所以，有些孩子会利用课间时间到自家的地里去干点活儿，或去自家的柴山林中捡柴。

上周的一天，已经上课好几分钟了，代杰发现教室里还缺一个孩子，便走出教室去看。结果，一个男孩子满头大汗地跑来，代杰问他去哪里了，他说："到菜地里扯草去了……"一看，男孩的双手都沾满了泥。

就拿今天来说吧，到上课时间了，代杰发现教室里少了一个孩子，正准备出教室去看看，却见一个女孩抱着一小捆干树枝站在教室门口大声地喊："报告！"原来，她课间跑进柴山林里捡柴去了，听到敲钟声，急着跑回来，却忘了先把捡到的柴放在外面了，直接抱到了教室门口。

"这些柴也要进教室里来听课吗？"代杰笑着问这个女孩。

女孩红了脸，吐了吐舌头，把柴放在了屋檐下，才进了教室。

大家正在说背篼的事，背篼就出事了。大家还没把晚饭吃完，便听见有人哭着有人骂着"噔噔噔"地上木楼来了。

"李老师，我找李老师……"一个女人的声音在木楼的大门处响起。

"来了来了。"李心雨丢下碗筷，就往外跑。

是李心雨班上的学生家长拉着她的女儿杨小英找来了。杨小英还在哭，很委屈的样子，应该是被骂过甚至被打过，家长还在骂骂咧咧，这可把大家都吓了一跳，不知道这位家长找李心雨有什么事。

"李老师，麻烦你打开教室门，我们要找背篼。"家长大声说。

一听说是找背篼，大家才松了一口气。

李心雨拿了教室钥匙，赶紧带着她们去教室里找背篼。可是，打开教室门一看，里面一个背篼也没有。家长简直是暴怒，抓住杨小英的手臂便使劲地打她的屁股，还一边打一边骂，骂得很难听。

李心雨去劝，却被家长骂了一通。

回到木楼上，李心雨说："丢个背篼，跟丢了金银财宝一样。这么乖一个女孩子，难道还不如一个背篼宝贝？"

"我觉得这个家长生气的不是因为丢了背篼，生气的是杨小英没有割满一背篼草或捡满一背篼柴回家去。"代杰说。

"对，我也这样觉得的。"龚安萍说。

"在这里，在许多家长的心目中，捡柴割草做农活儿，比学习更重要。"江月叹息道。

第二天，李心雨找杨小英谈话，知道杨小英丢背篼的原因后，她又自责起来。

原来，杨小英想把背篼放进教室里，但她又担心老师不高兴，便把背篼藏在学校附近的竹林中，结果，下午放学去找背篼的时候，背篼已经不见了。

李心雨极为自责地对江月说："我一定是在孩子们把背篼背进教室里来的时候，表现过不太支持的神情，让杨小英觉得我不喜欢他们把背篼背进教室里来，所以，她才把背篼藏在竹林中……"

"心雨，你也别自责了，这事你也不是故意的。"江月说，"以后，我们要多抽时间家访，多跟家长交流沟通，我们才能因材施教，这对家长们教育孩子也有一定的帮助。"

时间过得很快，又到了星期四。这一天，大家都没有去家访，便一起做晚饭。

没有谁为大家分工，但分工却很明确。代杰和李心雨到凉水凼洗菜和挑水，江月和龚安萍在家里生火煮饭准备炒菜的作料，等代杰和李心雨把菜淘回来把水挑回来，饭也差不多快做好了，菜就可以下锅了。

在淘菜的时候,一位背着菜的大姐从这里经过,问道:"是李老师啊?"

"嗯。大姐,还没有收活路(收活路:方言,收工的意思)啊?"李心雨笑着说。

大姐停下来,从背篼里拿了一些刚从菜地里匀出来的鲜嫩的萝卜菜,放在凉水凼边,说:"这个萝卜菜,要趁新鲜吃,不要放久了,用煳辣壳海椒凉拌,最好吃。"

"谢谢大姐!"李心雨给大姐道谢。

大姐背着背篼走了。代杰问:"是你班上的学生家长?"

"我也记不得了,这么多家长,一下子也记不住啊。"李心雨笑着说。

"也是。"代杰说,"这附近的人都太热情了!"

凉水凼就在路边,时不时有人路过。这会儿,又有几个人从这里过,他们一边走一边说:

"凉水凼这股水是好水哦。"

"那是哦,从来没有干过。"

"这股水,吃了长生不老。"

"古寺坪有学校,有好老师,就该有股好水。"

……

听到这些,代杰和李心雨都感到很欣慰。

正当代杰挑起了水,李心雨端着淘好的菜准备回家的时候,一个孩子背着堆了尖的一大背篼柴,迈着不太稳的脚步,从凉水凼的下方,一步一步地朝上面走来。李心雨一细看,应该是二三年级的孩子，她在校园里见过。

"小姑娘，要不要我帮你背回家呀？"李心雨问。

"谢谢李老师！我自己背回去。"那小姑娘竟然认识李心雨。

"那你慢一点啊。"李心雨说。

"嗯。"小姑娘说完，继续吃力地走着。

在回去的路上，代杰说："山里的这些孩子，都很不容易。"

"是啊。所以，我们要好好地教他们，让他们成才。"李心雨说。

吃过晚饭，自来水还是没有来，江月便约了李心雨、龚安萍，一起到凉水凼洗衣服。

"我总觉得用这水洗衣服很浪费。"李心雨说。

"就是就是，没有来这里之前，从来没有见过这么好的水。"江月说。

"不过，我们不来洗衣服吧，这水也还是流走了。"龚安萍说。

"嗯，安萍说得也对。这水，一直在流，我们用它淘菜，煮饭，洗衣服，它的生命就会更加有价值。"李心雨说。

"心雨，你就写一篇关于凉水凼的文章吧，一定能够发表。"江月说。

"对呀，让我们古寺坪的凉水凼走向全国。"龚安萍说。

"好，听你们的安排，我一定好好地写一篇文章。"李心雨笑着说。

凉水凼的水，极清，且冬暖夏凉。这水，应该是从沿着这条小路而上的山顶上而来，它汩汩地从石缝里流出，被人们用一块南竹片接住，再从南竹片的另一端流下来。人们把水桶放在南竹片的下方，便可以接到清凉的山泉水。这个凼里时常积满了水，路过的人走热了来这里洗把脸，做完农活的人来这里洗个脚，脸上都带着满意的微笑。

7. 第一个教师节

第二周的星期五,是教师节。这是江月他们走上三尺讲台的第一个教师节。教师节这一天,上午要上课,下午是教师节座谈会。

吃午饭的时候,梁兴盛和陈安来了。刚一进屋,一向不怎么说话的陈安对大家说:"我有礼物要送给老师们。"陈安说完,便把手中的布袋扬了扬。

陈安要送什么礼物给大家呢?

陈安小心打开布袋,从里面拿出一个纸盒来。纸盒里装的是什么呢?大家都盯着这个纸盒,仿佛在盯着一个宝盒似的。

陈安小心翼翼地打开了纸盒,一颗颗晶莹的红珍珠,出现在大家的面前。

"哇,刺泡儿。"江月大喊。

"小时候,去外婆家的路上会有刺泡儿。"龚安萍说。

"嗯,这宝贝,我们老家不容易找到。"李心雨说。

"谢谢你啊,陈安!"江月说完,从陈安手上接过刺泡儿,放在饭桌上,说,"来,我们来过一个特别的教师节——有刺泡儿吃的教师节。"

"谢谢陈安!"李心雨、龚安萍和梁兴盛都给陈安道了谢。

见大家这么喜欢刺泡儿,陈安也非常高兴。这顿午饭,对大家来说有着特殊的意义,对陈安来说也一定很特别,因为他看起来非常开心。

陈安吃完饭,离了席,自己拄着拐下楼去了。

"你们注意到陈安的手臂没有?"梁兴盛对大家说。

"梁师兄,陈安的手臂怎么了?"龚安萍问。

梁兴盛给大家讲起了陈安。

昨天下午放学回家的路上,陈安对梁兴盛说:"梁老师,明天早上我们早点出发。"

"为什么要早点出发呢?害怕迟到吗?"梁兴盛问陈安。

"我想到路上的柴山林中看看有没有成熟的刺泡儿。"陈安说。

"那我们现在就去找吧。"梁兴盛想,这孩子一定是馋了,想吃刺泡儿了。

"我要明天早上再去摘,要新鲜的。"陈安说。

陈安很难得固执一回,梁兴盛便也没有多说。

今天早上,梁兴盛早早地出了家门,去陈安家,背他上学。一路上,梁兴盛都留意哪些林中有刺泡儿,先观察好了,到时候可以直接带着陈安去摘了。陈安除了如往常一样带了书包和拐杖,还带了一个布袋和纸盒。

进到山林,梁兴盛要替陈安摘成熟了的刺泡儿,陈安却不让梁兴盛帮忙,他拄着拐,伸长胳膊,努力地朝结有刺泡儿的枝蔓够去。

"啪——"

陈安的拐杖一滑,他直接摔了个嘴啃泥,手臂也被划出血了。

"哎呀，一定摔痛了。"梁兴盛扶起陈安，说，"我来帮你摘。"

"不，我要自己摘。"陈安的态度很坚决。

……

听到这些，龚安萍说："我们在教学生涯的第一个教师节收到了这样一份特殊的礼物，这一定是全世界最珍贵的礼物。"

"是的，最珍贵的礼物。"江月说。

"陈安是个懂得感恩的孩子。然而，我们却并没有为陈安做些什么。我想，我又可以写一篇文章了，就写《我的第一个教师节》。"李心雨说。

"有了陈安，我的生活也丰富起来。"梁兴盛说。

……

午饭后，梁兴盛背着陈安回了家。下午，梁兴盛要到区里去参加教师节表彰会。听王校长说，区里在这个教师节要重点表彰梁兴盛，他天天坚持背陈安上学，这种无私的奉献精神，值得全区教师学习。

沙河小学的教师节座谈会，在食堂楼上的会议室举行。学校后勤处买了花生瓜子糖果摆放在桌子上，大家一边吃零食，一边谈生活，谈感想，听学校评选出来的优秀老师发言。

田翠老师是学校评选出来的优秀教师之一，她作了简短的发言，她说："其实，我也没大家说的那么优秀，我在做的工作，大家都在做，而且我相信大家做得比我更好。我在山区工作近二十年，也没做什么惊天动地的大事情，我能够做的，只不过是每天关心孩子们过得开不开心，有没有把知识学懂，每天处理的都是一些鸡毛蒜皮的事情，比如：哪两个孩子又打起来了，哪几个孩子伙起来孤立谁了,哪个孩子没有扫地逃跑了,等等。我一直认为,我离优秀老师还很远,我还要努力,多向年轻老师们学习先进的教育理论……"

30岁左右的刘光德老师也发了言:"从师范校毕业十年了,我一直没有忘记校歌里唱的那句'我们要永远做个光荣的人民教师',人民教师的光荣表现在哪些方面?我认为,表现在对教育事业的热爱,对教育工作的兢兢业业,对学生无微不至的关心……"

听到这些,江月在心里告诉自己:"我一定要努力,做一个光荣的人民教师。"

座谈会结束的时候,大家领取了区里统一发放的教师纪念品——一对陶瓷茶杯,杯身印着"江津县柏林区第九个教师节纪念"。

教师节这一天,最让江月、李心雨、龚安萍和代杰激动的事情是领工资,一次性领三个月的工资。工资单上,写着他们的月工资金额:136.5元。三个月的工资就是409.5元。在工资单上签字的时候,江月的手在颤抖。

这是江月、李心雨、龚安萍和代杰第一次领工资。

吃过晚饭,江月在寝室里,拿出今天领到的409.5元工资,久久地凝望着。江月的脑子里,涌现出无数的过往……

小时候,爸爸妈妈鼓励自己好好读书。爸爸说:"好好读书,争取长大当工人,月月有工资,不怕太阳晒,不怕雨淋……"当教师,也称得上是爸爸所说的月月有工资的人了吧?

上初中的时候,老师对自己说,努力学习,考师范校,师范校学费低,国家发给生活费,三年毕业后就当老师,就有工资了。

暑假结束，离家，到柏林报到的那一天，自己对妈妈说："妈，你们已经把我管到这么大了，我都18岁了，有工作了，应该是我来负责你们的吃穿了。"

……

江月抚摸着这些钱，有着想要把它们分成若干份的愿望。

这二十元，可以给妈妈买一件毛衣。妈妈好些年没有买过一件像样的毛衣了，她总是说，毛衣穿在夹层里，别人看不见，穿那么好做什么？

这二十元，可以给爸爸买一双皮鞋。爸爸总是舍不得买皮鞋穿，他说，胶鞋穿上脚，轻巧，方便做事。

这几十元，让妈妈拿去置一套新铺盖。家里的包单和被面都有补丁，棉絮已铁成一块板，盖在身上一点也不柔软，更谈不上暖和。

这几十元，让爸爸拿去种庄稼用，买农药，买肥料，买种子……庄稼地里要添置的很多。

这几十元钱，按原计划，给自己添置两套衣裳吧……噢不，还是先不添置衣裳了，把钱留着，说不定什么时候又有特殊的需要呢。

……

吃过晚饭，李心雨来到江月的寝室里聊天。

"心雨，我好开心啊！"江月说。

"今天领工资，谁不开心呀？！"李心雨说，"特别是像我们这种一次领三个月工资的人。"

"嗯，看得出来，大家都盼着领工资呢。"江月说。

"家家户户都指望着这份工资，买粮，买油盐，买肉，买生活用品。"李心雨说。

"难怪，小时候，爸爸经常告诉我，要好好读书，争取长大当工人，领工资吃饭。在爸爸妈妈的心目中，领工资吃饭，幸福生活就有了保障。"江月说。

"是呀，我考上师范校，我奶奶特别高兴，就像她这一辈子能领工资吃饭了一样。"李心雨说。

"对了，心雨，这些钱，你打算怎么用？"江月问李心雨。

"我也在想该怎么安排这些钱呢。一下子觉得要添置的东西太多了！"李心雨说。

江月想说什么，却又犹豫着，没说出来。李心雨笑着说："江月，在我这里有什么话不好说的？你不会是想连我这份工资也想拿去一起用了吧？"

江月笑了，她说："我的确是在打你那份工资的主意。"

"不是吧？你这人，什么时候变得这么贪心了？"李心雨笑着问。

江月把自己的想法告诉给了李心雨："班上的孩子来上学的时候，有时候会打湿了裤子，冬天肯定还会打湿鞋袜，还有在教室里尿了裤子的孩子，我们是不是可以从工资里拿出一部分来，添置上衣、裤子和鞋袜，两个班的孩子共同使用。"

"呀，江月，你考虑得太周到了！我同意我同意！"李心雨一下子就兴奋起来。

"你们俩在商量什么事情呀？这么激动。"龚安萍听见了李心雨的声音，也到江月的寝室里来了。

江月把自己的想法告诉给了龚安萍,龚安萍说:"这件事情,也必须有我一份啊!"

"安萍,什么事情你必须有一份啊?是不是也该有我一份呢?"代杰正好从江月的寝室门口经过,听见了龚安萍的话。

"代杰,欢迎你加入进来!"李心雨说。

"代杰,你都不知道是什么事情,我担心你知道实情后会后悔。"江月笑着说。

"你们仨全都觉得应该做的事情,我觉得百分之百不会有问题。"代杰说。

"好吧,可以拉你入伙。"李心雨笑着对代杰说。

这件事情就这么定了下来。

星期天,江月、李心雨、龚安萍和代杰来到沙河街上,在店铺里买了胶鞋、布鞋、袜子,还在隔壁的裁缝铺里买了一些布,让裁缝师傅做一些大大小小的上衣和裤子。他们还特别强调:上衣可以少做一些,裤子要多做一些。

"你们这几个,都是来给家里的娃娃做衣裤?怎么不把娃娃带来呢?我量一下尺寸,做出来会更合适更好穿。"裁缝师傅问。

裁缝师傅这一问,让江月、李心雨和龚安萍都不好意思起来。是呀,他们都还没有成家呢,哪来的孩子呀。

"师傅,您就按七八岁的男娃女娃的大小长短来做,大大小小都做一些。"代杰说。

"第一次遇到这样的做法。"裁缝师傅摇了摇头,说,"说是大大小小长长短短男娃女娃的都做一些,说起来简单,做起来难啊。"

"辛苦师傅了,我们下个星期天来拿。"江月说。

原来大家都准备在领了工资后为自己和家人添置点什么，现在，他们都只为孩子们添置了衣物，自己什么也没有买，却感到非常高兴。

傍晚时分，江月和李心雨到凉水凼去洗衣服。

"心雨，你这次投了几篇文章出去?"江月问。

"两篇。"李心雨说。

"肯定两篇都能发表。"江月说。

"我心里没底呢。信是寄出去了，也只有耐心地等回信了。"李心雨说。

"一定会有佳音的!"江月说。

"江月，你是不是应该给老杜写一封信?"李心雨说。

江月沉默了，她不停地搓揉着衣服，心思却并不在这件衣服上。

"老杜可能没有你的地址。你不会也没有老杜的地址吧?"李心雨问。

"他没有。我有。"江月说。

暑假里，杜大星给江月写信的时候，把录取通知书上他即将要去上的大学的地址告诉给了江月，让江月到了工作的学校便给他写信，并且附上她的通讯地址。其实，不用李心雨提醒，从来报到的那一天起，江月每天都在想要不要给杜大星写信去，她也提过几次笔，但都放下了。

"你有他的地址也不给他写信，你怎么想的呀?你这是要急死老杜，你知道吗?"李心雨说。

"他会急?"江月问。

"在师范校的时候,你看他平时不急不躁的性子,就觉得他不会急是吧?那是因为他做事胸有成竹。现在,他没有你的地址,你有他的地址却不给他写信,你说他急不急?"李心雨说。

晚上,江月站在窗前,任清凉的晚风拂过面颊,送来阵阵稻香。山里早晚温差大,江月感到了丝丝凉意。月亮躲起来了,外面黑黢黢一片,田野朦胧,树林朦胧,远山朦胧。江月的心,也朦胧。

江月打开箱子。压在箱底的,是杜大星送给她的书:《人生》和《傲慢与偏见》,还有一本树叶影集。

抚摸着《傲慢与偏见》,江月想起了师范校男生119寝室用晾衣竿挑着的写有"江月,扔毛线团"的八开大画纸,想起了室友们朝119扔下的毛线炸弹,想起了毛线专递……江月发自内心地想笑,但她没有笑出声来。翻开扉页,那张落款是"LD"的树叶书签还在,书签上的"赠江月"三个字还在。

打开这本树叶影集,轻轻地抚着那一张张写有字的树叶,江月又想起了这些树叶排成的那几首诗:

最是那一低头的温柔

像一朵水莲花不胜凉风的娇羞

道一声珍重,道一声珍重

那一声珍重里有蜜甜的忧愁

沙扬娜拉

还有林徽因的那句"你若安好,便是晴天"。

这本树叶影集里，还有两张照片：江月和杜大星的合影。江月抚摸着照片上的杜大星，不禁又想起师范校开学第一天，晚上，班主任高修远老师在讲了师范校的众多规矩之后，杜大星小声念道："在这里，花有花的规矩，草有草的规矩，操场有操场的规矩，教学楼有教学楼的规矩……一句话：必须守规矩。"杜大星说话的腔调，江月永远也忘不了。

把书和影集放回到箱子里，江月坐下来，打开备课本，准备给杜大星写信。

老杜：
我是江月……

江月看着这两行字，想笑，她笑自己：还用得着自我介绍吗？于是，江月把这一页纸给撕掉了。

江月重新开始写信。

老杜：
你还好吗？

写到这里，江月发现不对，怎么能直接称呼"老杜"呢？自己跟杜大星只是一般的同学而已。于是，江月把这一页撕掉，重新写。

杜大星：

你还好吗？

我8月28日上午到柏林区教办报到，28日下午来到了沙河小学。29日上午召开了全体教师会，30日和31日是学生报到。我和心雨接的都是小学一年级，我们都上语文课，当然还要兼别的课程。和我们一起来的还有我们年级的龚安萍和代杰，龚安萍是音乐特长生，代杰是美术特长生。代杰很勇敢，我们四人中有人要分配到偏远的大月小学的时候，他主动承担了这份责任。现在，代杰每天早上去大月小学，下午放学后又回到沙河小学。

我该怎么给你介绍沙河小学呢？这是一所挂在半山腰的小学……

写到这里，江月停下了笔。

江月发了一会儿呆，便又把这页写了一半的纸给撕掉了。

望着被自己撕下的三页纸，江月又开始发呆。

"没想到你会有这样的决定，你这个决定也可能会影响将来我的决定。"

毕业分配时杜大星说的这句话，又在江月的耳边响起。当时，杜大星知道江月向学校递交了志愿申请到山区工作的申请书，并获得了批准，分配到了柏林山区，他意味深长地打量着江月，然后说了这句话。那时候，江月不敢看杜大星，她不知道杜大星说这句话的意思，她也不敢多想。

既然不写信，就写日记吧。江月翻开日记本，开始写日记。

老杜……我在自己的日记里这样称呼你，你也看不见，我想这是没关系的。老杜,其实,从来这里的第一天起,我就想给你写信,然而,我还是没有勇气。你现在是大学生了,两年毕业后便能拿到大学文凭,留在重庆主城工作,或者是分配到县城里最好的小学工作,而我,有可能会在这偏远的山区小学生活一辈子了。

老杜,你不知道这里有多远,有多偏僻。这是一所挂在半山腰的小学,出门就是爬坡上坎,学校安的自来水时常停水,淘菜煮饭烧开水洗衣裳都靠附近凉水凼的水。赶集也不方便,我们老家都是每旬赶三次集,这里逢五逢十才赶集,那一百余米的街道,窄小,简陋,你一眼看过去,看到的是两个字——贫穷。我想,如果你来这里一次,就不会想来第二次了。

老杜,我真心为你高兴,你能保送上大学。你现在的大学一定很漂亮吧?你现在的同桌是谁?她肯定不会像我当年一样笨一样傻吧?我问这些,没有别的意思,你不要想多了。

突然觉得应该告诉你一件事情,这件事情,是我们这里特有的,你那里绝对找不到。我们这木楼上的电灯泡,时不时会爆炸。我们刚刚来的那天晚上,正炒着菜呢,"砰"一声,灯泡就爆炸了,正在炒的那锅菜,就不能要了。就在昨天晚上,我们刚吃完饭,灯泡也爆炸了。也正好是刚吃过饭,不然,我们又得重新做饭菜。

老杜,我没有给你写信,其实也是为你好。你有更广阔的天地,有更远大的理想,有更美好的未来。

……

以上,就算是给老杜写的信吧。我可能会在这里生活一辈子,这样的地方,不适合老杜,不适合多才的杜大星。我希望杜大星过得比我好。或许,又是我的自卑心在作怪,是我想得太多,但是,处在这样的条件下,我不得不想这许多。老杜是大学生,有大学文凭后,他不会来这里,也不应该来这里。他这么优秀,会有女孩喜欢他。

此刻,我不禁问自己:我该不该申请到这里来?到条件这么艰苦的地方来工作,我为的是什么?如果我回老家工作,老家的小学没有这么高的山,没有这么陡的路,可以天天回家看爸爸妈妈……也许,是我的选择让自己离老杜越来越远……

好了,不说老杜了,他毕竟是过去的老杜。

今天,用自己领的第一份工资去给孩子们添置了衣物,比我自己添置了新衣裳还开心。我想,心雨、安萍和代杰也跟我是一样的心情。这是我的第一个教师节,是一个很有意义的教师节,希望以后的每一个教师节都能过得这么有意义。

夜,已经深了。晚风挟着稻香,从窗户飘进来,我知道,山里的丰收季节到来了。山里的稻谷,熟得比我们老家晚一些。老家的稻谷,一般是在八月二十日左右就收割,晒干,进粮仓。这里的稻谷,刚好成熟,可以收割了。

时间不早了,我还得把教案完善一下,让我的孩子们在课堂上收获到更多的知识。

8.塑料雨衣

教师节过后的那个星期一,清晨,江月走进教室,发现讲桌上放着一样东西,用一根毛线捆绑着。这东西怪怪的,江月从来没有见过,当然也就叫不出它的名字来。这褐色的东西,弯弯扭扭的,像扭曲了的小树枝,再仔细看,还像极了鸡爪子,拿到鼻子底下一闻,有一股好闻的甜甜的香味儿。

这样怪怪的东西的下面,压着一张纸,上面写着:

老师,教师节快乐!吴明静。

江月想:"这字肯定是明静姐姐教吴明静写的。"

江月小心地把纸条收起后,拿起这长得怪怪的东西问孩子们:"谁能告诉我这是什么呀?"

"拐枣。"孩子们异口同声地回答。

难怪它弯弯扭扭的,拐来拐去的样子,原来叫拐枣啊,的确挺形象的。名字中有个"枣"字,应该能吃。

江月掰下拐枣的一个爪子,放进嘴里,轻轻地嚼着,嚼着……嚼出的汁儿在口腔里弥散出甜味儿,这是从未品尝过的甜,味道比以往吃的任何一种甜都美。江月笑着说:"很好吃!谢谢!"

当天的午饭,饭桌上多了一盘菜:拐枣。

"这盘菜,才是真正稀罕的新鲜菜。"梁兴盛笑着说,"你们多吃些,我这份儿就让给你们吃。"

"梁师兄,这是一份特殊的教师节礼物,我们一起品尝。"龚安萍说完,扯了一个爪子给梁兴盛。

梁兴盛接过拐枣,递给陈安,说:"陈安,你喜欢吃拐枣,多吃点。"

陈安有点不好意思,红了脸。江月说:"陈安,赶紧吃,多吃点。将来你在山林中发现了拐枣,可别忘了我们啊。"

"哈哈,江月,你请陈安多吃拐枣,原来另有所图啊!"李心雨笑着说。

"当然是有所图。"江月说,"上次陈安带来的刺泡儿,难道你没有吃?"

"吃了吃了,太好吃了!"李心雨说。

"所以嘛,我们一起分享!"江月说。

"来,陈安,多吃点。"龚安萍又扯了一个大爪子递给陈安。

当然,大家没有忘记代杰,给他留了一些拐枣。

才参加工作十来天,江月、李心雨、龚安萍、代杰和梁兴盛之间,便结成了深厚的友谊。江月和李心雨在师范校原本就是好朋友,但她们与龚安萍、代杰、梁兴盛却是新朋友,几个人兴趣爱好不同,家境不同,性格不同,却能走到一起,用江月在日记中写的句话来说,就是:"我们五个人有着共同的意愿:都是希望教育好山区的孩子。所以,我们五个人能成为好朋友,能在一起吃饭,一起聊天，能够愉快地相处。"李心雨和代杰走得更近一些，江月跟李心雨开玩笑时说："见了代杰，你都忘了自己姓什么了。"足见李心雨跟代杰之间已经有了一种特殊的情感。

龚安萍和梁兴盛之间，似乎也多了一份除友情以外的什么。龚安萍对梁兴盛特别关心，对陈安也特别关心，她还在沙河街上给陈安买了一套秋装，大家都看在眼里，喜在心上。

至于江月，大家会时不时提提老杜，玩笑一番。李心雨则会时不时问一句："江月，我让你给老杜写信，你写了没有？"

"好了好了，不提老杜了。"江月说。

"老杜是个好人，你这样主动放弃人家，对老杜不公平，对你自己也不公平。"李心雨说，"江月，我非常认真地告诉你，如果你放弃了老杜，你会后悔的。"

江月没有回答李心雨的话，但她却在心里把李心雨的话念了好几遍。

江月、李心雨、龚安萍、代杰和梁兴盛还在一天下午放学后，相约去附近农户家的柴山林里捡了枯枝，砍了一些已经枯死了的青杠树，体验到了劳动的快乐。等他们把柴扛回学校，却发现楼道里放着许多柴，金老师说，是赵平和吴文财扛去的。

为了实现"自己动手，丰衣足食"的理想，大家还动手种了菠菜、萝卜、白菜、青菜、莴笋等，说是要吃的时候方便。都是农村长大的娃，像挖土、种菜、挑粪这样的活儿，都不在话下。

除了这些大家一起过的日常生活，梁兴盛依旧是利用业余时间替周围的乡亲们修理电视机收音机等，日子过得忙碌而充实。

一层秋雨一层凉。

山里的秋天，比山外来得早，也来得急。教师节后，几场秋雨，便把山里的秋意完全唤醒。早晚的风，凉飕飕的，山里已经到了夜里必须盖棉被的时节。青杠林中，青杠叶黄了，黄里泛着红，在阳光下闪亮，在秋风中翻飞，飘落，为青杠林铺上了一条厚厚的地毯，人走在里面，软软的，还"嘁嚓、嘁嚓"地响。青杠树上挂着的青杠籽，渐渐成熟，由青转黄，你从林间走过，能听见"嗒、嗒、嗒"的声音，那便是青杠籽儿掉落的声音。

雨天的操场，被孩子们的脚丫画出了一幅巨大的美丽画卷。这幅画卷上，有大大小小的鞋印、脚丫印，有滚铁环滚出的弯弯曲曲的线条，有滚珠车开出来的轨道，还有一屁股摔倒在操场上印出来的大小的坑……

这一天，下午放学的时候，又下起了雨。这雨，虽不如夏天的雨那么大，但如果在雨里走上几分钟，足可以打湿衣裳。孩子们有的在等着爸爸妈妈送斗笠来接，有的顶着书包跑进了雨中，有的跑了一会儿发现被淋湿又躲在了另一幢教学楼的屋檐下……

站在木楼大门处的江月发现，一个男孩捡起操场边上不知道是谁丢下的一块塑料薄膜，顶在头上，飞快地跑了。江月在心里笑道："这小家伙，真够机灵的呀！"

男孩捡起塑料薄膜顶在头上遮雨的做法，启发了江月。在吃晚饭的时候，江月对大家说："我有一个想法，说出来，大家不要觉得我傻。"

"江月，你说你傻？"龚安萍惊讶地问。

"嗯。"江月点点头。

"心雨，安萍，我下面要说句话，你们俩不准生我的气啊。"代杰说。

"不生气。"李心雨和龚安萍都这样说。

"你们三个啊，就江月最有智慧。"代杰说。

"这个我必须承认。"李心雨说，"你们想想，人家在师范校三年跟谁是同桌呀。"

"老杜。"代杰和龚安萍异口同声地说。

"传说中的老杜，我还真想见一见，聊一聊。"代杰继续说。

"到重庆第一师范学校去请。"李心雨对代杰说。

江月白了李心雨一眼，继续吃饭。

"江月，你的想法还没有告诉我们呢。"龚安萍说。

"你们继续扯，扯完了再来找我说话。"江月做出一副不高兴的样子。

"嘻嘻嘻——"李心雨笑着说，"我们不扯了，你赶紧说你的想法。"

江月斜了李心雨一眼，说："我想买一些塑料薄膜，做几件雨衣，下雨天，给那些离家远的孩子遮雨用。"

"这真是个好主意啊！"李心雨说，"我们自己做，经济又实用。"

"江月，我举双手赞同你这个想法，做雨衣的事儿，我也有份儿。"龚安萍说。

"看看看，我就说嘛，你们三个啊，就江月最有智慧。"代杰又夸奖起来。

"这事儿啊，花不了多少钱，钱的事，你们就不要操心了。"江月说，"等我把雨衣做好了，我们几个班的学生共用。"

"那可不行。"李心雨说,"哪怕只花了一块钱,我也得出5角。"

"心雨,这雨衣,你和江月各占50%的股份,那我呢?"龚安萍说。

"哈哈哈!股份都用上了,你以为你们是在开公司呢。"代杰笑着说,"而且,就算你们开公司,也不能撇开我呀。我建议,我们四个人,每人占25%的股份。"

在沙河街上把塑料薄膜买回来后,大家在木楼上忙开了。按尺寸裁剪成长方形,把一条边对折重叠起来,用线缝上,一件简易的雨衣便做好了。平常不用针线的代杰,也跟大家一起缝雨衣,一不小心针刺了手指头,他戏称这是"快乐的疼痛"。

二十件雨衣,连夜全部做好了。代杰拿起一件雨衣,披在身上,照了照镜子,说:"哇,就像武打片里的大侠。"

"代大侠,这大晚上的,你顶着雨衣出去跑一圈,肯定能吓坏几个胆小鬼。"李心雨说。

"算了,我还是不出去吓人了,万一遇上级别比我高的大侠,我岂不是回不来了。"代杰笑着说。

望着这二十件塑料薄膜做的雨衣,大家都很开心,仿佛全世界的孩子都不会被突然降落的大雨淋湿了一样。

在雨衣做好后的第三天,早上没有下雨,中午没有下雨,在下午快放学的时候,下起了小雨。江月和李心雨把雨衣拿到教室,孩子们像见到救星似的开心。还没回家的孩子每人一件雨衣肯定不够,便采取走同一条路回家的两个孩子顶一件雨衣的原则,最后由离家远的孩子在第二天把雨衣带来归还。

望着孩子们顶着雨衣走在小路上的背影,江月和李心雨相视一笑,心里的幸福,各自都知道。

"心雨,你说,这些雨衣,明天都能回来吗?"江月问。

"我觉得不一定能全部回来。"李心雨说。

"为什么呢?"江月问。

"说不定还没到家就扯坏了,那就不好意思再还回来了。或者说,明天忘了带来,然后一直记不得。或者说,在拿回来的路上不小心弄丢了。还有一种情况,就是不想还回来了。"李心雨说。

"不管是哪种情况都没关系,孩子少淋雨,少感冒,就值了。"江月说,"如果雨衣越来越少,我们陆续添置就是。"

"嗯,你说得对。"李心雨说。

第二天早上,雨衣被陆续送了回来。

"咚咚咚——"有孩子上了木楼。

"咚咚咚——噔噔噔——"不一会儿又听见了下木楼的声音。

江月走出寝室一看,一件雨衣放在灶台上。江月微笑着拿起雨衣,心想:"说不定还是湿的,抖开来晾干吧。"她这一抖可不打紧,一些浅黄色的圆圆的小家伙,"骨碌碌、骨碌碌"地滚到了木楼板上,有好几个调皮的小家伙还滚得老远,有的滚到了龚安萍的寝室门边,还有的滚到了李心雨的寝室门口。留在江月手里的,除了一件雨衣,还有一张报纸,应该是用来包这些小圆球的。

"哎呀——"江月弯下腰去,想捡起一个小圆球,却被刺疼了,尖叫起来。

"江月,怎么了?"李心雨从寝室里出来了。

"江月,被耗子吓坏了?"龚安萍也从寝室里出来了。

"呀,这是什么呀?"李心雨看见了地上的小圆球,弯腰想捡。

"别动它，会刺人。"江月大声提醒着。

龚安萍听说这小圆球碰不得，便拿来一双筷子和一个瓷钵，把它们一个个夹进了瓷钵里。

"这是什么呀？没见过呢。"李心雨问。

"我也不认识，这些小刺球儿，可厉害了，跟刺猬一样。"江月说。

"老师，这叫刺梨儿。"一个小小的声音在江月的身后响起。江月回头一看，是吴明静，她把手上的雨衣递给江月，说："老师，谢谢！"

"吴明静，这刺梨儿能吃？"江月问。

"嗯。"吴明静点了点头。

"这么多刺，怎么吃？"江月又问。

"小刀。"吴明静伸出手来，表示要一把小刀。

李心雨赶紧找来剥菜皮用的小刀，递给了吴明静。吴明静拿过江月手中的报纸，压住一个刺梨儿，用刀把刺梨儿身上的刺给削掉，再把刺梨儿切开，把里面的籽儿都抠出来，就只剩下黄白色的果肉了。细心的吴明静把刚刚切开的两小块果肉又分别切了一刀，切成了四小块。

"老师，可以吃了。"吴明静微笑着看着江月。

"你先吃。"江月对吴明静说。

吴明静明白江月的意思，她不先吃一块的话，大家都不敢吃。她拿起最小的那一块果肉，塞进嘴里，嚼了几下，咂了咂嘴，表示好吃。

江月、李心雨和龚安萍分别拿起一块果肉，放进了嘴里。

"嗯，好吃。"江月说。

"酸酸的，但也甜甜的。"李心雨说。

"从来都没有吃过呢。"龚安萍说。

见老师们都很喜欢吃，吴明静笑了笑，悄悄地下楼去了。

"咚咚咚——"一个小男孩上楼来了。

"李飞，送雨衣回来了？"李心雨问。

"嗯。谢谢老师的雨衣！"李飞把手中的雨衣递给李心雨后，并没有转身离开，而是四下里张望。

"李飞，你在找什么呀？"李心雨问。

李飞看见灶上有一个瓷盆，便拿下来，放在楼板上。他把背上的书包取下来，倒扣着，对着瓷盆，抖动起来。只听"咚咚咚"一阵响，一些红褐色的小家伙，从李飞的书包里滚进了瓷盆。同时滚出来的，还有一些张着嘴巴的刺球儿。这些刺球儿，可比刚才的刺梨儿大，那刺看起来也更加锋利。

"呀，不得了，刚来了一批小刺猬，现在又来了一群大刺猬。"江月惊讶地说。

又是一小盆稀奇古怪的玩意儿，不仅是李心雨感到新奇，江月和龚安萍同样感到新奇。

"哇，这山里到底有多少奇怪的果子啊？"龚安萍问。

"李飞，这叫什么呀？"李心雨问。

"这是板栗。我刚才在路上的树林中打的板栗。"李飞说完，捡起一个已经从刺球儿里蹦出来了的红褐色的板栗，用嘴一咬，咬出一道口子，他顺着这道口子剥开了壳，露出果肉来。

"这样就可以吃了。"李飞把剥好的板栗放进嘴里，嚼了起来。

李飞下楼去了。江月、李心雨和龚安萍看了看板栗，又看了看刺梨儿，还相互看了看，然后都笑了起来。

"心雨，我们进教室去吧。"江月说，"把这些刺球儿交给安萍。"

"交给我啊？太吓人了吧？你们这是要害我的吗？哈哈哈！"龚安萍笑着说。

"先不用管它们，等到中午，让梁师兄和陈安来解决它们。"江月一边说，一边朝楼下走去。

教室的讲桌上，也放着好几件雨衣。其中有一件雨衣里夹着家长写的纸条：

江老师，谢谢您！您为孩子们考虑得太周到了！我为孩子有您这样的老师感到高兴！邓亮妈妈。

看到这样的留言，江月的心里比喝了蜜还甜。

中午，江月和李心雨清理雨衣的时候发现少了一件，但她们并没有到班上去清查，她们想，也许是哪个孩子在路上把雨衣弄丢了，或者是弄坏了，就不作计较了。

梁兴盛带着陈安来吃午饭的时候，看见了刺梨儿和板栗，他说："哈哈哈，怎么姓刺的都跑到木楼上来了？"

"嗯，它们都姓刺，说得好。"龚安萍笑着说，"我们还真拿它们没办法呢。"

陈安用两个手指头捏起一个板栗球儿，放在灶台上，捡起一块柴，砸了几下，里面的板栗便跳出来了。

123

"陈安,你把这些刺球儿砸破,把板栗砸出来,别让它们刺着了三位美丽的老师。"梁兴盛对陈安说。

"好的,我最喜欢砸板栗球儿了。"陈安高兴地说。

梁兴盛也没闲着,他用小刀把刺梨儿的刺给剥掉,再切开,把里面的籽儿都抠出来扔掉,果肉放进盘子里。

今天的午饭,桌上多了两道新鲜菜:刺梨儿和板栗。

"不给代杰留一些?不厚道吧。"龚安萍说。

"剥好的不用留,那边有刺的全部归他。"李心雨笑着说。

"嗯,等他下午回来再剥,不然,吃着好吃的,却不知道来得有多辛苦。"江月笑着说。

大家开心地品尝着刺梨儿和板栗,都觉得它们是顶好的美味。

"现在板栗还不太成熟,等国庆节后的那个星期天,我带你们到我们家的柴山林里去打板栗,现打现吃。"梁兴盛说。

"梁老师,我也要去。"陈安说。

"你当然要去,你是砸板栗刺球儿的高手。"梁兴盛说。

于是,大家又开始期待着国庆节后的那个星期天赶紧到来。

一天,江月班上的体育委员苏乾亮的爸爸来到了学校,他对江月说:"江老师,我最尊敬老师了,特别敬佩为娃娃着想的好老师!这些雨衣,是我买材料回来我媳妇做的,放在这里,给下雨天没有带遮头(遮头:方言,指斗笠、伞之类的可以遮雨的雨具)的娃娃用。"

"谢谢家长!"江月很激动,除了说谢谢,还真不知道该说点别的什么了。

苏乾亮爸爸带来的这二十几件雨衣,加上之前江月他们做的那些，基本够离家比较远的孩子们在下雨天用了。

梁兴盛说的那个星期天，终于到来了。梁兴盛带着陈安，和江月他们在沙河街上会合，朝自家的柴山林走去。

在梁兴盛家的柴山林里，有一棵高大的板栗树。

"哎哟！"代杰走得太急，摔了一跤。

"哎哟哟！"代杰紧接着又叫了一声，并且赶紧挪开了屁股。

"板栗欢迎你，亲爱的代老师！"梁兴盛笑着说。

"嘻嘻嘻，代老师，您肯定坐到板栗刺球儿了。"陈安说。

果然，在代杰刚刚坐过的地方，有几个板栗球儿，这会儿正龇牙咧嘴地冲着代杰坏笑呢。

"大家准备好了啊，要下板栗雨了。"梁兴盛说完，拿起竹竿，拍打着板栗树的枝丫。只听"嗒嗒嗒"的声响，好些板栗从树上掉了下来，同时掉下来的，还有一些板栗球儿。这些板栗球儿真是太可爱了，它们张着嘴，里面那两颗或是三颗板栗果，害羞地躲着藏着，说着悄悄话，不愿意出来。

"注意啊，别摔跤，摔下去可不得了。"梁兴盛提醒大家。

大家开始捡板栗。陈安就地坐下，捡起石头朝一个板栗球儿砸去，里面的板栗便跳了出来。

"我也要砸板栗球儿。"龚安萍说完，也捡起石头，学着陈安的样子，开始砸板栗球儿。

第一次体验这样的山野之趣，大家的高兴都无法用语言来表达。

"梁师兄，把竹竿给我，我也要打板栗。"江月说。

江月抬起头来，朝板栗树上望了一会儿，说："我的理解是，那些偏黄的刺球儿，甚至是已经偏红褐色的刺球儿，肯定是成熟了的，对吧？"

"对极了。"梁兴盛把竹竿递给江月，说，"江月同学领悟力极强，奖励你打几竿。"

江月体验过了打板栗后，大家都来打了几竿。

"哇，我们收获了这么多的板栗！"龚安萍高兴地说。

"板栗只能生吃吗？怎么吃得完呢？"李心雨说。

"可以生吃，可以炒着吃，可以炖排骨，炖鸡，很有营养。"梁兴盛说。

"梁师兄，您拿一些回家去，我们带一些回学校去，送给杨芳老师和田翠老师他们，别的老师喜欢吃的话，也送一些。"江月说。

从山林中带回来的美味得到了大家的喜欢，江月他们也非常快乐。

山里的秋天，雨多，绵绵的秋雨形成的雾，笼罩着远方的山，笼罩着近处的树，让你总想伸出手来掀开那一层薄雾，让天空清亮起来。

这一天的雨，从早晨一直下到下午放学时分，天才晴了。放学后，孩子们拿着自己的斗笠离开了学校。

过了好一阵，吴明静返回来了，她说她的斗笠忘了带走。可是，教室里却并没有斗笠。吴明静哭了。

江月知道，一顶斗笠虽然不值多少钱，但对一个家庭贫困的孩子来说，丢了一顶斗笠，就如同丢了一个重要的物件。江月来到食堂，向张师傅借了一顶斗笠，说明天归还。她把这顶斗笠给了吴明静，说："刚才有个同学说捡了一顶斗笠，放在了食堂里，这肯定是你的。"

吴明静看了看斗笠,说:"不是我的那顶,这顶是新的,我那顶是旧的。"

"那有可能是哪个同学拿错了斗笠。总之这顶斗笠是剩下来的,你先拿回去,如果有同学要求换回她的新斗笠,你再拿来换,好不好?"江月说。

"好。"吴明静拿着斗笠,开心地回家去了。

第二天,江月特意请梁兴盛在沙河街上给她买一顶斗笠带来。梁兴盛问:"你要戴斗笠?"

"不是我戴,我拿来还给食堂张师傅。"江月说。

"江月,你什么时候欠张师傅一顶斗笠?你不会是去吃了饭拿斗笠来抵债吧?"李心雨笑着说。

江月把吴明静丢斗笠的事情给大家说了,大家都说江月把这事儿处理得好。

"江月,我有一种预感,你会成为教育家。"李心雨说。

"去去去,别在这里乱说话。"江月说。

"说真的,我很佩服你!从上次做塑料雨衣,到这次处理斗笠事件。当然,还有许多许多。"龚安萍说。

"江月师妹,你真的是我们中师生的骄傲,心里装着的永远是学生。"梁兴盛说。

"哎呀呀,这些都是小事,大家都会做,大家都是师范校的骄傲。"江月说。

……

江月嘴上谦虚着,却在暗地里为自己感到骄傲。晚上,她打开日记本，写了一则日记：

今天，梁师兄、心雨和安萍都表扬我，我很高兴。

记得在师范校的时候，面对一些问题，我时常拿不定主意，我甚至为自己的未来担心过：江月，如果你走上了三尺讲台，遇到需要你解决的问题，你该怎么办？而今，我成功地做了几件让自己满意的事情，让我对未来充满了信心。

我想对自己说：江月，你真棒！

塑料薄膜做的雨衣，能为孩子们遮风挡雨，并且感动了家长，让家长也加入了爱孩子的行列，这让我感到很欣慰。其实，细细想来，我们当老师的，不就是一件件塑料雨衣吗？我们除了教给孩子们知识，教会他们做人的道理，还时常为孩子们遮风挡雨。我愿意永远做一件塑料雨衣，陪伴着孩子们成长。

这两次家访也比较满意。陈小玉家也比较困难，导致她比较自卑。以后，我得多关心她，和她一起发现她的优点，让她明白：自己跟同学们一样，都是很棒的孩子。李向前这段时间有点不爱完成家庭作业，希望通过这次家访，家长能抽时间督促一下孩子完成家庭作业。

天凉了，不知道爸爸妈妈有没有加衣裳？唉，离家太远了！我跑到这么远的地方来工作，最对不住的，便是我的爸爸妈妈了……

突然想起老杜来……

在吃刺梨儿的时候，我想起过老杜。

在吃板栗的时候，我想起过老杜。

其实，在之前吃拐枣的时候，我也想起过老杜。

这些山林中的美味，我都希望能和老杜分享。

然而，这大山，这偏僻的小学，这些不起眼的美味，能把老杜吸引来吗？

……

就在第二天，江月收到了一封信。

还未拆信，从信封上的字迹，江月便知道，这是杜大星写来的信。同桌三年，江月太熟悉杜大星的字了。

回到寝室，江月拆开了信。

江月：

我是老杜。我想，我不作一下自我介绍的话，你可能都想不起我是谁了。我就是那个有点高有点瘦头发有点白看起来有点老的老杜，那个在津师跟你做了三年同桌的老杜。

想起来没有？

现在，你不再是师范校时江中的月，而是山中的月了。于是我想到，你是不是应该改名叫山月？开个玩笑，别介意。如果是在津师，我跟你开这样的玩笑，你一般是低头不语。此刻，你又是什么样子的呢？

你是知道我的地址的，我以为在教师节前后能收到你寄来的信。可是，我一连往收发室跑了好几天，都没有收到你的信。于是，我借用学校的电话，辗转多次，才把电话打到了柏林区教办，知道了你在沙河小学工作，才知道了你的通讯地址。我知道你工作的地方比较远，一封信估计要走很多天，但我相信，不管多远，这封信总能到达。

你那里的情况怎么样？我跟柏林教办打听过，知道李心雨也在沙河小学，有她陪伴着你，我很放心。其实，我有什么不放心的呢？你从这么远的地方到一所学校里去工作，领导和同事们一定会关心你。

我在这里很好，学的是喜欢的数学专业。最值得我高兴的是，这里有一位非常优秀的书法老师，跟津师时的陈老师一样优秀，我会继续努力练字。

江月，你刚刚参加工作，要学的要做的一定都很多，一定很忙，但我希望你能抽时间给我回封信。如果你不想写字，或者不知道该写什么，寄一张白纸来也行。

祝你快乐！

老杜
1993.9.20

这封信，从重庆北碚的第一师范学校出发，在路上走了近二十天，才到了江月的手中。

江月提起笔，想马上给杜大星回一封信。可是，刚写下"老杜"二字，便又犹豫了。她想："杜大星太优秀了，我这山中的月亮，还是悄悄地躲进云层里吧……"

9.秋之美，冬之暖

山里的深秋，很美。

青杠树上，那几张还没有飘落的树叶，孤零零地挂在枝头，在秋风中颤抖。林中，已经铺着一层厚厚的毛毯，你若是躺在上面，软软的，完全可以舒舒服服地睡上一觉。

杉树林到了极美的季节。远望杉树林，那一片火红，定能点燃你所有的激情，催你奋进。走进杉树林，脚底的针叶"嚓嚓"地响，像是在向你絮絮说着久远的故事。那些龇牙咧嘴的杉树果，有的挂在枝头，有的已经跑到地面上来调皮，还有的已经被孩子们捡回去当成了玩具。

这一天下午，李心雨往马鞍石方向望了好多次，都没有看见代杰回来的身影。李心雨想："一定是家访去了。"

一直到该吃晚饭的时候，代杰才回来了。他背着画板，背包也鼓鼓囊囊的，里面一定装了画笔、颜料、调色板等。

"咦，今天背画板去了？"李心雨说。

"嗯，这么美的秋天，不画几幅画，浪费了。"代杰说。

"浪费秋天，我还是第一次听见这种说法。"李心雨说，"那，我是不是也得写几篇关于山里秋天的文章，才不至于浪费秋天呢？"

"那当然是。"代杰说。

"午饭都没有吃,你不饿?"李心雨的语气里带着些许责备。

"饿。但是觉得有这么美的风景可以画,饿也值得。"代杰说。

代杰从画板里拿出几幅画来。

"哇,这水粉写生画,真是美呀!"江月夸赞道。

"太美了!代杰,给我们每人发一幅吧,让我们把秋天挂在寝室里。"李心雨说。

"诗人啊,心雨!"龚安萍笑着说。

代杰给每人送了一幅画,又从背包里掏出一些杉树果来,分给大家。大家都很开心,说墙上有画桌上有杉树果的日子,很美好。

"江月同志,你还有一份额外的礼物。"代杰说。

江月笑着问:"代杰,你不会给我带了一根棍子回来吧?让我做错了事情的时候,自罚三百棍。"

"嘻嘻嘻——"李心雨和龚安萍都笑了起来。

代杰从背包里拿出一本书,书里夹着一些叶子,有青杠树叶,有枫叶,有银杏叶,有整柄的杉树叶……这些叶子,各有各的红,各有各的黄,各有各的美丽。

"哇,代杰,真是太感谢你了!"江月捧着这些叶子,真如捧着一些宝贝。

"代杰,你对江月那么好,我怀疑你有所求。"龚安萍打趣道。

"嗯,我也怀疑。"李心雨笑着说。

"那是。"代杰承认了,他说,"我想跟传说中的老杜见见面,说说话。"

"嘻嘻嘻——被我猜中了吧。"龚安萍说。

"江月，你礼物都收下了，可得帮人家了却这个心愿啊。"李心雨说。

"那得看你的表现了。"江月说完，便捧着画、杉树果和树叶进了自己的寝室。

李心雨和龚安萍也各自拿着画和杉树果进了寝室。

这一天，吃中午饭的时候，梁兴盛带着陈安上木楼来了。陈安竟然背着书包，他把书包从背上取下来，然后从书包里拿出一个玻璃罐来。玻璃罐里装着一些小小的圆溜溜的黄澄澄的家伙。

"呀，这里面泡的是刺梨儿吗？"龚安萍问。

"嗯，冰糖刺梨儿，很好吃。"陈安说，"我摘的刺梨儿，我削的刺，我亲自泡的，送给你们吃。"

大家能够想象陈安拄着拐去摘刺梨儿的辛苦，也能想象他用小刀削刺梨儿上的小刺的专注，更能想象这冰糖泡刺梨儿的美味。

"谢谢陈安！"大家异口同声地说。

三年级的陈安，已经越来越懂事了。在吃午饭的时候，他会观察大家对菜的喜好，发现谁喜欢吃某一样菜，他会替他（她）夹一些。有时候，他还会从家里带一点菜来，但他一次不会带太多，他说，带太多的话，梁老师背起来会很吃力。比如今天早上，陈安也带了一些菜来，他说："因为多了一些菜，梁老师背起我来便更吃力了。"

"陈安，你放心，梁老师永远都背得动你。"梁兴盛一边吃饭一边说。

"梁老师，今天你背我上坡就很吃力。"陈安说，"我摸到你的额头很烫，你发烧了。"

陈安这么一说，大家都把目光集中到了梁兴盛身上。梁兴盛今天的精神状态的确不怎么好，吃饭也没什么胃口。

"陈安，你再摸一摸梁老师的额头。"龚安萍说。

陈安摸了摸梁兴盛的额头，又摸了摸自己的额头，说："真的发烧了。"

"梁师兄，你吃药了没有？"龚安萍问。

"小感冒，不用吃药。"梁兴盛说。

"都发烧了，还小感冒！"龚安萍的语气里带着责备。

龚安萍胡乱地吃完了碗里的饭后，便去村卫生室给梁兴盛拿了药，让他服了药后卧床休息。

"你的课就不用管了，我会去安排好的。"龚安萍对梁兴盛说。

当梁兴盛醒来的时候，他发现学生们都放学近四十分钟了。梁兴盛一着急，不顾头重脚轻，拔腿就往青杠坡跑，他担心陈安一个人在路上摔跤，万一摔到坡底下，万一摔进水田里，万一磕到石头……那可怎么办！梁兴盛一路小跑，一路责备着自己：怎么就睡过头了呢？

"叭——"梁兴盛摔了，他是在下坡的时候脚底一滑，往前扑了下去。他趴在地上，眼冒金星。他这一跤可摔得不轻！过了好一会儿，梁兴盛才缓过劲来，继续往前走。

梁兴盛觉得嘴里有腥味儿，吐一口唾沫，有血，才发现在摔跤的时候嘴唇被咬破了。

快到陈安家了。梁兴盛碰上了龚安萍。

"安萍，你怎么在这里？"梁兴盛问。

"梁师兄，我刚把陈安送回家。"龚安萍发现梁兴盛的嘴角还在出血，着急地说，"你的嘴怎么了？"

"没事，刚才摔了一跤。"梁兴盛说，"你把陈安背回来了？你怎么不叫醒我呢？这么远，背着这么大的孩子，你一定很累。"

"你吃了感冒药，需要休息，我就没有叫醒你。我给你留了纸条，塞进了门缝里，你没有看见？"龚安萍问。

"没有看见。我一醒过来，就赶紧出了寝室，一路追来，我怕陈安摔跤。"梁兴盛说。

"结果自己摔了一跤。"龚安萍说。

梁兴盛陪着龚安萍往回走，一直走到沙河街。分手的时候，龚安萍说："梁师兄，我想星期天去帮陈安家收拾一下屋子，你觉得怎么样？"

"这个啊……还是不去了吧，太麻烦你了，我自己去就行。"梁兴盛说。

"不怕麻烦。我回去跟江月他们商量一下，如果他们愿意的话，大家一起去，也可以多为陈安家做一点事情。"龚安萍说。

梁兴盛想了想，说："好吧，我先替陈安和他爷爷谢谢你们！"

当天晚上吃晚饭的时候，龚安萍便给大家说了自己的想法，她说："陈安家的确很困难，他爷爷年岁大了，身体也不好，我想用星期天的时间，去给他们家做做卫生，洗洗被子，缝缝衣裳。如果你们愿意跟我一起去的话，也可以。"

大家当然愿意去。

为了不给陈安家添麻烦，大家在去陈安家之前，便跟梁兴盛商量应该带些什么去。

"带米，带菜。"江月说。

"米和菜不能带,老人家会不高兴。地里的菜都吃不完,才收稻谷没多久,还缺米?"梁兴盛说。

"那我们带什么?"江月问。

"我从家里带点腊肉过去。"梁兴盛说,"你们就什么也不用带了,把自个儿带去就行了。"

"我们把冻在杨芳老师冰箱里的瘦肉也拿一些去,炒肉丝或煮肉片汤。听说这里农村的人主要吃腊肉,舍不得拿钱买鲜肉吃。"江月说。

"很好。"大家表示赞同。

星期天一大早,大家便来到陈安家。陈安爷爷很热情地招呼大家围着饭桌坐下,陈安也非常高兴,在他们的眼里,老师们能到家里来,是老师看得起他们。

"真是祖上积德啊,有文化的人都来我们家了。"陈安爷爷高兴地说。

"爷爷,陈安很听话,还给我们带了那么多菜去,我们今天来,就是想吃到你们家的新鲜菜。"江月说。

"我们安儿回来说,老师们都对他很好。"陈安爷爷说,"我们家安儿啊,多亏了梁老师天天背他上学,多亏了你们这些好老师,教他学文化,教他懂道理……"

陈安爷爷一连说了许多感谢的话。

梁兴盛只在一旁听着,没有说话。陈安用开水冲泡了七碗冰糖刺梨儿水,先递了一碗在爷爷的面前,然后分别给江月、李心雨、龚安萍和代杰递到面前,再递了一碗给梁兴盛,最后那一小碗,属于他自己。

大家喝过了冰糖刺梨儿水，便开始干活。代杰扫地，梁兴盛挑水，李心雨和江月拆被子，龚安萍找需要缝补的衣裳。陈安也没闲着，他清洗着爷爷从地里扯回来的菜。该到做午饭的时候，大家一起做午饭：烧火的烧火，看锅的看锅，切菜的切菜，炒菜的炒菜……

这顿午餐很丰盛：有梁兴盛做的蒜苗炒腊肉，有龚安萍炝炒的小白菜，有李心雨凉拌的煳辣椒萝卜丝，有代杰煎的鸡蛋饼，有江月煮的盐白菜肉片汤。

下午，梁兴盛特意带大家去林中看刺梨儿。穿过一片柴山林，一丛刺梨儿出现在大家的眼前。刺梨儿枝头，密密匝匝地挂着许多小灯笼，有的还是绿色，有的是浅黄色，那些金黄金黄的，便是已经熟透了的。

"刺梨儿有一首儿歌，陈安给大家念一念。"梁兴盛说。

陈安大声地念了起来："一个金罐罐，装些硬饭饭，不吃硬饭饭，要吃金罐罐。"

"金罐罐，哈哈，这个形容好贴切呢。"江月说。

"装些硬饭饭，就是说里面的籽是硬的。"李心雨说。

"我要吃金罐罐，我要吃金罐罐。"龚安萍像个孩子似的笑着说。

接下来，大家体验了一把摘刺梨儿的乐趣。

"今天晚上有饭饭吃喽。"代杰开心地说。

"好啊，代杰，你吃饭饭，我们吃罐罐。"李心雨打趣道。

代杰发现不对，想了想，说："不对，我也要吃罐罐，我不吃饭饭。"

"哈哈哈！"代杰把大家都逗乐了。

在回去的路上，梁兴盛说："下个星期天，我要去替陈安家砍柴，你们参加吗？"

"当然要参加。"代杰说，"不然，我攒着这身力气，难道等放寒假的时候带回老家？"

"我们也要参加。"江月说，"我就代表心雨和安萍了啊。"

"梁师兄，以后，关于陈安家的事，你每次都要通知我们，我们每次都要来，一次都不能少，我们这几个一个都不能缺。"李心雨说。

"谢谢你们啊！"梁兴盛说，"我真怕我连累了大家。"

"梁师兄，你这是什么话啊！陈安又不是你一个人的学生，他是我们大家的学生好不好！"龚安萍说。

"嗯，安萍说得对。"江月说。

回到学校，王校长知道大家去陈安家帮忙了，高兴地说："这是一次有特殊意义的家访，值得全校教师学习！"

在和王校长、杨芳老师聊天的时候，杨芳老师对江月他们说，梁兴盛是好人，但就是个人问题有些困难，好几次，有人给他介绍女朋友，人家都是嫌他天天背一个残疾娃娃上学，没有回报不说，还要倒贴工资，便不愿意。杨芳老师说，还有人给梁兴盛介绍过农村姑娘，人家也觉得陈安是个拖累，不愿意。杨芳老师还说，梁兴盛是个好人，工作认真，能力强，有爱心，是个值得托付终身的人，大家身边如果有合适的，可以给他牵个线搭个桥⋯⋯

听到这些，龚安萍若有所思。

当晚，江月在日记中写道：

像陈安这样的孩子，如果没有像梁师兄这样的老师，他的前途在哪里？我想，我们每一位教师都应该做梁师兄那样的老师，不仅是孩子们的老师，还应该是他们的朋友，是他们的父母，关爱着他们的学习生活，陪伴着他们健康成长。

想到这些，我觉得自己肩上的责任很重。在师范校时，老师总是对我们说："孩子是祖国的未来。孩子们将有怎样的人生，与我们这些当老师的有着非常重要的关系。"昨天，我在书里读到苏霍姆林斯基的一句教育名言："要记住，你不仅是学生的老师，还是他们生活的导师和道德的引路人。"我想，我还得努力学习，提升自己，让自己有足够的能力去引领孩子们成长。

杨芳老师说到梁师兄的个人问题，我觉得吧，安萍跟梁师兄挺默契挺般配的，如果真有那么一天，我真诚地祝福他们！

最近，李小强尿裤子的次数极少了，但却越来越爱迟到，明天下午放学后，我得去李小强家家访，看看是什么原因导致他老是迟到。

……

在山外还秋意正浓的时候，山里的冬天，便迫不及待地来了。山里的寒风，不知疲倦地刮着。雨雾，或浓，或薄，一直笼罩着山，笼罩着树，笼罩着水，难得有一个晴朗的天气，让你看得见远方的山与树。

在这样的天气里，孩子们上学便更加辛苦了。山间小路两旁的野草、灌木等，总要把孩子们的鞋袜和裤子打湿。有那么一些孩子，为了避免鞋袜和裤子被打湿，他们脱了鞋袜，挽起裤腿走路，走到学校，才把裤腿放下来，把鞋袜穿上。那些光着脚板来上学的孩子，走进教室，满脚的泥，每个脚指头似乎都在喊叫："冷啊，冷……"唯有那些穿着深筒靴来上学的孩子，才能避免打湿裤子。有些家长考虑得周到一些（或者应该说是家庭条件好一些），会在孩子的书包里放一双棉鞋，到了学校，孩子脱下打湿了的鞋袜，穿上棉鞋上课，暖和极了。经济条件好一些的孩子，在冬天里能穿上软和又合身的棉袄，那些家庭条件差的孩子，冬天里依旧穿着往年的破旧的板结的短小的棉袄，或者说根本没有棉袄，整天就缩在教室的角落里，或是跟别的同学挤在一起取暖。正因为如此，孩子们发明了一种取暖的游戏——挤油渣儿。

每到下课，十几二十个孩子来到教室外的走廊里，站成一排，紧紧地挨着，开始了挤油渣儿的游戏。玩儿这样的游戏，一般是男孩子和女孩子分开玩，各自找一个地方挤油渣儿。带头的孩子一喊"一、二、开始挤！"于是，孩子们便吼着号子"嘿、嘿——"大家使出全身的力气，朝左挤，朝右挤，挤过来，又挤过去……挤着挤着，有哪个男孩的裤子被挤掉了，有哪个女孩的辫子被挤散了，又有哪个男孩突然间喷出一股鼻涕喷了人家一脸……挤着挤着，有人被挤出队伍了，又赶紧挤进去，或者是跑到队伍的最后接着挤。挤着挤着，有人被挤得摔倒了，或者是假装摔倒，于是，所有的孩子都假装摔倒，摔在一起，热闹得很，暖和得很。一个课间，足以让孩子们把身体挤得暖和起来。有时候，老师也会加入到挤油渣儿的行列，老师通常不是真的去挤，通常是维持秩序，因为他们担心孩子们摔倒，磕着了头，咬破了嘴唇，等等。

遇到难得的晴天，孩子们便满操场跑，滚铁环，踢毽子，跳皮筋，跳房子……这些都是极为暖和的游戏。

这一天清晨，曹玲玲走进教室的时候，裤子湿透了，站在教室门口，努力地克制着因为冷而带来的全身颤抖。

"曹玲玲，摔进水田里了？"江月问。

曹玲玲只是哭，不说话。

"走，到老师那里去换换。"江月说完，带着曹玲玲往寝室走。

江月在脱下曹玲玲那湿透了的鞋袜和裤子后，从温水瓶里倒出一些热水，给曹玲玲泡脚，同时给她敷了一下冻僵了的腿和手。在给曹玲玲换上裤子和鞋袜后，江月想："要是能有火烤一下曹玲玲的裤子和鞋袜就好了。还有那些带着棉鞋来上学的孩子，如果能在他们换下棉鞋后，有火能烤一下他们的胶鞋，放学后，他们就不会再穿着湿鞋袜回家了……"

江月发现，吴明静还在穿着凉鞋来上学。江月想提醒一下吴明静：穿双胶鞋吧，至少不那么冷。可是，江月没有把这话说出口来，她怕伤害到吴明静那颗敏感的心。

做晚饭的时候，江月跟大家商量，决定把煤炉用起来。

要使用煤炉，就得有蜂窝煤球儿了。最节约钱的办法，是去沙河街上卖煤的店里去挑煤回来，和着稀泥打蜂窝煤球儿。沙河街上也有现成的蜂窝煤球儿卖，可以自己去挑，也可以请人挑，但需要按煤球儿的个数付给脚力钱。

"现打的煤球儿，是湿的，要晾一段时间才能烧。"杨芳老师说，"你们可以买一些现成的煤球儿回来，先把煤炉生起来，然后再买煤来自己打一些煤球儿来晾着，等买的煤球儿烧完了，自己打的煤球儿也差不多干了。"

大家都觉得杨芳老师的主意挺好。

说干就干，第二天下午放学后，大家挑着箩筐背着背筐朝沙河街出发了。挑煤和背煤虽然是力气活儿，但对在农村长大的江月他们来说，却也不是什么稀罕事儿。而且，在师范校时，他们每周都有劳动课，都要到江边去挑沙呢。

爬过这段青杠坡，大家都出了一身汗。然而，想着煤炉马上就可以烧起来了，想到随时都有热水了，想到可以给孩子们烘烤一下打湿的鞋袜了……这样的累，大家都觉得很值。

江月他们的煤炉生起火来了。孩子们带来的午饭，热起来也更方便了。江月他们添置了两个跟之前的锑锅口径一样大的蒸格，把孩子的饭钵放进蒸格里，煤炉的热量足够把这些饭菜热得滚烫。有了煤炉，也就有了用不完的开水，有的孩子不愿意把带来的饭拿来蒸，便可以用开水烫一下饭，吃起来也不至于冰凉。看着孩子们吃着热乎乎的饭菜，江月他们比自己吃到一顿美食还幸福。

有了煤炉，那些不小心踩进水田里的孩子的裤子和鞋袜，便可以挂在炉灶的周围烘烤，极为方便。

"我们的蜂窝煤球儿发挥了重要作用。"代杰像作报告一样说，"我提议，让我们用热烈的掌声，感谢这些蜂窝煤球儿奉献出的青春和热血！"

代杰说完后，却没有人鼓掌。他假装失望地说："唉！都没有人为我鼓掌。"

"为你鼓掌？你是蜂窝煤球儿吗？"李心雨问。

"哈哈哈！"江月和龚安萍都大笑起来。

然而，梁兴盛却极不满意地说："你们挑煤球儿都不告诉我，是觉得我拿不动一个煤球儿吗？"

"梁师兄，你不要误会。我们是临时说起，说干就干，没来得及通知你。"龚安萍说。

"明天是星期天，我们要挑煤打煤球儿，我正式通知你：明天一早不要忘了挑上箩筐，到煤店等我们。"江月说。

"这才像话嘛。"梁兴盛说，"我可先说好啊，明天，挑煤，打煤球儿，是我和代杰的事，你们三个可别掺和。"

"好吧，我们就负责做饭，给你们补充能量。"龚安萍说。

煤和稀泥都挑来了。手动煤球机也从杨芳老师和田翠老师家借来了。一切准备就绪。

打蜂窝煤球儿，也是需要技术的。和泥，添水，搅拌，需要掌握比例，还需要力气。泥和水的量要合适，搅拌要均匀，这样打出来的煤球儿才不会散，才耐烧。

搅拌得差不多了。抓住煤球机，使劲地往煤上碾压，觉得把压进煤球机里的煤都压实了，再拿到放晾煤球儿的地方，让煤球机与地面隔三四厘米的高度，用大拇指压煤球机顶端的开关，煤球儿便轻轻地从煤球机里脱落出来。

代杰和梁兴盛负责打煤球儿，江月、李心雨和龚安萍负责做饭。中午的蒜苗炒腊肉，真是香啊！整个古寺坪的上空都飘着腊肉的香味。

天气越来越冷，陆续有孩子提着火筅来上学了。每当看见有孩子提着火筅进教室，江月总是叮嘱："路上要注意啊，不要摔了，烫着了。"孩子们的火筅里的炭，总是管不了一天，到中午的时候便燃尽了。江月想着怎样才能给孩子们的火笼里续上炭。杨芳老师告诉江月:"买青杠炭太贵,平时煮饭的时候可以积一些炭渣。烧柴火的时候,把烧过了的柴块夹进陶罐里,密封,等它们熄灭后,温度降下来,便可以用了。"

于是,江月他们的灶旁,又多了一个大大的带盖的陶罐,专门用来装做饭后从灶里夹出来的柴块,把它们捂成炭渣。这些炭渣可真管用,每天,江月和李心雨都会带一点炭渣进教室,给带了火笼的孩子添炭,让他们的火笼不用熄灭,供孩子们取暖。有火笼的孩子也跟老师们一样有奉献精神,他们会给别的同学烤湿了的鞋袜,这让江月和李心雨很受感动。

江月在日记里写道:

苏霍姆林斯基说:"育人先育心。"我想,孩子们到学校里来,不只是为学习文化知识而来,我们作为老师,首先要"育心",让孩子们有一颗善良的心,有一颗爱别人的心,有一颗感恩的心,有一颗坚强的心,有一颗进取的心……这些都是极为重要的。在孩子们身上,我看到了真诚的友爱,看到了无私的奉献,这些,比他们学会了几个拼音几个汉字,学会了造几个优美的句子更让我感到高兴。

……

今天,我去了吴世康家家访。吴世康一直表现不错,遵守纪律,学习也认真,此次家访的目的,就是希望吴世康的爸爸妈妈了解孩子在学校的表现,让他们多鼓励吴世康,让吴世康更加努力地学习。

天，越来越冷。吴明静还是穿着一双凉鞋来上学。这孩子，我真想帮帮她，可是，又害怕伤害她那敏感的心。我得想个办法……
……

随后，江月到沙河街上买了一双胶筒靴和一双棉鞋。

这一天，江月在路口等吴明静，等她到了，便把她叫到了寝室。

"吴明静，来，先泡个脚，暖和一下。"江月打来小半桶热水，让吴明静泡脚。

吴明静一开始不愿意泡脚。她不敢看江月的眼睛。

"吴明静，脚冻得太久了，会感冒。感冒了，得花钱买感冒药吃，如果严重的话，你还不能来上学，要耽搁课程，会影响学习。"

吴明静听话地泡了脚。

江月试着说："吴明静，老师这里有一双鞋，鞋码太小了，送给你穿……"

可是，江月的话还没有说完，吴明静便穿着自己的凉鞋，跑了。

江月无奈地摇了摇头，自言自语道："自尊心果然强啊！"

江月决定又去吴明静家家访。

来到吴明静家，江月跟明静爸爸和明静姐姐说："天太冷了，我们几个老师需要一些炭来烤火用，就是平常煮饭后夹进陶罐里捂出来的炭渣就可以……"

"江老师，我们家有，我去给您装一麻袋。"明静姐姐抢过江月的话茬，说完就要起身去装炭渣。

"明芳，你听我把话讲完。"江月说，"这炭，你们也是花费了心思积攒起来的，我们一定要拿钱买。"

"老师，这炭不值钱，我们煮了饭就有。"明静爸爸说。

"吴大哥，您听我说。"江月说，"如果我到外面去买青杠炭，会很贵。我想，我用同样的钱，在你们家，一定可以买到更多的炭。"

"老师，不收钱。"明静爸爸说。

明静姐姐动作快，转眼间，她便装了一大麻袋炭渣，拖到堂屋来，装进了一个背篼里。

明静姐姐把江月送出家门，走了一小段路，江月把装有胶筒靴和棉鞋的包递给明静姐姐，说："这两双鞋，是我买太小了不能穿，我送给明静穿。上学路上，让她穿胶筒靴，棉鞋带到学校去换。棉鞋里面有30元钱，是我买炭的钱，这点钱肯定不够买这些炭，今天我是买到便宜了。"

"老师，这样的炭渣，背到街上也没有人买。"明静姐姐说。

"他们不喜欢，我们可是稀罕啊！能生火烤东西就行。"江月说。

江月背着一大背篼炭渣回到学校，天已经黑了。李心雨、龚安萍和代杰向江月了解了今天家访的情况后，都吵着说要跟江月一起献温暖。

"好了，你们都不要给我添乱了。"江月假装板着脸说，"我家访我自己的学生，跟你们没有关系，你们不要胡闹。"

"江老师，我们在胡闹吗？"李心雨也很严肃地说，"行，江老师，你这些炭，就你一个人用吧，跟我们没有半点关系。"

"嘻嘻嘻——"龚安萍忍不住笑了。

"你们都别闹了。一句话：只要是献温暖，我们人人有份儿。"代杰郑重地宣布。

"江月，你从实招来，这些炭渣，多少钱？"李心雨问。

江月想了想，说："5元钱。"

"江月，你又把我们当成傻瓜来哄骗了。"李心雨说，"我又不是今天才认识你江月，你会用5元钱背这么多的炭渣回来？"

"我也不信。"龚安萍说。

"我来估一下价吧。"代杰说，"这些炭渣，怎么说也值个三四十元钱。"

"我觉得吧，还可能另加了一双棉鞋还有胶筒靴什么的。"李心雨说，"昨天，我明明就看见你寝室里有棉鞋和胶筒靴，那尺码根本就不是你江大脚能穿的。"

"江大脚，哈哈哈！"龚安萍大笑起来。

"哈哈哈！"大家都跟着笑了起来。

江月拗不过他们，也只好说了实话，让他们一起献了这份爱心。大家又约法三章：不准私献爱心，违者罚。怎么惩罚呢？惩罚少献爱心一次。

在这寒冷的冬天里，江月和李心雨总是不放心放学回家的孩子们，她们要么跟孩子们一起回家，做一两个家访，要么把孩子们送到半路，才折返回校。

这一天下午放学的时候，李心雨见班上一个叫袁亮的男孩背着一个大背篼出了学校，便跟了上去。

李心雨跟着袁亮一起，一边割草，一边爬坡。青杠坡爬了一半的时候,袁亮的家就到了。这时候,袁亮背篼里的草,也满了。

"谢谢老师!"袁亮开心地跟李心雨挥手。

"不用谢!"李心雨笑着说。

李心雨正往回走的时候,身后传来熟悉的声音:"心雨,你特意来接我吗?"

是代杰。他快步跑到李心雨身旁,说:"你家访过了?"

"没有家访。我是帮一个孩子割草,他背那么大的背篼,我怕他割不满回家要挨打。"李心雨说。

"哈哈哈!巧了,我家访过后,也是遇上一个孩子割草,我也帮他割了满满一背篼才走的。"代杰说。

回到学校,江月和龚安萍已经在做晚饭。

"哟,代杰,心雨,你们提前约好的呀?"江月问。

"江月,你这叫明知故问嘛。"龚安萍笑着说。

李心雨从寝室里拿出两块花生糖来,分别塞进江月和龚安萍的嘴里,然后盯着她们俩,不说话。

江月把嘴里的糖嚼了,吞下去了,笑着说:"想堵我们的嘴?"

龚安萍也把糖嚼了,吞下去了,说:"一块糖,不够堵呀!"

李心雨从寝室里把糖罐儿拿出来,放在灶上,不说话。

"哈哈哈!"江月笑着说,"不吃了,糖吃多了长蛀牙,那可不是好事。"

一直没有说话的代杰,揭开蒸着饭的锅,慢条斯理地说:"我最关心的,是饭好了没有,我可是饿得前胸贴后背了。"

10. 农忙假

半期考试后,学校决定按惯例放一周农忙假。在这样的时节里,农村要挖红苕,点小麦,种洋芋等。农村的土地多,总有干不完的农活,把孩子们放回家,可以增加各家各户的劳动力,还可以让孩子们学习劳动,养成劳动的好习惯。

这次的农忙假,加上头一个星期天,一共放八天假。江月他们在有经验的梁兴盛的建议下,对这个假期作了这样的安排:前三天去吴明静家帮忙,后两天去陈安家帮忙,剩下三天时间,大家各自回家看望家人,周五早上坐车回家,周日回校。

农忙假的第一天,江月、李心雨、龚安萍和代杰早早地朝吴明静家走,他们自己带了米、油和肉,为的是不给吴明静家增加负担。他们刚到,梁兴盛也到了。

把大家招呼进了屋,明静爸爸说:"老师坐。坡上的脏活儿重活儿,不用你们去。"

"老师,外面下着雨,你们就在家里吧,地里很滑,会弄一身泥。"明静姐姐说。

"你们不用担心,我们这几个都是农村长大的,不怕这点小雨,也不怕脏。"江月说。

于是，大家一起到地里挖红苕。

江月拿起割草刀便开始割红苕藤，动作极为麻利。代杰笑着说："哟，江老师，看不出啊，还是割猪草的好手。"

"那是，不会割草，都不配说是在农村长大的。"江月笑着说。

李心雨和龚安萍也开始割红苕藤，她们俩要文静些，动作便不如江月那么麻利。梁兴盛笑着说："心雨、安萍，你们俩呀，估计是投错了胎。"

"为什么？"龚安萍问。

李心雨却笑而不问。

"你们这文静样儿，应该投胎到城市。"梁兴盛说。

"梁师兄，你觉得我不会干活儿啊？那我挖红苕给你看。"龚安萍说完，放下割草刀，拿起锄头，开始挖红苕。

"放下放下。"梁兴盛一边从龚安萍手中拿过锄头，一边说，"你还是割红苕藤吧，割得挺好的。"

"嘻嘻嘻——"李心雨只是笑，不说话。

挖红苕可不是一件轻松的活儿。割好的红苕藤得背回家，挖出来的红苕得有人抹掉红苕上的泥，然后再或背或挑回家去，这些都是体力活儿，如果只有一两个人在地里忙，一天挖不了多少红苕。

吴明静安静地蹲在土沟里抹着红苕，她一句话也没有说，或是看着老师们割红苕藤挖红苕，或是听着老师们说话。明静姐姐做事的麻利程度不亚于江月，一看就是干活儿的好手，她不仅割红苕藤，还背红苕，一大背篼红苕，有着与她的年龄不相称的重量，她背起来却能走得很快。

"老师，我回去帮妈妈煮饭，你们早点回来吃饭哦。"明静姐姐说完,又背着一大背篼红苕朝家里走。吴明静也背着半背篼红苕跟在姐姐后面,吃力地朝家里走去。

看着两个小姑娘的背影,李心雨说:"穷人的孩子早当家。"

明静爸爸是个寡言的人,他默默地挖着红苕,默默地听大家讲话,或许他也想说点什么,却又不知道该说点什么。

"吴大哥,你们家的红苕,够喂猪吗?"梁兴盛问明静爸爸。

"够,喂不完。"明静爸爸说。

"喂不完的话,明年开春就烂了,可惜了。"梁兴盛说。

"吴大哥,自家喂不完的话,就卖一些给别人家吧。"代杰说。

"家家户户都有红苕,买的人少,便宜得很,不划算。"明静爸爸说。

"可以做点儿红苕粉来吃,做粉粑、粉条儿,都可以。"梁兴盛说。

"每年都做。"明静爸爸说。

"梁师兄,红苕粉,就是炒瘦肉时用来勾芡的那种粉吗?自己家里也可以做?"江月问。

"对,农村用红苕自己做。"梁兴盛说。

"我一直以为红苕粉只有在工厂里生产呢。"李心雨说。

"农村都是自己做。"梁兴盛说,"用自制的磨板把红苕磨成细丝或糟,加水,像洗衣服那样反复地搓揉,用滤布像滤豆花一样过滤。滤出来的浆里便含有红苕的淀粉,沉淀后撇去上面的清水,便得到红苕粉了。把红苕粉晒干,就可以密封起来保存。还可以拿这种红苕粉来做粉条儿,多几道工序而已。"

"哇,梁师兄,你还会做红苕粉和粉条儿啊?"龚安萍惊讶地问。

"我会做。"梁兴盛说。

"那找机会让我们参观参观。"龚安萍说。

"好。"梁兴盛满口答应。

今天的饭桌上,便有大家都关心的红苕粉。

"老师,你们尝尝红苕粉粑炒腊肉,香得很。"吴明静对大家说。

"哇,还真上桌了!"龚安萍有些兴奋。

梁兴盛夹了一坨粉粑放进龚安萍的碗里,说:"尝尝,肯定会喜欢。"

龚安萍把粉粑放进嘴里,嚼了嚼,很高兴地说:"好吃,好吃!"

于是,大家都在腊肉里寻找粉粑。吴明静只是笑,没有说话,她可能在想:"这些老师们呀!唉,腊肉可比粉粑好吃多了……"

吃到这么美味的粉粑,一上午的累,都被抛在脑后了。

下午挖红苕的时候,李心雨对明静姐姐说:"做晚饭烙粉粑的时候叫我们一声,我们要学。"

这一下午,大家都干得特别带劲,江月、李心雨和龚安萍也似乎有使不完的劲儿。梁兴盛笑着说:"看来,红苕粉粑吃了还能长力气啊。"

到了做菜的时间,江月、李心雨和龚安萍都跟明静姐姐学习做红苕粉粑。把红苕粉加水搅拌成粉糊,倒进油锅里煎,这时候得掌握火候,如果火太大了便会煳锅。起锅后,趁热切成小块或小坨,放进腊肉里翻炒。快起锅的时候,再加一些蒜苗进去,味美无比。

这一天,大家虽然都很累,但都觉得很有意义。

在吴明静家挖了两天红苕后,第三天,大家帮着吴明静家砍柴。冬日的山林,地面上铺满了落叶,那些光秃秃的树枝,在寒风中沉默着,似乎在积蓄力量,待春天来临的时候,重新发芽,绿遍山林。

原本,明静爸爸不同意让老师们到林中去砍柴,他说:"教书先生的手,是拿粉笔的。"但是,江月他们执意要跟着去砍柴。

砍柴的确不是一件轻松的活儿。冻僵了的手,拿着冰冷的砍柴刀,还得用力砍,一刀下去,不见柴上有口子,手倒是被震得生疼生疼的。

梁兴盛从龚安萍手中拿过柴刀,说:"安萍、心雨、江月,你们三个就不要砍了,负责捡一下林中的干柴,捆一下,也可以背一下。"

于是,江月她们三个便负责在柴山林中捡柴,捆柴,然后把满背篼的柴背回到吴明静家。因为是干柴,所以装满背篼也不会太重。

"看,这是什么?好美丽呀!"李心雨指着一处结满了红彤彤的小果实的灌木丛说。

"那是红籽儿,学名叫火棘。"梁兴盛说。

江月和龚安萍也过来了,跟李心雨一起,围着这丛漂亮的红籽儿,眼睛里发出亮光。这些红彤彤的小家伙,嘟着小嘴儿,挨着挤着,仿佛在说着悄悄话。

"老师,红籽儿可以吃。"吴明静小声地说。

"真的可以吃?"江月问。

吴明静见江月不信,便摘下一粒红籽儿,放进嘴里,细细地嚼着,脸上露出可爱的笑。

"我也要尝尝。"李心雨一边说,一边摘下一粒红籽儿,放进了嘴里,细细地嚼了起来。

"好吃吗?"龚安萍问。

"有点涩,但你们一定要尝尝。"李心雨说。

龚安萍和江月先后摘了一粒红籽儿,放进嘴里,嚼了起来。虽然有点涩,但不影响大家对它的喜欢,她们一粒又一粒吃着红籽儿,或许,她们品尝到的并不是红籽儿的味道,而是生活的味道。

"代杰,你不来尝尝红籽儿的味道?"李心雨冲着代杰喊。

代杰正在用力地砍柴呢,他抬起头来,说:"好吃吗?"

"好吃,很甜。"李心雨笑着说。

"那麻烦李老师给我摘几粒过来尝尝。"代杰说。

李心雨摘了一些红籽儿,拿到代杰身旁,说:"张嘴。"代杰张开嘴来,李心雨把手里的红籽儿都放进了代杰的嘴里。代杰嚼了嚼红籽儿,夸张地说:"真甜啊!比糖还甜,李老师。"

"嘻嘻嘻——"龚安萍笑了起来。

"你们啊,一个比一个会撒谎。"江月笑着说。

"生活因撒谎而美丽嘛。"李心雨说。

"呀,心雨,你真是一个诗人,随便说一句都是诗。"梁兴盛说。

"有了心雨,我们的生活充满了诗意。"江月说。

在吴明静家的三天农忙,很快就结束了。离开吴明静家的时候,明静姐姐拿出一大包红苕粉来,要送给大家。

"明芳，这红苕粉，你们留着吃吧。"江月说。明静姐姐见大家不要红苕粉，很难过，她的脸上虽然还挂着懂事的微笑，但从她咬着的嘴唇能看得见她的伤心。

"拿着吧，这是明静一家人的心意。"梁兴盛说完后，示意江月收下。

江月收下了这包红苕粉，对明静姐姐说："谢谢你们啊！"

在路上，梁兴盛说："在我们这里，很多家庭都会用红苕做手工红苕粉，做出来都是自家吃，拿到街上去也不好卖，卖太便宜了也不划算。你不收，明芳会觉得你看不起他们。"

"道理我都懂，可我就是不忍心收他们的东西，这东西哪怕只能卖一角钱，对他们家也是有帮助的。"江月说。

"江月，以后，我们找机会帮助他们就可以了。"李心雨说。

"也只能这样了。"江月说。

"明天去陈安家，我们把这红苕粉带去做粉粑。"龚安萍说。

"安萍，这些红苕粉留着，你们想吃的时候吃，陈安家去年做了不少红苕粉。"梁兴盛说，"我带红苕粉条儿和腊猪蹄去，明天用红苕粉条儿炖腊猪蹄，保证香得你们连舌头也吞到肚子里去。"

梁兴盛带着江月他们来到陈安家的红苕地里的时候，陈安爷爷感动得老泪纵横。他说："兴盛啊，我们陈家哪辈子积的德哟，讨得你们这样来帮衬我们……"

"老人家，学校放假了，我们在寝室里也没什么事，出来打发时间。"龚安萍说。

"你们这些当老师的，考虑得太周到了。谁个不想在屋里干干净净地休息啊？谁个愿意到这地里来弄一身泥巴啊？"陈安爷爷说。

"老人家，人多，一边做事一边摆龙门阵，时间混得快。"江月说。

"老人家，我们负责割红苕藤，负责挖红苕，负责把红苕背回家，您负责抹红苕。"梁兴盛说。

大家一起挖红苕。陈安和爷爷一起，坐在红苕藤上，抹着刚挖出土的红苕上的泥。

"陈安，去整点儿好吃的来。"梁兴盛笑着对陈安说。

陈安会意，冲着大家笑了笑，便拄着拐杖离开了。

"梁师兄，你不会让陈安回家去做粉条儿炖猪蹄吧？"龚安萍说。

"你就馋粉条儿炖猪蹄。"梁兴盛朝着土沟里努了努嘴，笑着说，"粉条儿和腊猪蹄都还在那里呢，中午饭我们将就吃点儿，下午，让老人家在屋里守着炖。"

陈安做什么去了呢？大家一边挖红苕，一边期待着。

在大家的期待中，陈安终于回来了。陈安给大家带来了惊喜，他从荷包里掏出两大把圆圆的红通通的小果果。

"这是什么呀？比红籽儿大，但没有红籽儿红。"江月问。

"陈安，你告诉大家，这是什么。"梁兴盛说。

"这是野地瓜。"陈安说，"长在野地瓜藤上，藏在沙土里头，顺着地瓜藤刨，一定有。"

"尝尝？"梁兴盛对大家说。

龚安萍拿起一个野地瓜，轻轻地咬了一口，嚼了嚼，说："嗯，好吃，又香又甜。"

大家都开始品尝野地瓜，仿佛在品尝这个世界上最好的美味。

吃过了野地瓜,大家又开始抓紧时间挖红苕。

午饭,大家将就吃。下午,陈安爷爷留在家里做粉条儿炖腊猪蹄。傍晚时分,大家吃到了美味的粉条儿炖腊猪蹄。

"老师们慢慢吃啊,锅里还有,梁老师拿了两只腊猪蹄来。"陈安爷爷对大家说。

下午,挖红苕的时候,龚安萍悄悄地问梁兴盛:"梁师兄,你们家过年杀的猪,猪蹄还留着?"

"哪有啊。"梁兴盛说,"我是去别人家买的,总有一些人家留着舍不得吃,或者有过年杀了两三头猪的人家,卖了一些肉,但猪蹄留着。这事儿别让陈安爷爷知道,不然,他又该说我了。"

"好的,梁师兄。你真是个好人。"龚安萍说。

"嘻嘻嘻——"江月和李心雨也在说悄悄话,说着说着,又朝龚安萍和梁兴盛看了看,悄悄地笑了。

在休息的时候,陈安带着大家去刨野地瓜。野地瓜是多年生的匍匐灌木,棕褐色的茎沿着地面生长,生出来的根长进地里,便结出野地瓜来。抓住野地瓜藤轻轻一扯,有些野地瓜便被带了出来。也有一些野地瓜埋得比较深,就得用手或树枝来刨了。

沙地上生长的野地瓜,刨出来便干干净净的,即便是带着点泥沙,用手轻轻一抹便抹干净了。孩子们把野地瓜刨出来,都是直接放进嘴里,极少有拿去洗一遍再吃的,因为肚子里的馋虫可是等不得的。

"在吴明静家的柴山林中有红籽儿吃,到这里来有野地瓜吃,我们的生活真是丰富多彩啊!"江月一边割红苕藤一边说。

"山里的生活,虽然单调了些,但时不时还是会有一些趣味。"

梁兴盛一边挖红苕一边说。

"这样的趣味,是山外所没有的。"正在往背篼里捡红苕的龚安萍说。

"江月、心雨,老实说,你们两个志愿申请到这里来工作,后悔了没有?"梁兴盛继续问,"代杰、安萍,你们被分配到了山区,有没有埋怨过生活不公平?"

梁兴盛问了大家一个很严肃的问题。有那么一会儿,地里只有割红苕藤和挖红苕的声音。

"说实话,刚来的时候,还是有点后悔。"李心雨说。

"毕竟这里太偏僻了。"龚安萍说。

"在师范校,学校动员大家志愿申请到山区工作的时候,我们凭着的就是一腔热血,凭着的就是对教育事业的热爱,谁也没有亲眼见过将来的工作环境。"江月说,"来报到的那天,我妈妈埋怨我,我也在心里也埋怨自己。"

"我现在不后悔了。"李心雨说。

"其实,我也埋怨过生活对我不公平。但现在不那样想了,觉得自己挺光荣的,并且觉得在这里工作很愉快。"龚安萍说。

"你当然觉得很愉快,有这么好的梁师兄……跟我们搭伙,我们也不后悔。嘻嘻嘻——"李心雨笑了。

"心雨,你当然不后悔,原因我就不说了。"龚安萍意味深长地看了看李心雨,又看了看代杰,虽然没有把后面的话说出来,但大家却知道她想说什么。

"我也不后悔,因为有你们跟我搭伙。"江月笑着说。

李心雨割了几下红苕藤,冷不丁冒出一句:"江月,老杜什么情况？"

李心雨这么一问，代杰、梁兴盛和龚安萍又把目光集中到了江月身上。江月愣了愣，说："他能有什么情况？上他的大学呗。"

"你就装糊涂吧。"李心雨说，"这么优秀的老杜，只怕被别人抢去了，某些人要后悔。"

江月只管割红苕藤，没有回李心雨的话。

在陈安家农忙的第二天下午，大家都没有下地，都在家里干活。梁兴盛和代杰负责劈柴，江月、李心雨和龚安萍负责收拾家里家外，拆洗铺盖，缝缝补补。

"梁老师，你在这里呀。"一个六十岁左右的大伯，朝这边走来，他大声说，"梁老师，我去你家找你，说你在陈家帮忙来了。"

"杨伯伯，有什么事呀？"梁兴盛问。

"我家的电视机又不显人影了，想麻烦你过去帮我修一修。"杨伯伯说。

"着急不？如果不着急的话，我吃过晚饭去帮你看看。"梁兴盛说。

"好好好，先谢谢梁老师！你先做事，晚上去我家里。"杨伯伯说完，高兴地走了。

"梁师兄，你这个农忙假，过得真是充实哟。"代杰笑道。

"充实些好啊。有事做，才觉得自己是个有用的人。"梁兴盛说。

"我们师范校不仅培养人民教师，还培养电工、修理工。"江月说。

"师范校不是说要培养多能一专的优秀人才吗？梁师兄才是真

正的多能一专人才。"李心雨说。

龚安萍只是看着梁兴盛，没有说话。

忙碌了整整五天，大家都感到很累，却很开心。当天晚上，梁兴盛帮杨伯伯修好了电视机，没有回沙河街下面的家，而是住在木楼上的寝室里，他说："明天早上我送你们上车。"

夜深了，江月打开日记本，写起了日记：

农忙假已经过了五天。五天农忙，累，但很快乐。

在师范校的时候，我以为一名老师只要把课上好把学生管理好就行了，现在才知道，一名好老师，不仅仅是在教室里给学生上课那么简单，课上课下，校里校外，需要我们做的太多太多。未来的路很长，需要我做的努力还很多。

心雨又提到了老杜，我知道她是故意的。我的确应该给老杜写封信去，说说我的工作，说说我的生活，不为别的，就只因为跟他三年同桌，这份友情，也值得我写封信去问候一下。只是，我实在是没有勇气给他写信。他现在是大学生，而我，只是偏远山区的一名小学教师，我有什么资格给他写信？算了，不说老杜了。

明天就要回家了，可以见到爸爸妈妈了，我很高兴。在下了车后，我会拐到街上去给爸爸妈妈添置衣物，从小到大，爸爸妈妈省吃俭用供我上学，现在，我有了工资，到了报答养育之恩的时候了。

回到家里，我一定要告诉爸爸妈妈，我在这里生活得很好，这里条件虽然差了点，但吃穿住行都没有问题，工作也很顺利，我不能让他们为我操心。

……

第二天,天还没有亮,梁兴盛便打着火把,送大家到文家林坐车。

大家在文家林路边等了一会儿,便听见远处传来了喇叭声。车快到跟前的时候,便慢慢地停下来了。

江月他们跟梁兴盛道了别,上了车。

"梁老师真是有心人哦。"司机一边开车一边说,"他昨天就托人给我带口信,说今天早上有四位老师要坐车出山回老家,让我一定在文家林刹一脚。梁老师是个细心周到的好人……"

"安萍,梁师兄人真不错。"江月小声地给龚安萍说。

"哎呀!"龚安萍用胳膊肘拐了江月一下,有点不好意思。

"我觉得你们俩挺般配的。"江月小声说。

"现在不考虑这事儿。"龚安萍说。

"那就让他们俩先考虑吧。"江月说话的时候,朝李心雨和代杰那边看。

"嘻——"龚安萍轻声笑了。

……

一路上,龚安萍、李心雨和代杰先后下了车,汽车在颠簸了三个小时后,江月也到站了。

江月来到街上,给爸爸妈妈分别买了一件棉衣和一双皮鞋。江月爸爸妈妈一直舍不得买皮鞋来穿,说穿皮鞋下地不如胶鞋方便,但江月知道他们是舍不得花钱。

回到家里,江月爸爸一见女儿,便埋怨道:"小月呀,读师范校就是为了有份工作，有份工资，过安逸的生活，你跑那么偏远的地方去当老师，图个啥呀？就图爬坡上坎地吃苦？"

江月知道，妈妈从沙河小学回来，肯定把那里的条件告诉爸爸了。

"哎呀，小月坐这么远的车，好不容易回来一趟，你就不要说那些了。"江月妈妈说。

"小月呀，"江月爸爸还是忍不住要说，"你说，你当初要是分配回这附近的哪一所学校，都比你现在那里好。这附近的小学，回家近，进城方便。"

"爸……"

"你那个半山坡头的学校，就是有钱给你赶个街买点东西，爬一坡上一坎的，都累啊……"江月爸爸继续说，"那么偏僻的地方，就不是你一个姑娘家该去的。你说你好好的平洋大坝（平洋大坝：平坝地区的意思）不回，偏要申请去那山里头，你图个啥呀？"

"不说了，赶紧弄饭吃。"江月妈妈一边说，一边拉着江月进了灶房。

在家里住了两晚，江月爸爸妈妈说得最多的，是希望江月好好工作，不要耽误了学生，他们特别提到，如果有机会就调回来，离家近，进城方便……经爸爸妈妈这么一说，江月也有些动摇了，她明显感觉到爸爸妈妈很希望她回到老家来，留在他们身边，经常在一起吃饭，聊天，相互照顾。江月对爸爸妈妈说："调动的事情，我会考虑的，但肯定不可能马上回来。"

……

星期天，江月他们都回到了学校。

大家一起聊天的时候得知，大家的家里人都希望他们调回去，留在家人身边，经常回家一起吃饭，进个城也方便。总之，长辈们的担忧都是一样的。

"你们打算调回去吗？"江月问。

"在家里答应爸爸妈妈要调回去，可是，一到这里，心头的想法又变了。"代杰说。

"我也是。"龚安萍说。

"我也答应奶奶有机会就调回去。"李心雨说，"不过，我也跟奶奶说，接她来一起住，让她帮我补衣裳。"

"心雨，你真会哄，把奶奶哄得都愿意来这里跟你一起生活了。"江月说。

"我想，我们志愿申请来了这里，不可能上一学期的课就又调回去。"李心雨说。

"而且，听说调动非常困难。"代杰说。

"好好工作吧。"江月说。

"嗯，好好工作。"龚安萍也说。

过了几天，江月收到了杜大星的信，随信寄来了一本约翰·怀特的教育专著《再论教育目的》。杜大星在信里并没有责怪江月没有给他回信，他在信里写道：

……

江老师，我一直没有收到你的信，我想有两个原因：一是你的工作非常忙，没有时间写信；二是你给我写了信，但信在路上走丢了。不管哪种原因造成我收不到你的信，我都表示理解。我坚持我的原则：在等一段时间等不到你的信后，便再给你写一封信。

冬天到了，山里的冬天一定比师范校的冬天要冷一些，不过我相信你知道要多穿些衣裳，如果感冒了，自己不舒服，上不好课，还会影响学生。

我抽时间去逛了新华书店，买了两本书，随信给你寄一本，希望对你有帮助。

此刻，我在猜两件事：一是你会不会给我回信，二是你的回信会不会走丢。其实，答案全在你那里。

期待你的回信。

……

读了杜大星的信，江月没有犹豫，当晚便给杜大星回了一封信。

……

杜大星同学，一直没有给你回信，我感到很抱歉。

我在这里很好。我、李心雨、龚安萍和代杰，都住在同一幢木楼上，与高我们两届的师兄梁兴盛一起搭伙煮饭吃，挺好的。龚安萍擅长音乐，代杰擅长美术。代杰为我们几个女生分忧，志愿到了离沙河小学还有一个小时山路的大月小学上课，他每天早出晚归，早上爬山，放学后下山，很辛苦。班上的孩子们也挺好，我喜欢他们，他们也喜欢我。我们时常会去家访，要走很远的路。在家访时也会遇到一些问题，比如：被家长关在门外不予理睬，被家长骂，等等。也有受到家长热情接待的时候。经历多了，脸皮也厚了，可以把一些情绪藏在心底里不表现出来。

上周，我们放了一周农忙假，加上头一个星期天一共放了八天。我们去了两个学生家里帮了五天忙，帮他们挖红苕，砍柴，做家务等，很累，但很快乐。我也回了一趟家，爸爸妈妈心疼我，希望我调回去。我也想调回去，这里的条件太艰苦了。然而，回来这里，看到班上那些可爱的孩子，我又打消了调回去的念头。

你很优秀，我想，等你毕业的时候，一定能留在重庆主城，或者是分配到县城里最好的小学。祝福你！

谢谢你寄来的书！我很喜欢。我没有什么东西寄给你，在这大山里，有太多的美味，比如：拐枣、红籽、野地瓜、红苕粉粑……将来，如果有机会可能给你带一点。

……

11.稿费、毛衣、稿笺纸

李心雨来到沙河小学后,木楼下的图书室便成了她打发业余时间的好地方,下午、晚上和星期天,大家没有安排集体行动的时候,她便到图书室看书,或者把书拿回寝室看。你若是去寝室找她,她要么是在备课,要么是在看书,要么是在写文章。江月曾对李心雨说:"在师范校的时候,老杜要么在学习,要么在处理班务,要么在写字。而现在的你,要么在备课,要么在看书,要么在写文章。"听到这样的话,李心雨笑着说:"江月,看来,你还是没有忘记老杜啊。话又说回来,我没有福气跟老杜同桌三年,但毕竟也还邻桌三年,不受点影响,那还真对不起老杜。"

"你一个邻桌都受到影响了,我却没受到什么影响,看来,我真是笨。"江月说。

"在师范校那三年,我也觉得你没受到老杜什么影响。"李心雨说,"但是,走上工作岗位后,我觉得你受老杜的影响挺大。"

"比如?"江月问。

"比如:你的工作作风,一丝不苟;处理事情,很果断;考虑问题,很全面;对待身边的人包括领导、同事和学生,都很有耐心。"李心雨说。

江月想了想，说："老杜有这么多优点？"

"嘻嘻嘻——"李心雨笑了，她说，"你这是在夸奖老杜呢，还是在夸奖你自己呢？"

江月也笑了。

继续说李心雨吧。在师范校的时候，李心雨加入了学校的文学社，写了一些文章，也发表了一些文章。参加工作后，她依旧利用业余时间努力读书，努力写作，她说，梦想在遥远的地方向自己招手，她一定要朝着梦想奔去。

一天，李心雨收到了两封信和一张20元的稿费汇款单。这两封信，一封信是从师范校转寄过来的，一封信是师范校文学社的茗野先生寄来的。李心雨回到寝室，很认真地拆开了这两封信。真好，她的文章在杂志上发表了，这篇文章，是她在师范校时投的稿，当时稿件上留的是师范校的地址，文章发表后，杂志社一定是把样刊寄到了师范校文学社，文学社的茗野先生再把信件转寄到了沙河小学。茗野先生在给李心雨的信中，特别提到希望她坚守自己的精神家园，坚持阅读和写作。茗野先生还说，他已经给杂志社打过电话了，把李心雨的新地址给了杂志社，杂志社随后会把稿费汇款单寄到沙河小学，让李心雨注意查收。果然，杂志社的稿费汇款单竟然和信件一起到了李心雨的手中。

"心雨，祝贺你！"江月替李心雨感到高兴。

"心雨，你真是我们的榜样啊！"龚安萍说。

"其实，我非常感谢你们！在这里，如果没有你们的陪伴，日子就没有这么快乐和有意义。"李心雨说，"我还非常感谢茗野先生，在师范校文学社的时候关心我，辅导我，非常仔细地替我修改文章。我参加工作了，茗野先生还写信来鼓励我。"

"客气的话，表扬的话，我都不多说了。"代杰笑着说，"我只盼着你领了稿费后，请我们吃好东西。"

"行，等我领了稿费，保证请大家吃好东西。"李心雨说。

又过了几天，李心雨从邮局取稿费回来后，很抱歉地对大家说："对不起啊，没办法请你们了。"

"为什么？反悔了？"江月假装生气地说。

"是反悔了，嘻嘻嘻——"李心雨说。

"心雨，你可不准反悔哦。"龚安萍说。

"李心雨老师，你不会这么吝啬吧？我有预感，你肯定有更好的东西招待我们。"代杰说。

李心雨说："我在邮局取稿费的时候，看见报刊征订单，便给班上的孩子们订了一份报纸和一份杂志。等明年报刊到了，我们班上的孩子们读了，江月和代杰你们可以拿到你们的班上去，让你们班上的孩子们也读一读。"

"呀，心雨，这是件好事呀！"江月说，"我也得去订两份报刊，到时候就有四份，孩子们多读一点，长见识，对他们的成长有好处。"

"我要不要也订两份啊？"代杰说。

"我觉得吧，低年级的孩子识字不多，阅读量不大，四份报刊应该够了。"江月说。

"好吧，今年我就省点钱吧。等你们两个班的孩子读过了，我再拿到大月小学去，给我那些宝贝疙瘩读。"代杰笑着说，"明年年底，我必须得订两份，你们谁也不要跟我抢啊。"

"代杰，你不要省钱娶媳妇啊？"龚安萍笑着问。

"唉，娶媳妇的话，省这点钱也不够啊，得把生活费全省了，看能不能娶到媳妇。"代杰说，"都说山区男老师娶媳妇难，我怕是要打一辈子光棍喽。"

到这里工作的这段时间里，时常听大家说起山区男老师娶媳妇难的话题：山区男老师工资低，地位低，不好娶媳妇。

"把生活费全省了，你饿成干柴棍，看谁会喜欢你。"龚安萍打趣道。

"安萍，你也省省力气吧，你操错心了，人家不管瘦成什么样儿也会有人喜欢。"江月笑着说。

李心雨瞪了江月一眼，转而笑着说："我答应过要好好招待大家的，今天晚上，我就做红苕粉粑炒腊肉，好不好？"

"好，梁师兄拿来的腊肉还有一些。"龚安萍说。

"安萍，整天梁师兄啊梁师兄的，你怕是什么时候要被称作梁龚氏了吧？"李心雨笑道。

"玩笑归玩笑，我说个正事。"江月说，"今晚梁师兄和陈安都不在这里吃晚饭，你的红苕粉粑炒腊肉，明天中午做行不行？"

"行。"李心雨说。

这学期，班上的孩子们虽然没有报刊可读，但江月、李心雨和代杰时常会从图书室借书去念给他们听，或者把书放在教室的图书角，让孩子们自己去翻阅。虽然孩子们不认识字，但可以用这种方式让他们知道，除了课本，还有许多书可以读，让他们渐渐地养成良好的阅读习惯。

一天，在上自习课的时候，江月给孩子们念童话《小红帽》。

从前有个可爱的小姑娘,谁见了都喜欢,但最喜欢她的是她的外婆,简直是她要什么就给她什么。一次,外婆送给小姑娘一项用丝绒做的小红帽,戴在她的头上正好合适。从此,小姑娘再也不愿意戴任何别的帽子,于是大家便叫她"小红帽"。

念完这一自然段,马玉萍高高地举起了手,她说:"老师,小红帽的外婆做得不对。"

"外婆哪里不对呢?"江月问。

"小红帽要什么就给她什么,这样不对。"马玉萍说。

江月笑了,她说:"是,这样的确不对,该给的才给,不该给的就不能给。那么,孩子们,你们来说说,你们觉得哪些该给哪些不该给呢?"

这下可好,孩子们都举着小手要发言,连那些平日里害怕举手发言的孩子也把手举得高高的,渴望得到江月的许可。

"要很多钱买零食吃,不能给。"刘小梅说。

"铅笔用完了,要钱买铅笔,可以给。"吴大礼说。

"有衣裳穿,却还要买新衣裳,不能给。"冯远辉说。

"要买很贵的衣裳,不能给。"刘婷婷说。

"要买练习本,可以给。"苏乾亮说。

"书包坏了,想买个新书包,可以给。"李小强说。

"天天都要钱买这买那,不能给。"苏先才说。

……

在孩子们踊跃地发过言后,江月对大家说:"孩子们,爸爸妈妈虽然爱我们,但我们也不能想要什么就要什么。我们要从小养成节俭的好习惯：衣裳有换洗的就可以了，书包坏了缝缝还可以用，零食吃多了对身体不好……爸爸妈妈挣钱不容易……"

江月怎么也没想到，自己给孩子们念个童话故事，还刚念了个开头，竟然就生发出了这许多的问题来。然而，江月却暗自高兴："这群小不点儿，竟然会提出问题，发表自己的意见，让大家都得到收获，真是太好了！"

江月接着念：

一天，妈妈对小红帽说："来，小红帽，这里有一块蛋糕和一瓶葡萄酒，快给外婆送去，外婆生病了，身子很虚弱，吃了这些就会好一些的。趁着现在天还没有黑，赶紧动身吧。在路上要好好走，不要跑，也不要离开大路，否则你会摔跤的，那样外婆就什么也吃不上了。到外婆家的时候，别忘了说'早上好'，也不要一进屋就东瞧西瞅。"

念到这里，江月故意停下来，问："孩子们，听了这一段，有收获吗？"

"有！"好些个孩子都举起了小手。

"我们大家都来说说自己的收获吧。"江月说。

"要关心老人。"郭巧玲说。

"要好好走路，特别是拿着东西的时候，如果摔了跤，会把东西摔坏。"吴明静说。

"生了病要吃有营养的东西。"曹玲玲说。

"到别人家里，不要到处看，这样不礼貌。妈妈也这样跟我讲过。"巫正兵说。

"见到长辈要问好。"李小强说。

……

听到这些回答,江月很高兴。每个孩子对故事的感悟不一样,当他们把自己的想法说出来,别的孩子听到后又能增加一些理解,这比自己把故事念完了再总结一两句要强得多。

这节自习课,江月原本打算给孩子们讲两到三个故事,结果只讲了《小红帽》这一个故事。虽然只讲了一个故事,但只要孩子们有收获,江月便觉得很值。

吃晚饭的时候,江月把今天的心得分享给大家,她说:"用这种方式,可以让孩子们听得更认真,让他们更多地参与进来,说自己的心里话。因为喜欢故事,也受了别的孩子的感染,那些平时不爱回答问题的孩子也大胆起来……"

"江月,你这种做法,我必须借鉴。"李心雨说。

"我如果不是在大月小学上课的话,我真想去听你上一节故事课。"代杰说。

"你可以高薪聘请江月老师去给你当故事老师呀。"李心雨笑着说。

"哎呀,我怎么这么笨呢?"代杰拍了拍脑袋,说,"江月老师,我正式邀请你去给我班上的孩子们讲讲故事,可以吗?"

"报酬如何算?"李心雨问。

"本人工资太少,就不说钱的事了。并且,江月老师是人类灵魂的工程师,不会把钱放在首位。"代杰笑着说,"到时候,我送你一件礼物,如何?"

"哇，还有礼物啊？"龚安萍夸张地说，"我也要学习给孩子们讲故事，我也想收到代老师的礼物。"

"江老师，看在礼物的分儿上，去大月小学给代老师的学生上一节故事课好不好？"李心雨问江月。

"心雨，你都亲自安排了，我能不去？"江月一本正经地对李心雨说。

李心雨当然明白江月的意思，她白了李心雨一眼，说："哼，不管你们的事了。"

江月和李心雨挑了一个没有课的下午，把班级委托给肖静老师和马波老师管理，在午饭后，两人给代杰包了饭菜，结伴去了大月小学，江月给代杰班上的孩子上了一节故事课，讲的还是《小红帽》。

故事讲完后，代杰朝一个男孩招手："邓辰，礼物准备好没有？"

那个叫邓辰的男孩来到代杰面前，把手中的画递给代杰，说："代老师，我画得不好。"

代杰接过画，一看，说："邓辰，你画得很好。这样的礼物，江老师一定会喜欢。"代杰把画递给江月，说："江老师，这是我们班的孩子们送给你的礼物，请你收下。"

江月接过画来，一看：画上画的是一个长辫子的姑娘，站在讲台上，那神情，简直就是她自己。

"呀，画得太好了！谢谢你，邓辰！"江月说。

"老师，不用谢！"邓辰说完，高兴地转身回到座位上去了。

在回沙河小学的路上，代杰找了一处青杠林，让江月和李心雨走进去，找一块石头坐下来。代杰给江月和李心雨画了一幅画。

山里的冬天，不仅是来得快，而且还特别冷。在师范校的时候，江月不穿棉衣都可以将就过冬，在这里可不行，不把自己裹进棉衣里便没办法出门。江月咬咬牙，掏出舍不得用的工资，为自己买了两件棉衣换着穿。孩子们在下课后，要么缩在角落里烤火笼，要么在教室的后排挤油渣儿，都不敢到走廊上去挤油渣儿了，上个厕所，也是飞快地去飞快地回，都不愿意在教室外面多待一秒。

一天，代杰从大月小学回来做晚饭炒菜的时候，他脱了棉衣，李心雨发现，代杰的毛衣后背下沿缺了一块。

"咦，饿得把毛衣都吃了一块？"李心雨笑着说。

代杰摸了摸毛衣，笑着回答："在教室里烤火，被烤煳了，一扯，就扯脱一块。"

"这也太危险了。"李心雨说。

因为天太冷，大月小学的四间教室里，都生了炭火为孩子们取暖。课间的时候，代杰和他的13个孩子一起，围着炭火取暖。烤暖和了，代杰脱了棉衣，继续烤火。

一个男孩子说："屁股冷，我想烤屁股。"这个孩子说完，还真转过身去，用屁股对着炭火烤了起来。

"代老师，你的屁股冷不冷？要不也烤烤屁股吧。"另一个男孩子说。

"好好好，烤屁股。哈哈哈！"代杰说完，也转过身去，笑着跟男孩子们一起烤屁股。

"嘻嘻嘻——"女孩子们没有烤屁股，只是在一旁悄悄地笑。

呀，闻到煳味儿了。代杰转身一看，几个男孩子的衣服没有问题，他马上反应过来：一定是自己的毛衣出问题了。果不其然！

星期天，江月、李心雨、龚安萍和代杰去沙河街添置生活用品的时候，李心雨、江月和龚安萍都买了一些黑色的毛线，说打算织毛衣。江月说她要给爸爸织一件，龚安萍说要给妈妈织一件，当大家问到李心雨的时候，她笑而不答。

毛线买回去后，大家便去找田翠老师，向她学习织毛衣。田翠老师可是织毛衣的好手，她能织得又快又好。

"织毛衣很简单，你们都是心灵手巧的大姑娘，不用教，一看就会。"田翠老师笑着说。

田翠老师详细地给大家讲如何起针，如何把尺寸换算成针数，各部位应该是多少尺寸，哪些部分需要一边织一边增加针数，哪些部位需要一边织一边减少针数，哪种款式需要多少毛线……田翠老师讲这些的时候，像上课一样，讲得头头是道。

"织毛衣就像做数学题一样，步骤都是差不多的。"田翠老师说，"步骤学会了，再学穿花，一学就会。"

大家在跟田翠老师学习织毛衣的时候，还会向田翠老师请教关于教育教学的问题，田翠老师毕竟有着丰富的教育教学经验，江月她们在她这里学到了不少东西。

回到寝室里，江月悄悄地问李心雨："你喜欢穿黑毛衣？"

李心雨一下子就红了脸，她说："黑色耐脏。"

"嘻——"江月笑着说，"我知道你是给谁织的了。"

"我自己穿。"李心雨不承认。

"不承认没关系，我假装不知道。"江月笑着说。

在搞好教学和织毛衣之余，李心雨依旧会挤时间来看书和写作。一天，正准备写作的李心雨发现：写作用的方格稿笺纸快用完了。小小的方格稿笺纸，却成了一道难题，因为沙河街上没有文具店。他们去了柏林，街上所有的文具店里也没有这样的稿笺纸卖。

"唉，这可怎么办呢？"李心雨说，"难道，我真要用作文本来抄写稿子了吗？"

"心雨，别着急，我们再想想办法。"江月说。

代杰说："上次，放农忙假回家，遇见一个在县城工作的同学，他给我留了他们学校的电话号码。我们去沙河乡政府打电话吧。"

来到沙河乡政府，大家跟值班人员说明来意，值班人员答应让他们用电话。

代杰在电话里跟他的同学沟通的时候，说："一定记得是方格稿笺纸啊，不是那种通行本。我们要得比较急，麻烦你今天去买一下，明天再跑一趟汽车站，交给沙河车司机，请司机帮我们带回来，我明天下午去沙河车站取。谢谢了！买稿笺纸的钱，我下次回去的时候给你……记得找报纸把稿笺纸包好，写上我的名字……"

方格稿笺纸的难题解决了，大家都很高兴。

"谢谢你，代老师！"李心雨笑着说。

"李老师，不用谢！"代杰说，"今天晚上，你给我们做红苕粉粑炒腊肉就可以。"

"听到红苕粉粑炒腊肉，我口水都流出来了。"江月说。

"我也是啊。"龚安萍说。

晚饭是李心雨和代杰做的。原本龚安萍想要帮忙，江月朝龚安萍挤了挤眼睛，龚安萍会意，她们俩各自回了寝室。

李心雨和代杰自然是分工负责，除红苕粉粑炒腊肉这道菜，别的都由代杰负责。

"水要合适。"李心雨在往红苕粉里加水的时候，代杰在一旁说。

"知道，要不多不少。"李心雨说。

"哧溜——"调好的粉糊下油锅了。

"快翻一下，不要煳了。"代杰提醒李心雨。

"知道，翻早了也不行。"李心雨说。

烙好的粉粑起了锅，香喷喷的。

"好像水太多了。"李心雨说。

"我觉得刚刚合适。"代杰说。

"是不是起锅太早了？有点软。"李心雨一边切粉粑一边说。

"我觉得刚刚合适。"代杰说。

李心雨瞪了代杰一眼，说："你觉得都合适？"

"本来就合适嘛。"代杰笑着说。

"那，一会儿我在腊肉上面再撒把盐，合适不？"李心雨说。

"这盐，只要是你撒的，都合适。"代杰一本正经地说。

"去！"李心雨又瞪了代杰一眼，说，"好好烧火，准备炒菜了。"

这些话，江月都听见了，因为灶离她的寝室不远，木板墙根本就不隔音。江月想："真有意思，我得把这样的场景给老杜讲讲。"

李心雨做的红苕粉粑炒腊肉真是香啊！真是香得连舌头都要吞下去。吃着吃着，龚安萍想笑。江月装出教训小孩的口气，说："吃饭的时候不要笑，看呛着了。"

"嘻——"龚安萍,"你怎么跟我家长一样啊?小时候,吃饭的时候笑,就经常被这样批评。"

"行,不批评你了,你笑吧。"江月说,"不过,你要说你笑什么。"

龚安萍把嘴里的粉粑吞了下去,一本正经地说:"我笑了吗?我没有笑啊。"

"嗯,你没有笑。我什么也没有说,你什么也没有听见。"江月也一本正经地说。

这下子,龚安萍忍不住了,她笑着说:"江月,你别这样,你再这样我铁定会被呛着。"

"江月、安萍,你们好好吃饭,不然,我要收碗筷了。"李心雨说。李心雨知道她们俩在笑自己和代杰,但她装出一副若无其事的样子。

"江月,以后,我不想再做饭了。"龚安萍说。

"嗯,同意。我也不想再做饭了,做一个白吃的懒人。"江月说。

"你们不愿意做饭,没关系呀,我做就是。"代杰说。

李心雨夹了一块腊肉放进代杰的碗里,说:"把嘴堵住。"

李心雨明白江月和龚安萍的意思,她们就是要给自己和代杰单独做饭的机会,但代杰没反应过来,或者说代杰故意没听懂,所以李心雨让他"把嘴堵住"。

晚上,江月给杜大星写了一封信,其中也提到了李心雨买不到方格稿笺纸和做红苕粉粑的事情。

……

对李心雨来说，找遍了整个柏林街和沙河街也买不到方格稿笺纸，是一件很让她失望的事情。你那里如果方便买到方格稿笺纸的话，麻烦你买一些寄过来，我替李心雨谢谢你。买稿笺纸的钱，我会抽时间到邮局去汇给你。李心雨很勤奋，经常都在读书和写文章。与她相比，我觉得自己太落后了。我唯一能做的，便是多读教育类的著作，把课备得细一点，让课堂生动一点，让孩子们学得轻松一点扎实一点。

今天的晚饭，是李心雨和代杰做的，主要是红苕粉粑炒腊肉，他们俩配合得很好，所说的话我在寝室里都听见了。我不是有意要偷听他们说话，灶就在我寝室外头的过道里，就隔着木板墙，很小的说话声都能听得见。我觉得他们俩挺合适的。

这里的冬天，比驴溪岛的冬天冷多了。在师范校的时候，多数同学都没有穿棉衣，虽然也冷，但还是将就着过了。这里可不行，不裹着厚厚的棉衣，根本就不敢出门。你那里也冷吗？

……

第二天，代杰放学后，先是去了一个学生家里家访，然后飞快地跑到沙河街上，取回了李心雨需要的方格稿笺纸。

王校长和杨芳老师知道李心雨在写文章，非常重视与关心，特意从学校办公用纸里拿了一些白纸过来，让李心雨写文章打草稿用。

"这样一张张散着，不方便保存，我来把它们钉成草稿本。"代杰说。

代杰找来锤子和钉子,掐出一叠白纸来,叠整齐,然后在左侧打洞,再用针线笨拙地缝了起来。

一个草稿本缝好了。

"呀,就像一本线装书。"李心雨高兴地说。

"这样缝一下,你打起草稿来,也不怕丢了哪一页。"代杰说,"也方便收捡。"

"嗯,谢谢你!"李心雨说。

"要谢的话,就多发表几篇文章,多请我们吃几次红苕粉粑炒腊肉。"代杰笑着说。

代杰用这些纸打洞,缝线,一共做了五个草稿本,够李心雨用一段时间了。

可是,李心雨却舍不得在这些稿纸上写字。她抚摸着这些钉得整齐美观的草稿纸,像抚着宝贝。李心雨悄悄地笑了,这笑声,在心里,只有她自己听得见。或许,还有一个人能听得见。

李心雨一向是个细致认真的人,在师范校学习的时候学习认真,现在当了班主任,当了语文老师,对待工作同样是认真负责,哪怕是一些小的细节,她都不会放过。比如班上学习园地的花边,经她的手剪出来,每一条都大小一致,就像用尺子量过了一样,贴在墙壁上,极为美观。李心雨在方格稿笺纸上誊抄的修改好的文章,除了字迹极为漂亮工整外,通篇没有一处打黑的地方。如果遇上抄错了字或者抄跳了行,她一定要把这一页重新誊抄一遍。杂志社的编辑在给李心雨的回信中曾这样写道:"李老师,读您的作品就是一种享受。有视觉上的享受,因为您的书写太漂亮了,页面也非常整洁。有精神上的享受,您的文章写得很美很细腻,我们很喜欢……"

　　一天，代杰到李心雨的寝室借一本书，他看见了摆在李心雨的办公桌上的草稿纸，随手翻了下，惊讶地问："你竟然把它们当艺术品摆着？上面一个字也没有。"

　　李心雨笑了笑，说："它们本来就是艺术品嘛，钉得这么好。"

　　"不行不行，你这样空摆着，就浪费了。"代杰说，"你一定要在上面写文章，它们的价值才能得到体现。"

　　"好，我把它们写满。"李心雨说。

　　"这才差不多。"代杰笑着说，"要不然的话，我都要失业了，钉草稿纸这份工作，我可不愿意丢。"

　　当晚，李心雨便开始在代杰为她钉的草稿纸上写文章，这篇文章的题目叫《像线装书一样的草稿本》。

12. 选择

　　这一天的下午，正巧李心雨和江月的课都被数学老师给借走了，据说是肖静老师和马波老师的课程进度都不够。吃午饭的时候，李心雨说："我们一会儿给代杰送饭去，怎么样？"

　　"好啊好啊。"江月当然愿意。

　　"可是，我下午有课。"龚安萍显得有些失望。

　　"没关系，下次等你的课也被别的老师拿去上的时候，我们一起去。"李心雨说。

　　"把机会留给梁师兄，嘻嘻嘻——"江月笑着说。

　　"又瞎说。"龚安萍说这话的时候，脸红了。

　　李心雨和江月赶到大月小学的时候，差不多一点十分，这里还没有放学。

　　这节课是美术课。代杰带着孩子们在操场上上美术课，他正在教孩子们画素描。

　　李心雨和江月坐在操场外的一棵大树后面，能看得见代杰上课，也能听得见那边的声音。

　　"代老师，书上这幅画是用什么笔画的？我的铅笔怎么画不出来呢？"那个叫邓辰的男孩问。

"这是用蜡笔画的。"代杰说。

"蜡笔是什么笔?"邓辰问。

"蜡笔就像粉笔一样,也有许多种颜色。"代杰说,"今天老师没有带蜡笔,以后我带来给你们认识一下。"

到放学时间了,一位老师拿着小铁锤,敲响了挂在教室外面的大铁块:"当,当,当,当……"

"放学了。孩子们,路上要注意安全啊!"代杰对孩子们说,"早点回家,吃了午饭,做家庭作业,帮爸爸妈妈做点事情……"

这时候,孩子们发现了李心雨和江月,他们都用新奇的眼光打量着李心雨。之前,江月给孩子们上过故事课,孩子们认识她。

"哇,你们怎么跑来了?"代杰高兴地问道。

"我们给你送粮草来了。"李心雨说。

代杰对孩子们说:"江老师你们都认识了。这位是李老师,和江老师一样,都在沙河小学上课,等你们上五年级的时候,就应该到沙河小学去上学,就有可能是她们教你们了。孩子们,你们高兴吗?"

"噢,噢,噢——"孩子们快乐地欢呼着,仿佛明天就可以到沙河小学上五年级了似的。

"代老师,我还是喜欢你。"一个男孩对代杰说。

"喜欢我,也会喜欢她们,对不对?"代杰说。

"不,我只喜欢你。"男孩的语气很坚决。

"好好好,就只喜欢我。"代杰说,"赶紧回家去吧,家里的饭菜香得很。"

孩子们各自回家去了。

"你们不要生气啊。"代杰对李心雨和江月说。

"我生什么气啊?学生只喜欢你,很正常,他说的是实话。"李心雨说。

"童言无忌,童言无忌。"江月说,"代杰,你真幸福!"

孩子们走后,代杰走到水泥板做的乒乓球桌前,开始吃李心雨和江月给他送去的饭菜。

"这个待遇,是我前世修来的福气呀。"代杰一边吃,一边说,"我在想,我上辈子积了什么德?让你们对我们这么好。"

"嘻嘻嘻——"江月在一旁冲着李心雨笑。李心雨呢,则冲着江月翻了个白眼。

在回沙河小学的路上,代杰顺路做了一次家访。家访结束后,江月说:"代杰,你这次家访,规格有点高啊。"

"哦?"代杰一时没有反应过来。

"有两位大臣陪同,规格能不高吗?"李心雨替代杰点破了江月的话。

"那是那是,哈哈哈!"代杰说,"往后,也欢迎你们带我去家访,我也好向你们学一些东西。"

"嘿,小松鼠!"江月压低声音尖叫起来,她害怕吓跑了这可爱的小精灵。不过,可爱的小精灵是害怕见到人的,它到底还是逃出了大家的视线。

"我也看见了,就那么一眼,真是太可爱了。"李心雨的眼里写满了惊喜。

"我是第一次看见小松鼠。"江月说。

"我也是。"李心雨说。

就在这个星期天，李心雨请要去柏林的王校长给她买了13盒蜡笔。

拿到蜡笔后，李心雨说："代杰，你帮我办一件事，把这些蜡笔拿到你班上去，每个孩子发一盒。"

"呀，每个孩子一盒？为什么要发蜡笔给他们呢？"代杰问。

"你忘了吗？那天，你上美术课的时候，邓辰问你'蜡笔是什么笔'，我把这些蜡笔送给他们，让他们认识蜡笔，用蜡笔画出美丽的图画。"李心雨说。

"心雨，我替我那13个孩子谢谢你！"代杰极其认真地说。

"谢什么呀，孩子们喜欢就好。"李心雨说。

"邓辰特别喜欢画画，而且学得特别快，我想，我会好好地引导他，让他在学好课本知识的同时，发挥他的特长，好好地画画，兴许将来会在这方面有所发展呢。"代杰说。

"代杰，如果现在让你离开大月小学，回沙河小学来上课，你愿意吗？"李心雨问。

"我不愿意。"代杰说，"我离不开那些孩子。"

"我看也是。那里虽然比沙河小学更艰苦，但那些孩子着实可爱，他们那天真的眼神，你看过一眼便忘不掉，便舍不得离开他们。"李心雨说。

"心雨，你说到我心坎上去了。"代杰说。

星期一一大早，代杰来到大月小学，把13盒蜡笔分发给了孩子们，孩子们都很开心，代杰对他们说："孩子们，这是李心雨老师送给你们的，她希望你们用这盒蜡笔画出最美丽的图画。"

"谢谢李老师！"孩子们异口同声地说。

下午放学后,代杰又去家访了。凑巧的是,他在家访结束回沙河小学的路上,遇上了同样是家访结束回校的江月。

"呀,江月,好巧啊!在这里碰上你。"代杰大声说。

"代杰,我今天家访了。"江月说,"你这个时候还没有回去吃饭呀?也是家访了吧?"

"是的,我也是家访了。"代杰说。

这一天,江月家访了李定芬家。据江月观察,李定芬好些天没有吃午饭了,她既没有在食堂吃饭,也没有带饭来,江月担心她长期这样下去对胃不好。来到李定芬家,江月发现,家里只有李定芬一个人。

"李定芬,你爸爸妈妈呢?"江月问。

"爸爸生病,在医院里住着,妈妈照顾爸爸去了。"李定芬说。

"家里还有别的人吗?"江月问。

"没有。"

"那,谁给你做饭吃?"江月问。

"我自己做早饭和晚饭。"

"晚上你也自己住在家里?"江月问。

"晚上,舅妈忙完了,会过来。"李定芬又补充了一句,"一般都是半夜才来,早上很早就走了。"

"那你怎么不住到你舅妈家去?"江月问。

李定芬顿了顿,说:"我不想去……"

李定芬不想去舅妈家住,肯定有原因,而且是她不愿意把原因告诉老师,江月便没有追问。

"明天把午饭带去,拿到老师楼上去热一下,好不好?"江月说,"这么冷的天,不吃午饭,会感觉很冷,长期不吃午饭,还会得胃病。"

李定芬没有说话。

"有什么困难吗?给老师讲,老师帮你想办法。"江月说。

李定芬顿了顿,说:"我早上吃的是头一天晚上剩的饭……"

江月明白了,李定芬是头一天晚上多做一点饭,第二天早上起来把昨天晚上剩下的饭热一下,吃了便上学,就没有多余的饭可以带到学校里去。

"李定芬,你看这样好不好。"江月说,"你爸爸住院这段时间,你就到老师家里去吃饭,你看可以吗?"

李定芬没有说话。

"你是不是觉得不好意思去老师那里吃饭?"江月笑着说,"那这样好不好,到中午的时候,我把饭菜给你端到木楼下来,你拿到操场上或教室里去吃。"

李定芬点了点头。

"我们就这样说好了啊,来,拉个钩。"江月伸出小拇指,做出要和李定芬拉钩的动作来。李定芬羞涩地伸出小拇指,跟江月拉钩,她们俩一起念道:"拉钩,上吊,一百年,不许变。盖章。"江月和李定芬的大拇指紧紧地按在了一起。

江月临走的时候,李定芬在口袋里装了一些米,让江月带走。江月明白李定芬的意思,她收下了这些米。江月知道,如果她不收下这些米,李定芬不会吃她煮的午饭。

晚上,江月在日记中写道:

187

……

每当看见有孩子不吃午饭，或者看见他们吃着已经凉透了的饭菜，我就会感到心疼。我真希望每个孩子都能吃到热腾腾的午饭，不管这些孩子是不是我班上的。山区条件的确艰苦，有的孩子离学校太远，有的孩子家庭条件不好，有的孩子是因为家长不够重视教育，不够重视他们的成长也就不够注意他们的日常生活……我真希望自己能多长出几双手来，帮助到所有的孩子，可是，我时常感到心有余而力不足。

刚参加工作的时候，我以为，作为一名教师，管理好自己的课堂就行了，哪想到，课内课外都需要我们用智慧、用心去管理。孩子们的成长，不光是长知识，还要长身体，学为人处事之道，学会谦虚有礼、宽容接纳等等。

教育，的确是一门大课程。我想，我这一生都会在不断地学习和实践中积累教育经验，不断进步，努力做一名优秀的教师。

……

这一天早上，代杰刚进教室不久，一个男孩子慌慌张张地跑进教室，对代杰说："老师，杨萍摔了，额头都出血了。"代杰赶忙出教室，正巧遇上捂着额头的杨萍。

"杨萍，在哪里摔的？疼吗？"代杰问。

杨萍的脸上挂着泪水，她极力地忍住不让自己哭出来，额头上的血顺着指缝流了出来。代杰赶紧把杨萍送往村卫生室，请医生给她包扎。

杨萍摔跤的地方，路况不好，山上下来的水冲坏了路基，几块石板滑进了沟里，没有滑进沟里的石板也倾斜了，很不好走路。前两天，已经有一个男孩在这里摔过，小腿肚被尖石头划破了，也流了不少血。

下午放学后，代杰拿起学校备用的劳动工具，来到路况不好的地方，开始修路。代杰先是用泥来夯实路基，然后再把那些掉进沟里的和倾斜的石板一块一块地搬到路基上来，铺平，压实。突然，代杰脚底一滑，正搬动着的石板砸在了他的脚上，砸伤了脚指头。

代杰忍着疼痛，回到了沙河小学。

"怎么这么晚才回来呀？又家访去了？"李心雨一边从炉灶上端出热腾腾的饭菜，一边问代杰，"你的脚怎么了？走路踢着了？"

"就在学校忙了点事。"代杰说，"修路，搬石头，砸了脚。"

听代杰这么一说，李心雨才仔细地看代杰的脚，她说："呀，还流血了，鞋都染红了。你还真是'搬起石头砸自己的脚'啊。赶紧吃饭，然后去卫生室消毒，包扎一下。"

李心雨一口气唠叨了这么多。

"一点儿小伤，没事，你不用紧张。"代杰笑着说。

在卫生室消毒包扎的时候，郑大姐说："代老师，你这脚啊，伤得不轻，要少走路才恢复得快。最好是在家里好好休息。"

王校长见代杰的脚受伤了，说："代老师，你好好休息一周，你的班级，我们让上面的代课老师代一下课，或者我们另外派一名老师上去上课。"

"王校长，我能走路。"代杰说，"早上我走早一点，慢慢走，不会耽搁上课。"

见代杰坚持去上课，王校长说："轻伤不下火线，只要还能起得来床，就一定要进教室去上课，这也是中师生的传统啊！"

第二天一大早，代杰起床来的时候，李心雨、江月和龚安萍已经做好了早饭，李心雨考虑到代杰回来的路上会走得慢，便为代杰打包了饭菜，让他带去学校吃，并且嘱咐他："一定要记得吃午饭。吃了午饭再慢慢走回来。"

代杰比以往提前了一个小时出发，临走的时候，他扯了一块柴当拐杖。江月笑着说："你拿一根打狗棒，路上的狗都会怕你三分。"

"江老师，我现在都是残疾人了，你还来打击我。"代杰说。

"你会因祸得福，不信，走着瞧。"江月笑着说。

"但愿吧。"代杰说。

原本走一个小时的路，代杰今天走了近两个小时。

下午放学回来，代杰竟然把早上打包的饭菜原封不动地带回来了。李心雨说："都带去了，怎么不吃呀？"

"大家都没有吃，我怎么好意思吃呀。"代杰笑着说。

"一点多放学了该可以吃了吧？"李心雨说。

"一路都有孩子跟着一起走，我也不好意思吃呀。"代杰说。

要是以往，代杰在一点半放学后，将近两点半的时候便可以回到沙河小学，吃到热腾腾的午饭。可是现在，脚受伤了，走得慢，他得在三点多的时候才能回到沙河小学。为了不让代杰挨饿，李心雨决定把下午的课调整好，给代杰送午饭。

李心雨一连给代杰送了一个星期的饭。今天是星期六，在回沙河小学的路上，代杰说："明天休息一天，下周星期一，我的脚应该就好了，你就不用再给我送饭了。"

"就是说，有些人厌烦了。"李心雨说这话的时候，并没有看着代杰，而是抬头看天。

"是有人厌烦了，那人在天上，你正看着他。"代杰说。

"我说不过你。"李心雨说完，便走进路边的树林，开始踩林中的树叶。

这几天，李心雨和代杰走在回沙河小学的路上，她都喜欢走进林中踩树叶，树叶"喊喊嚓嚓"地响，像一曲优美的乐音。

代杰铺开画板，拿出调色盒、画笔和颜料，开始画画。

"代杰，选择去大月小学，你后悔吗？"李心雨问。

"不后悔。"代杰坚定地回答。

"每天跑这么远的路，就算是脚受了伤也得天天跑来跑去。"李心雨说。

"我要为我自己的选择负责。只要大月小学需要我，我一定会坚持下去的。"代杰说，"我甚至为我曾经的选择感到骄傲。"

……

代杰的画画好了。他对李心雨说："走吧，回学校。"

"你画完了？"李心雨问，"画的什么？我看看。"

代杰画的是李心雨，正捡起一片红色的叶子欣赏着。李心雨高兴地说："代杰，你的水粉写生真是太美了！"

"你这是在自夸吧？"代杰笑着说。

"没有，我是在夸你的画，不是夸我自己。"李心雨说。

"除去画中人，这画还能美吗？"代杰说。

李心雨笑了，面带羞涩。

……

代杰因当初选择了大月小学而感到骄傲，梁兴盛和龚安萍却在面临着别样的选择。

这一天,江月和龚安萍正在做饭,临时想着需要到地里掐一些蒜苗回来炒腊肉,刚好梁兴盛上楼来了,龚安萍便对梁兴盛说:"梁师兄,麻烦你去地里掐一些蒜苗回来。"

梁兴盛心不在焉地下楼去了。

不一会儿,梁兴盛回来了,手里拿着一些葱苗。龚安萍笑着说:"梁师兄,你不会连葱和蒜也分不清了吧?"

梁兴盛看了看手中的葱苗,说:"你要的不是葱?"

"是蒜苗,梁师兄。"龚安萍说。

梁兴盛有点尴尬,他说:"我再去。"

梁兴盛下楼后,江月对龚安萍说:"安萍,你有没有发现,最近梁师兄好像有点不对劲呢。"

"嗯,我觉得他有点不开心。"龚安萍说。

"你知道他为什么不开心吗?"江月问。

"你们都不知道的事情,我怎么会知道呀。"龚安萍红着脸说。

"安萍,你得多关心关心梁师兄。"江月说,"我总觉得你的关心对他很重要。"

龚安萍没有说话。

梁兴盛的确有心事。前不久,有人给梁兴盛介绍了一个工作单位还不错的女孩,但人家一听说梁兴盛天天背着一个残疾学生上学,还要从工资里拿钱去支持残疾学生,便连面也不愿意见了。这样一来,家人便又开始轮番给梁兴盛做思想工作。

"兴盛,不要再去背那个残废娃娃了。"兴盛爸爸说。

"你再背下去,你的婚姻你的前程都要被背掉了。"兴盛妈妈说。

"陈安有爷爷,你不去背,他们自然会打主意。"兴盛爸爸说。

"老师工资低,本来就不好娶媳妇,你又天天背个残废娃娃,哪个愿意嫁给你呀!"兴盛妈妈说。

"兴盛,你说你天天背他上学放学,你图个啥?背了能涨工资?"兴盛爸爸说。

"我明天去陈安家,跟陈家老头子说说这事儿,请他们自己想办法安排陈安上学的事,不要再耽误我们家兴盛了。"兴盛妈妈说。

一听这话,梁兴盛真是着急啊!他担心爸爸妈妈真的去了陈安家,那样的话,陈安那颗本就敏感的心,一定会被伤害到,原本就不够自信的陈安,一定会更加缺乏自信。在家人和陈安之间,梁兴盛真的没办法作出取舍,他爱爸爸妈妈,也爱陈安,他不愿意看到家人为自己着急,但也不愿意放弃陈安。

江月、李心雨和龚安萍也不好直接问梁兴盛到底是什么原因不开心,便请代杰出马。代杰约了梁兴盛去菜地里扯杂草,给梁兴盛说了江月她们想知道他为什么不开心,梁兴盛也就把家里的事情讲给代杰听了。

梁兴盛伤心地说:"谁不想好好地成个家呀?可是,让我放弃陈安来成家,我这心里,像扎着一根刺一样难受啊。"

代杰想了想,说:"梁师兄,我理解你的心情。你的确是遇上了难题。你不着急,我们慢慢想办法,难题总会被解决的。"

"但愿吧。"梁兴盛说。

晚上吃饭的时候,代杰把梁兴盛的事情给江月、李心雨和龚安萍讲了,大家都觉得这的确是一个难题。

第二天中午，大家等陈安吃了饭下楼去了后，便开始安慰梁兴盛。龚安萍说："梁师兄，你暂时不要管陈安了，我、江月和李心雨商量过了，我们三个轮流背他上学和放学。"

　　"你们的好意我心领了。"梁兴盛说，"我一个人娶不到媳妇就够了，如果让你们三个大姑娘再找不到婆家，我的罪就大了。"

　　江月她们知道，他们是说不动梁兴盛了，在梁兴盛的心目中，陈安是他的亲人，已经成了他生活的一部分。

　　当天，吃晚饭的时候，江月她们跟代杰说起这事，代杰笑着说："你们三个啊，如果都支持梁师兄继续背陈安上学，那就替梁师兄解个围。"

　　"怎么解围？"江月她们三个异口同声地问。

　　"平时都挺聪明的，特别是在陷害我的时候。这个时候装傻了？"代杰说。

　　"代杰，谁敢陷害你呀？你有帮手。"江月笑着说。

　　"我有帮手，在哪里呀？"代杰问。

　　"远在天边，近在眼前。"龚安萍说。

　　李心雨白了龚安萍一眼，继续吃饭。

　　"代杰，你还没讲呢，怎样给梁师兄解围？"龚安萍问。

　　代杰看了龚安萍一眼，说："如果有谁给梁师兄当女朋友，梁师兄的难题也就解决了。"

　　代杰的话音一落，江月和李心雨都盯着龚安萍。过了几秒，江月大声问："谁去给梁师兄当女朋友呢？这个人在哪里呢？"

　　"远在天边，近在眼前。"代杰说。

　　"代杰，你以牙还牙。"龚安萍瞪了代杰一眼。

其实,这些日子以来,大家心里都明白,龚安萍对梁兴盛有好感,梁兴盛对龚安萍也有好感,只不过这层窗户纸一直没有捅破而已。

"安萍,你是最合适的人选。"江月一本正经地说。

"你有老杜,心雨有那送饭的谁谁谁,当然只有我最合适了。"龚安萍假装生气。

"安萍,不管有没有老杜和那谁谁谁,你跟梁师兄都是最合适的。"李心雨一本正经地说,"梁师兄又没有在这里,你不要觉得不好意思。我们都觉得,你跟梁师兄挺般配的,这样的好人,最好不要错过了。"

龚安萍没有说话,只是埋头吃饭。

可是,怎样让梁兴盛的家人知道梁兴盛有女朋友了呢?江月、李心雨和代杰开始商量这件事情,并且把这件事情当成近期的大事情来做。

星期六中午,江月对梁兴盛说:"梁师兄,我们明天想去你们家玩儿,欢迎吗?"

"当然欢迎啊!"梁兴盛说,"我亲自做菜给你们吃。"

星期天上午,大家早早地到了梁兴盛家。梁兴盛的爸爸妈妈很热情地接待了大家。

"梁师兄,我和心雨先到柏林街上去买点东西。"江月说。

"好啊,快去快回,回来吃午饭啊。"梁兴盛说。

"我们尽量早些回来。不过,如果到吃午饭时间我们都还没有回来的话,你们就不要等我们吃饭了。"李心雨说。

"我去当护花使者吧。"代杰说完,也跟着江月和李心雨跑了。

江月、李心雨和代杰并没有去柏林街上,他们直接回到了沙河小学。

梁兴盛爸爸妈妈对龚安萍的到来感到很高兴。兴盛妈妈悄悄地问梁兴盛:"兴盛,你在学校吃午饭,就是和这个龚老师他们一起吃?"

"对。"梁兴盛说,"还有刚才走了的那几个一起。"

"这姑娘长得端正,我们喜欢。"兴盛妈妈高兴地说。

"妈,你想多了。"梁兴盛说。

"妈妈不会看错。"兴盛妈妈轻轻地推了梁兴盛一把,说,"你去陪她说话,我来煮饭。"

梁兴盛跟龚安萍聊着天,一直到该吃中午饭的时候了,江月他们还没有回来。梁兴盛说:"那几个今天在柏林街上吃午饭了?"

龚安萍知道江月他们不会回来吃午饭了,她说:"都这么大的人了,你还担心他们饿肚子吗?"

"也是啊。"梁兴盛笑着说。

在梁兴盛家吃过午饭,龚安萍正想离开梁兴盛家回学校,正巧有人拿了录音机来,请梁兴盛给修理一下。梁兴盛问龚安萍:"安萍,要不要看我修理录音机?"

"好啊。"龚安萍在回答这话的时候,心怦怦直跳。

梁兴盛很专注地修理着录音机,龚安萍坐在一旁,也是很专注地看着梁兴盛修理录音机。梁兴盛时不时跟龚安萍说几句话,问问她家里的情况,问问她将来的打算,似乎都是拉家常,但却又仿佛是在了解龚安萍的想法。

到吃晚饭的时候,梁兴盛才把录音机给修好了。

吃过了晚饭,龚安萍要回学校,梁兴盛说:"我送你回去吧,青杠坡人少,你一个人走会害怕。"

一路上,龚安萍和梁兴盛都没怎么说话,他们都不知道该说什么才好。一切都在心里。

在阳台上切菜的杨芳老师见梁兴盛送龚安萍回来,高兴地跟王校长说:"大年,这梁兴盛跟龚安萍,还真是般配啊。"

"你看到什么了?还是听到什么了?"客厅里的王校长问。

"我看见梁兴盛和龚安萍一起回来。"杨芳老师说,"应该是龚安萍去梁兴盛家了。"

"这是好事。梁兴盛这小伙子不错,龚安萍这姑娘很文静,工作也很认真。"王校长高兴地说。

"我空了过去问问江月和心雨,能搭桥的时候就搭个桥,成了就是喜事一桩。"杨芳老师说。

晚上,江月和李心雨到龚安萍的寝室里聊天。江月问:"安萍,你感觉他们家怎么样?"

龚安萍马上就红了脸,她说:"我都没注意这些。"

"嘻嘻嘻——"李心雨笑了,她说,"你光顾着害怕了,是不是?"

"我不是害怕,我是觉得很不好意思,你们都跑了,就留我一个人在那里。"龚安萍说。

"我们这是给你们创造机会。"江月说。

"安萍,梁师兄的确不错。不过,如果你跟他成了家,你就有可能一辈子留在这里了。"李心雨说。

"是啊。"龚安萍说,"刚来的时候,觉得这里条件太艰苦了,我还想着过两年调回老家去呢。"

"这样的话,你可得好好考虑。"江月说。

"嗯,毕竟是终身大事。我也在想,我们这样促成你跟梁师兄,到底对不对?"李心雨说。

"这是大事,不管怎么说,我都得跟爸爸妈妈讲,听听他们的意见。"龚安萍说,"目前呢,我就当是做好人,稳住梁师兄的家人,就当是做一件好事吧。"

……

夜深了。江月看了一会儿书,在临睡前打开了日记本。

……

最近,班上的孩子们表现都不错。李小强没有尿裤子了,调皮的刘大贵也在努力地管住自己,郭巧玲还是爱告状,不过所告的状有价值多了(都是些我应该知道应该处理的事情)。

安萍和梁师兄应该是好上了,我为他们高兴。不过,我也为他们担忧,安萍如果真想调回老家的话,这桩婚事就悬了,除非梁师兄也一起调走。然而,从一个地方调到另一个地方,谈何容易啊。心雨跟代杰也处得不错,我有预感,他们会成为一家人。如果心雨跟代杰在这里成了家,他们也许真要在这里守一辈子了。

我呢?我都不知道该从哪些方面去思考我的未来。教学工作吧,我觉得我能胜任,并且能做得很好。如果心雨和安萍都在这里安了家,那我呢?

不知道老杜现在怎么样了。

……

13. 老杜来了

　　元旦节的文娱演出,江月、李心雨、代杰和梁兴盛所带的班级都取得了很好的名次:江月班上的舞蹈《赶海的小姑娘》获得了一等奖第一名,李心雨的课本剧《小猴子下山》拿了一等奖第二名,梁兴盛班上的合唱拿了二等奖第二名,代杰班上的诗朗诵拿了三等奖第一名。大家都说,这样的成绩,离不开龚安萍在音乐和道具上的统筹安排。

　　把奖状捧回来后,江月在日记中写道:

　　这次演出,代杰、梁师兄、心雨和我所带的班级都取得了好成绩,真是特别开心,我祝贺他们!也祝贺我自己!在师范校的时候,学校除了开设文选和写作、数学、物理、化学等,还开设了音乐、美术、舞蹈等科目,当时总认为学校开设的科目太多,学习压力太大,总觉得学了可能也派不上什么用场。走上工作岗位才真正明白,原来,师范校所开设的科目在小学教育教学工作中都是能用得上的。

　　就拿这次的文艺汇演来说吧。如果我在师范校时没有上过舞蹈课,排练节目肯定没有这么顺利。如果没有上过美术课,也不可能把道具做得这么美丽。不过,在排练的过程中,我还是觉得自己当初学得不够好，我还需要多读书，多学习，多向前辈们请教。同时，我真正明白了当初师范校的老师们对我们说过的一句话："要给学生一滴水，老师得有一桶水。"

……

元旦节后的一天，乡政府的人托一个路过沙河小学的人给江月带来了一张便条，上面写着：

请沙河小学的江月老师于本周星期六（明天）下午五点到乡政府办公室接电话。

看完这张便条，江月的脑子里满是疑问：谁会给自己打电话呢？是爸爸妈妈有急事吗？或者是哪个同学找自己有事？还是……江月越想越着急，她最担心的是家里有事情，甚至想第二天一大早坐车回家……

星期六下午，约定的时间一到，电话铃声便响起来了。平时基本没有接打电话的江月，在拿起听筒的时候，紧张得不知道该说什么。

电话那头传来遥远而又熟悉的声音："喂，你是江月吗？"
江月因为紧张，竟然没有分辨出是谁的声音。
江月傻愣着，没有说话。
"喂，是江月吗？我是老杜。"电话那头又传来声音。
江月这下听明白了。她又愣了几秒钟，说："是你啊。"

李心雨大概是从听筒里听见了杜大星的声音，她冲着江月吐了吐舌头，挤了挤眼睛，调皮地笑了笑，没有说话。

"是我，杜大星。"电话那头的杜大星说，"你接电话不说话，我还以为我打错了呢。"

江月笑了笑，表示在回答杜大星的问题。她还没有习惯接电话，还没有意识到她虽然面带微笑，但电话那头的杜大星看不见她的笑，也就不知道她在回应自己。

在电话里，杜大星告诉江月，他所在的大学放寒假的时间比江月他们早几天，他想跟江月约个时间，去沙河小学看看。杜大星说："我一放假就去沙河小学看看，看看你们，看看你们的学校……我给你写了信，信里讲了这件事，但我担心信在半路上走丢了，或者你不能及时收到信，就给你打了电话……"

"哦。"

"江月，你听清楚我说的话没有？"杜大星问。

"嗯，"江月顿了顿，说，"你说什么？"

"你听清楚我说的话没有？是不是电话声音太小了？"杜大星在电话那头大声地问。

江月想了想，说："听清楚了。"

……

放下听筒，江月还在发呆。

给办公室的工作人员道了谢，李心雨对江月说："走吧，回学校。"

"嗯。"江月像一个机器人一样，还没有回过神来。

等江月回过神来，李心雨笑着说："你对着电话，只是'哦、嗯'，一副傻样儿。你说你'听清楚了'，谁信啊！我觉得你肯定没有听清楚。"

"哎呀，心雨，你就不要说我了，我现在还紧张呢。"江月说，"我接电话的时候，你不知道，我心里头那个慌呀，简直……简直比第一次站上讲台还慌。"

"电话都挂断了，还慌什么呢?"李心雨问。

"慌啊，怎么不慌，"江月说，"老杜说他要来沙河小学。"

"这不正好吗？你难道不欢迎？"李心雨问。

"我哪敢不欢迎啊，他又不是来看我一个人。"江月说，"老杜在电话里说，他要来'看看你们，看看你们的学校'，我又不能代表你们大家，又不能代表学校。"

"看来，关键的句子你还是听得非常明白。"李心雨说，"而且，似乎还有点吃我们大家的醋，吃学校的醋。"

江月瞪了李心雨一眼，说："我都担心死了，你还有心思开玩笑。"

"好了，不开你的玩笑了。"李心雨说，"你担心什么？"

到底担心什么呢？江月满腹的担心，不知道该从哪一样说起。她担心路太远，担心杜大星要是错过了班车怎么办，担心杜大星看不起这么偏远的山区，看不起这么简陋的山区小学，看不起在这么偏远的地方当老师的自己……

星期一中午的饭桌上，代杰说起杜大星要来的事，梁兴盛一下子就兴奋起来，他说："好啊好啊，见见江湖传说中的老杜。"

"我也很期待跟老杜正式见面。以前，有过擦肩而过，这次，一定要一起吃吃饭，聊聊天，爬爬山。"代杰说，"听孩子们说，天堂小学附近有个三重岩,那是一个很深的岩洞,要爬近半个小时才能从这头爬到那头,到时候带老杜去探险。"

"代杰,你把老杜带到你自己都没有去过的岩洞里,会不会把老杜搞丢了?"龚安萍笑道。

"安萍,你放心,我爬过三重岩,保证老杜丢不了。"梁兴盛笑着说。

"那就好,不然的话,我们可不好给江月交待。"龚安萍一本正经地说。

"嘻嘻嘻——"李心雨却笑了,她说,"江月说,老杜是来看我们大家,是来看我们的学校,跟她没什么关系呢。"

听了李心雨的话,大家都笑了。

"吃饭,吃菜。这么好吃的菜还堵不住你们的嘴,真是!"江月假装生气了。

"好咧,好好吃饭!都好好吃饭!"代杰说完,大口地吃起了饭。

过了几天,江月收到了杜大星的信。杜大星在信里讲了他到沙河小学来的具体时间,跟那天在电话里讲的一样。杜大星随信寄来十几本方格稿笺纸,还另外附了一封写给李心雨的短信。

"心雨,这是老杜寄给你的方格稿笺纸,还有一封信。"江月把稿笺纸和一页信交给江月。

李心雨接过稿笺纸和那封短信,说:"真是太谢谢老杜了!"

老杜在短信中写道:"李心雨同学,走出了师范校的大门,走上了工作岗位,你还在坚持读书和写作,我真是佩服你!听江月说你们那里买不到方格稿笺纸,我随信寄来这几本,希望能够帮到你。希望你的文字能开出美丽的花朵！也希望在你们的培养下，山区小学开出许许多多的花朵……"

"江月，你在回信的时候，一定要替我谢谢老杜哦。"李心雨说。

"他都要来了，你自己当面感谢他呀。"江月笑着说。

"哇，电话里说了，信里也写了，看来，老杜来这里的想法是很坚定的呢。"李心雨说。

江月只是抿嘴笑了笑，没有说话。

江月回到自己的寝室后，坐立不安。她拿出日记本来写日记：

老杜要来了。

说实话，我挺惊讶，也挺开心。他愿意到这么偏远的山区来看看，说明那份同桌情谊还在。三年同桌，留下了多少美好的记忆啊！老杜留给我的，都是一个个美好：他分饭菜票时的认真，他练字时的专注，他分析问题时的智慧，他评价某位同学时的幽默……这些都永远地留在了我的脑海里。

不知道老杜现在变成什么样子了。一定比师范校毕业时更成熟了吧？嗯，不能用成熟这个词。还记得师范校刚开学的时候，我便觉得他像个"小老头儿"，那便是他比同学们更成熟的标志吧？不用"成熟"一词，那该用什么词呢？用"潇洒"？用"帅"？哎呀，我怎么能用这样的词呢？

其实，除了惊讶与开心，我还挺担心的。老杜，从大学里来到我们这所山区小学，他可能会感到失望。这里太偏僻，太寒冷，条件太艰苦，一定是他没有想到过的。老杜要来的那天正好是星期六，我打算下午放学后去文家林马路边去接他。第二天是星期天，也许可以去附近走走看看，代杰和梁师兄说要带老杜去爬三重岩，这样也行，也算是一次小小的旅游吧。顺便去代杰的大月小学看看，老杜一定会去。

希望我们的沙河小学可以给老杜留下一个好印象。

……

在大家的期盼中，杜大星和江月约定好的时间，终于到来了。

这一天，虽然是这个冬季里最为特别的一天，但天气和寻常没什么两样：寒气袭人，下着小雨，或薄或浓的雾气，笼罩着山，笼罩着树，笼罩着村庄……

清晨起来，代杰和往常一样，米已经下锅，菜已经备好。所不同的是，江月一出寝室，便看见代杰在拖楼道的地板。

"呀，代杰，楼道地板也要拖干净呀？给你评劳模吧。"江月笑着说。

"行，你赶紧去写一张奖状，等老杜来了，你就颁发给我，让老杜给我见证一下。"代杰笑着说。

就在昨天，江月、李心雨、龚安萍、代杰和梁兴盛都给自己的房间做了一次大扫除，楼道也打扫过，就是为了迎接老杜的到来。今天一早，代杰觉得楼道还不够干净，便借着做早饭的时间，把地板又拖了一遍。

吃早饭的时候，代杰问："江月，今天下午要迎接老杜的到来，我们怎么安排？"

"要怎么安排？"江月问得有些迷茫。

"这样吧。"代杰说,"下午放学后,你和心雨到文家林路口等,我跟梁师兄去沙河车站等,万一老杜在文家林没下车,我们在那里等就刚好合适。"

"我觉得吧,以老杜的智慧,他应该会上车就问司机到沙河小学应该在哪里下车最合适。而且,他在车上如果看到我和江月,也一定知道应该在那里下车。"李心雨说,"所以,我大胆猜测,代杰跟梁师兄在沙河车站是接不到老杜的。"

"心雨老师,为了以防万一,我们还是分头接老杜吧。"代杰说。

"行,兵分两路,一定要把老杜劫到沙河小学来。"李心雨说这话的时候,把"劫"字咬得很重。

"心雨,是'打劫'的'劫'吧?嘻嘻。"龚安萍笑了。

大家都笑了。

代杰又叮嘱大家:"天下着雨,又冷,你们去文家林的时候别忘了穿厚点,别忘了带雨伞。"

"这个我会记得的。可不能把李老师给冻坏了淋坏了,不然我可交不了差。"江月打趣道。

"江月,你有没有良心啊?今天我们可是在为你和老杜服务,你竟然跟我们耍贫嘴。"李心雨说完,冲着江月狠狠地翻了一个白眼。

"好了好了,我错了。谢谢大家!"江月笑着说。

"我留下来准备晚饭。"龚安萍说,"除了肉是买来的,别的菜都是我们自己种的,让老杜尝尝我们的劳动成果。我会煮好饭备好菜,等老杜到了就下锅。"

下午两点多的时候，代杰便从大月小学回到了沙河小学，他一上木楼便大喊："我们什么时候出发啊？"

"先吃饭吧。"李心雨一边从锅里拿出热乎乎的饭菜，一边对代杰说。

代杰一边吃饭一边问李心雨："都准备好了吗？"

"我们需要准备什么？"李心雨笑着说，"你怎么比江月还急呀！"

"嘿嘿。"代杰也笑了，他说，"心雨，我热切地期待老杜的到来，有两个原因。第一，一直很想跟你们口中的那个智慧的老杜聊聊天。第二，我有种预感，老杜将来会跟我们一起工作，我们会成为同事，成为邻居，他会和我们一起种菜。"

"就是说，你打算一直留在这里了？"李心雨问代杰。

"有可能吧。调动不容易，而且我也喜欢这里。"代杰说。

李心雨没有说话，只是看着代杰吃饭。

下午近四点的时候，学生们都放学回家了，江月和李心雨便朝文家林走去，代杰和梁兴盛去了沙河车站。

近五点的时候，从江津发往沙河的公共汽车，终于从公路的拐弯处出现了，它缓缓地朝文家林驶来。

"车来了。"李心雨说。

江月没有说话，只是紧紧地盯着这辆公共汽车。

可是，公共汽车并没有在江月和李心雨跟前停车，径直朝沙河街的方向驶去。

望着远去的公共汽车，江月那拉着李心雨的手，更加冰冷了。

"也许老杜不知道要在这里下车呢。"李心雨说。

"嗯，有可能吧。"江月说。

"不用担心，代杰和梁师兄在车站等着呢，老杜丢不了。"李心雨故作轻松地说，她想让江月放松一点。

江月和李心雨回到沙河小学，站在木楼的楼道口，等待着代杰和梁兴盛回来。

终于看见代杰和梁兴盛的身影了，但是没有杜大星。

江月没有说话，但大家能感觉到她内心的失落。

"是不是今天突然有急事来不了？"龚安萍说。

"以我们对老杜的了解，他不会无缘无故地失约。"李心雨说，"他在电话里和信里都说了今天要来，那他肯定是要来的。"

"嗯。"江月点了点头。然而，江月却在心里想："现在的老杜，已经不是师范校时的老杜了，人家现在是大学生了，失约也正常……"想到这里，江月感觉有什么东西润湿了她的眼眶，她努力地忍着，不让这东西从眼眶里流出来。

"可能是没能坐上沙河车吧。"梁兴盛说。

"梁师兄，如果老杜没坐到沙河车，他应该怎样坐车来这里？"代杰问。

"有三种可能。"梁兴盛说，"一种可能是，他在县城里坐到了柏林车，在柏林下车，走一个小时的路过来。另一种可能是，他在县城里坐到了柏林车，但是在复兴下车，再走路或坐机动三轮车进来。还有一种可能是，他在县城里坐到了到四面山的车，在复兴三岔路下车，那可就更远了，得走差不多三个小时才能到这里来，如果坐到机动三轮车会好一点。"

"听说机动三轮车也不多呀。"龚安萍说。

"天气晴朗的时候机动三轮车会多一点。像这样的天气,机动三轮车很早就收班了。"梁兴盛说。

"万一老杜坐了四面山车,在复兴三岔路下车了,又没有坐到机动三轮车,那可就惨了,这么远的路。"李心雨担忧地说。

"如果坐上了机动三轮车,机动三轮车司机还会知道在文家林下车。要是他走路进来,天下着雨,路上又没有人,到了文家林也不知道要分道上来呀。"龚安萍说。

"心雨,我们到文家林去等吧。"江月说。

"我跟你们一起去,说不定要等到天黑呢。"代杰说,"梁师兄留下来和安萍一起准备晚饭。"

于是,江月、李心雨和代杰撑着雨伞,拿着手电筒,在文家林路口等待着。每当有一个人影从公路拐弯处过来,他们都希望那个人便是杜大星。可是,他们一次又一次地失望了。

龚安萍和梁兴盛也在操场边上的那块大石头上等,那里能看到从文家林上来的人,也能看得见从沙河街上上来的人。

六点多了。雾霭渐浓,夜幕降临。气温更低了,风吹得更大了,雨也下得更密了。

大家又等了一会儿,李心雨看了看手表,说:"已经快七点了,就算是走路,可能也该到了。"

"听,有机动三轮车的声音。"代杰说。

的确是听见了机动三轮车的声音,江月的心怦怦直跳。当机动三轮车从公路的拐角处朝这边驶来的时候,江月感觉到,车上一定有杜大星,就是他们期盼着的老杜,就是她一直在等待的老杜。

机动三轮车到了路口,停了。从机动三轮车上下来一个人。

"是老杜吗?"代杰大声问。

那人愣在原地。他应该是不熟悉代杰的声音。

"杜大星。"李心雨喊道。

"李心雨。"那人喊出了李心雨的名字。

"老杜,我们都以为你走丢了。"代杰上前去,拍了拍杜大星的肩膀,说,"你再不出现,我们都要报警了。"

"哈哈哈!我有那么重要吗?"杜大星说,"况且,我不会把自己弄丢的。"

"老杜,快,从这里上山,很快就到学校。"李心雨说。

江月有点慌乱,她一时不知道该说什么好。

"江月,你好像不欢迎我啊。"杜大星说。

"江月是被急傻了。"李心雨说。

"江月以为你半路被灰姑娘给拐跑了。"代杰说。

"我才不急。"江月终于说话了,她接着说,"代杰和梁师兄最急。"

原来,杜大星错过了沙河车,坐了到四面山的班车。他不熟悉线路,只听司机说,在复兴三岔路下车,离沙河不远。当他在复兴三岔路下车来,一问,离沙河小学还远着呢,他只好一路小跑。到了复兴,听说会有机动三轮车到沙河。可是,他等了好一会儿,却没有见到去沙河的机动三轮车。杜大星只好步行,一边走一边问路,他只盼自己不要走错路。所幸的是,在他走了一个多小时后,终于有一辆机动三轮车来了,还能挤得上一个人,便坐机动三轮车到了文家林。

"你幸好遇上了三轮车啊。"江月说,"不然的话,你还得走好一会儿才能到。"

"说明沙河小学是欢迎我的。"杜大星笑着说。

大家走进楼道,便已经闻到了菜的香。就在灶旁,龚安萍和梁兴盛都作了自我介绍,相互间便算是认识了。借着楼道的灯光,江月发现,杜大星的脖子上围着一条黑围巾。凭着直觉,江月知道,这条围巾是她在师范校时亲手织了送给杜大星的。江月的心,跳得更加厉害了。

杜大星知道江月在打量他的围巾,他下意识地用手捏了捏围巾,又把围巾紧了紧,说:"这里可真冷啊!"

"呀,老杜,都围上围巾了?很潇洒的造型啊。"代杰说。

"我是个要温度的人。不像你们,只要风度。"杜大星说。

"老杜,这围巾,是才买的?"李心雨一本正经地问。

"不是新买的。这在师范校时就有的。"杜大星说。

"噢,我好像见过这条围巾。"李心雨似笑非笑地说。

江月知道李心雨在作怪,她斜了李心雨一眼,没有说话。

"见没见过都没关系,围巾还是那条围巾。"杜大星说。

"嗯,这就是我们听说的老杜,说话自带哲理的老杜。老杜,嗯,其实我比你大,我应该叫你小杜或大星。不过,我还是觉得叫你'老杜'更亲热一点。"梁兴盛说,"今天终于见到真人了,真是荣幸啊!欢迎老杜!"

"不要把我神化了,我就是普通的中师生。"杜大星说。

"准备开饭了。"龚安萍喊道。

"嗯,开饭。再不开饭的话,我们说的话都可以吃饱了。"代杰说。

江月和李心雨开始摆碗筷。

"砰——"

随着这一声响,楼道一片漆黑。

"哟,你们还为我准备了欢迎仪式吗?"杜大星笑着问。

"灯泡又爆了。"代杰说。

"这锅菜不能吃了。幸好把炒好的菜都端进去了,不然,都得重新做。"梁兴盛说,"你们等一下,我去拿个电灯泡来换上。"

"老杜,我们这楼上有一个传统节目,总是定期或不定期上演。"代杰说。

"就是爆灯泡吗?"杜大星说。

"对。"代杰说,"我们来这里的第一天,这栋木楼,迎接我们的方式便是在我们炒菜的时候爆了一个灯泡。"

"就在我们的腊猪油炝炒小白菜快要起锅的时候,灯泡便爆了。"李心雨补充道。

"嗯,李心雨,你这一句补得完整。"杜大星说,"看来,你和代杰一向配合得挺好。"

"我们几个天天在一起吃饭,都很默契了。"代杰说。

李心雨进到屋里,掐了江月胳膊一下,小声说:"你肯定在信里跟老杜说什么了。"

"只准许你说围巾的事,就不准许我说隔壁那谁的事?"江月小声说。

"好吧,扯平了。"李心雨笑了。

梁兴盛把灯泡换上了。杜大星望着灯泡,说:"刚才那灯泡是被我老杜给吓坏的吧?我这长相,有那么吓人吗?"

"老杜远道而来，灯泡表示欢迎，但太兴奋了，便爆炸了。"梁兴盛说。

"哈哈哈！好！谢谢大家欢迎我！"杜大星高兴地说。

吃饭的时候，江月告诉杜大星："今天这桌上的菜，除了肉，都是我们自己下地种的。"

"好。"杜大星说，"你们大家都要等着我啊，等我毕业了，来跟你们一起种菜。"

"你一个大学生，来不了山区。就算你想来，组织上也不会让你来，会把你留在重庆城。"江月说。

杜大星笑了笑，说："组织上的力量，没有你们大家的力量强大。当初，在津师毕业的时候，有些人都悄悄地写申请书申请到这里来工作，还不让我知道。等我毕业的时候，我为什么不可以申请到这里来？"

听了杜大星的话，江月和李心雨相视而笑。

"老杜，这里条件艰苦，明天你好好地看看这里的条件后，再作决定吧。"梁兴盛说。

杜大星笑而不语。那神情那模样，跟在津师时一模一样。

吃饭的时候，梁兴盛为每人倒了一小杯杨梅酒，说："期盼已久的老杜来了，我们必须干一杯。"

杨梅酒真是惹人爱啊！那漂亮的深红色，那诱人的酸酸甜甜的酒香，让你闻一下便欲罢不能。

"来，为我们的友谊干一杯！"梁兴盛提议。

"干杯！"大家齐声应道。

吃过晚饭，收拾好锅灶和碗筷后，都到了江月的寝室里，大家一起聊天。杜大星给大家讲他在大学里的学习生活，他也听大家讲山区的教学生活。

夜深了，大家都该休息了。杜大星跟代杰一起住。

"代杰，江月在信上说，你的画很不错。"杜大星说。

"我就那点三脚猫的功夫，不值一提。"代杰说，"老杜，江月是个很勤奋的人，性格也很好，你可不要错过了。"

"津师三年同桌，我太了解她了。"杜大星笑着说，"应该是错不过的。"

"我提前祝福你们啊！"代杰说。

"我也提前祝福你和李心雨。"杜大星说，"邻桌三年，我也很了解李心雨，如果你们能走到一起，一定是你上辈子修来的福气。"

"我会珍惜的。"代杰说。

……

第二天清晨，代杰和往常一样起床来为大家做早饭。江月带着杜大星参观他们的学校，还顺便去看了他们的菜地。

"虽然是挂在半山腰的小学，但条件还是挺好的。"杜大星说，"虽然离县城有点远，每天也只有一趟班车，但总比没有的好，而且离公路也不算太远。"

"看来，你是个能吃苦的人。"江月说，"不过，这吃苦啊，说起来容易，真正吃起来，却可能要比心里想的苦得多。"

"我发现你进步了。"杜大星笑着说。

"怎么进步了？"江月问。

"在学校的时候，你要么不说话，要么傻乎乎地问'为什么'。"杜大星说，"现在呀，出口自带哲理。"

"你就不要笑话我了。"江月说,"可能因为吃了苦,长知识了。"

"除了苦,还有甜吗?"杜大星说。

"当然有。在这里工作呀,酸甜苦辣咸都有。"江月说。

"酸甜苦辣咸,样样吃一点,才叫生活。"杜大星说。

江月正准备割圆白菜的时候,杜大星从江月手中拿过刀,弯腰割圆白菜。

抱着这个沉甸甸的圆白菜,杜大星望着雾蒙蒙的远山,说:"和城市相比,这里有独特的美丽。来到这里,我发现,我终究还是属于农村,在这里,内心宁静,整个人感觉很清爽,更自在。"

江月没有说话,她带着杜大星,把圆白菜带回了木楼。

吃过早饭,大家准备带杜大星去爬山。梁兴盛说:"为了不绕道,我们先去爬三重岩,再去大月小学。"

"好,听梁师兄安排。"杜大星说。

大家爬了近一个小时的山,便来到了三重岩的入口处。三重岩,其实就是石林下面的洞穴,一个主洞穴,中间又分支出许多岔洞穴。三重岩的洞口处,乱石遮掩,藤蔓缠绕,若不是来爬过的人,一定不知道这里还有一个洞口。梁兴盛捡起一根粗壮的树枝,把藤蔓拧了拧,洞口便露了出来。

"慢一点啊,当心石头碰头,也尽量不要把棉衣弄脏了。"梁兴盛说完,率先朝洞里钻。

江月、李心雨和龚安萍都站在岩洞外,不敢往里面钻。龚安萍弯下腰来,朝洞里看了看,说:"黑黢黢的,好吓人啊!"也不敢往里面钻。

"你们三个先进去,有梁师兄在前面呢,不要怕。我和老杜断后。"代杰说。

"进来吧,里面不是你想象的那么黑,有光线从石头缝里透进来。"梁兴盛在里面喊道,"我带了手电筒,你们不要害怕。"

前面有梁兴盛拿手电筒带路,后面有代杰和杜大星断后,龚安萍鼓足勇气,钻了进去。

"江月,心雨,快进来,里面真的有光亮。"龚安萍在里面喊。

紧接着,江月、李心雨、代杰和杜大星也钻进了岩洞。

的确,岩洞里并没有想象的那么阴森可怕,点点光斑从石头的缝隙间照进来,反而显得那么有诗意。

"大家注意脚下,有水的地方会很滑。"梁兴盛说,"我们最好手牵手一起走,千万不要走岔洞,那里面很黑,而且也不知道会通向哪里。"

梁兴盛说完,不由自主地牵起了龚安萍的手。那一刻,龚安萍的手想缩回来,可是梁兴盛却紧紧地抓住她的手,说:"牵好手,不要走丢了。"

代杰和杜大星也不约而同地分别牵起了李心雨和江月的手,跟在梁兴盛和龚安萍后面,开始爬岩洞。

第一次爬这样的岩洞,除了梁兴盛,大家都是紧张而又兴奋的。岩洞曲曲折折,路面时而平缓,时而陡峭,时而有岔洞,时而有小溪流淌,时而可以直身行走,时而需要躬身驼背,时而需要手脚并用……那种既阴森森凉飕飕而又充满了诗意的感觉,给了大家无数的惊喜。

爬了约半个小时,终于到了出口。

大家一个接一个地爬出了岩洞,站在洞口,恋恋不舍,似乎还想再进去走一趟。

"感觉怎么样?"梁兴盛问大家。

"一直听说有这么个岩洞,今天才见识到,真是太有意思了。"代杰说。

"免费旅游加探险,很好!"杜大星说。

江月、李心雨和龚安萍都没有说话,仿佛各自都在想着心事。

"走,去看看代杰的大月小学。"杜大星打破了沉默。

因为是去代杰的学校,所以代杰显得极为兴奋。代杰一路爬坡爬得很快,他跑到队伍的最前面,大声喊道:"老杜,我们这里呀,别的不多,就是坡坡坎坎多。天天爬坡,能强健体魄,如果你愿意的话,以后可以经常来爬坡。"

"好,我会经常来爬坡。"杜大星大声说。

紧挨着江月走的李心雨用胳膊肘拐了拐江月,小声说:"听见没有?老杜要经常来爬坡。"

"他嘴上说说而已。"江月说。

"同桌三年,你还不了解老杜?"李心雨说,"他基本上是说到做到的。"

"哎,江月、心雨,你们俩在嘀咕什么啊?快走快走!"代杰在前面催促着。

"代杰,心雨说让你走慢点,她都追不上你了。"江月说完,便拔脚往前跑。

"喂,江月,你这个坏人。"李心雨狠狠地瞪了江月一眼。

"心雨,追呀,快追代杰呀!"龚安萍在后面打趣。

"哈哈哈!"大家都笑了起来。

一路欢声笑语,走了四十分钟左右,大家来到大月小学。看着大月小学的环境,杜大星感慨地说:"代杰,你很伟大。条件这么艰苦,你却那么乐观。"

"要说伟大的话,我们这几个人里,梁师兄最伟大。"代杰说。

"嗯,我知道,梁师兄很伟大。"杜大星说,"在我心目中,你们几个都很伟大,坚守在山区学校的老师们也都很伟大。"

"老杜,你就像一位领导在发表演讲。"李心雨笑着说。

杜大星推了推眼镜,说:"没有来这里之前,我以为我老家的学校就是最艰苦的学校,现在看来,这里的条件艰苦多了。"

"老杜,我们这里还不算艰苦,再往里走,在东胜,在四面山,还有条件更艰苦的小学,那些地方,更荒凉,更破旧,更闭塞。"梁兴盛说,"那里的农村更穷,孩子们上学更不容易……"

"江月,心雨,你们志愿申请到这里来工作,后悔了没有?"杜大星笑着问。

"如果说一点都没有后悔,连我自己也不相信。不过,渐渐地,我觉得在这样的地方工作才更能体现自己的价值。"李心雨说。

江月没有说话,只是点了点头,表示同意李心雨的说法。

"代杰、安萍,你们是被分配到这里来的,有没有埋怨组织的安排?"杜大星又笑着问。

"代杰要感谢组织。"龚安萍说,"不然,他怎么能遇上这么好的风景,还有这么好的人呢?好风景让他画出美丽的画,好人让他过得幸福。嘻嘻嘻——"

李心雨瞪了龚安萍一眼,说:"安萍,这话说的是你自己吧?

你不来这里,怎么知道有位师兄在这里等着你呢?"

"哈哈哈!"杜大星笑了,他说,"看来,大家都没有后悔,也没有埋怨。"

"老杜,你呢?来这里一趟,有什么感受?"梁兴盛问。

"梁师兄,让时间来证明一切吧。"杜大星说。

在从大月小学返回沙河小学的路上,江月对杜大星说:"代杰天天都走在这条路上,单程都要一个小时,挺辛苦的。"

"所以我说代杰很伟大。"杜大星说。

"我是平凡人做平凡事,没什么伟大可言。"代杰说,"你们知道我在爬坡最累的时候最喜欢哼唱的歌是什么吗?"

"《少年先锋队队歌》?"李心雨笑着问。

"哈哈哈!"龚安萍笑了,她说,"心雨,你可真会开玩笑。"

"《队歌》我也唱。"代杰说,"我哼唱得最多的,是《江津师范校歌》。"

"好长时间没有唱我们的校歌了,我们一起来唱唱吧。"梁兴盛说。

"这片树林,是我经常写生的地方,今天,我们就在这片林子里唱校歌吧。"代杰说。

于是,大家来到树林里,脚踩着厚厚的落叶,背靠着大树,唱起了校歌:

驴溪岛上的儿女,前进前进前进,向着灿烂的朝阳,献出对人民教育的忠诚。我们生活在母亲的怀抱,牢记战斗的光荣历史,热爱教育勤奋学习,团结友爱俭朴求实。为了建设四化,我们要用心血浇灌千万棵桃李,为了祖国的明天,我们要永远做个光荣的人民教师。驴溪岛上的儿女,前进前进前进,跟着中国共产党,奔向共产主义,共产主义前程。

唱完了校歌,大家沉默了一会儿。

"走吧,回去做午饭吃。"李心雨打破了沉默。于是,大家一路下坡,朝沙河小学走去。

下午,大家各自安排时间。梁兴盛在寝室里修理一部录音机,龚安萍在一旁递递零件,问一些问题。李心雨到图书室看书,代杰也陪在一旁写教案。江月在寝室里备课,杜大星坐在一旁翻看教材。

"你这教科书,跟在师范校时一样。"杜大星说。

"怎么个一样法?"江月抬起头来问。

"还是密密麻麻的笔记,跟你自己学新知识一样。"杜大星说。

"习惯了。"江月说。

过了一会儿,杜大星又问:"如果我明天不走,你同意吗?"

江月抬起头来,问:"你说过明天要走吗?"

"哈,你果然跟师范校时不一样了。"杜大星说,"那时候没这么深刻,就算想到什么,也不会那么轻易地说出来。"

"现在都工作了,总不能跟孩子们打哑语啊。"江月笑着说。

"那也是。"杜大星说,"我原计划是明天回去。但我想再留一天,想感受一下山区学校有学生的感觉。"

"很热闹的感觉。"

"你喜欢吗?"杜大星问。

"当然喜欢啊!"

"我想我也会喜欢。"杜大星说。

"你多留一天,他们几个肯定很高兴。"

"你不高兴?"杜大星问。

江月抿嘴一笑,没有说话,只管埋头写教案。

杜大星一边翻书,一边自言自语:"为了表达你们的收留之恩,今天晚上的晚饭就由我来做吧。"

"你是客人,不能让你做饭。"江月说。

"你竟然拿我当客人,唉!"杜大星做出一副很失望的神情。

江月抬起头来,看了杜大星一眼,说:"不是我拿你当客人,是他们拿你当客人,特别是梁师兄,他经常听我们说起你,一直说想见你。"

"哟,你们还经常聊起我?真是荣幸啊!"杜大星笑着说。

"不是我要说起你,是李心雨和代杰他们。"江月说。

杜大星只是笑,不说话。江月的脸红了,她埋头写教案,掩饰自己内心的慌乱。

星期一这一天,杜大星起得很早,他和代杰一起为大家做早饭。随后,杜大星站在木楼的楼道口,目送代杰急匆匆地踏上去大月小学的路,看着梁兴盛背着陈安走上教学楼,看沙河小学的老师们来来往往,看孩子们在操场上做游戏,听教室里传出来的讲课声和孩子们的朗读声⋯⋯

星期二,杜大星要回家了。四点钟的时候,大家便起床来,要一起送杜大星去文家林坐车。

"老杜,欢迎你再来啊!"李心雨说。

"我一定会来,到时候有你们烦的。"杜大星说。

"我们赶紧出发吧,要是误了沙河车,要走一个小时的路去柏林坐车。"江月说。

"不怕不怕,只要有路可走,还有什么好怕的?"杜大星笑着说。

"老杜,你还是在师范校时的样子,出口就是哲学家的口气。"李心雨说。

送走了老杜,江月发现她的教案里夹着一张纸条:

我恨不得马上毕业,来到这里,跟你们一起工作,体验这份奉献的快乐。

江月一看这笔迹,便知道是杜大星留下的。

江月的内心很复杂,她写了一则长长的日记:

……

老杜来了,我很高兴。他走了那么远的路来看我,让我很感动。

刚来这里工作的时候,我后悔过,担心过,我以为自己会离老杜越来越远。现在我知道了,老杜离我越来越近。

老杜来了两天,我感觉他没有变,还是在津师时的那个同桌那个老杜。他总是说我变了,我真的变了吗?也许是吧,都走上讲台了,能不变吗?还能像在津师时那样不言不语吗?不行的。

老杜刚到的那天晚上,我真是担心,担心这样的环境这样的条件让他不愿意再来第二次。不过，我又不想他再来第二次，路太远了，太折腾了。但是，如果老杜真的不来了，我也许会伤感……

唉，我这矛盾的综合体。

看得出来，老杜对我当初的选择是肯定的，对我的工作也是肯定的。我还看得出，老杜喜欢这里。不过，他是否能如他所说的"我恨不得马上毕业，来到这里，跟你们一起工作，体验这份奉献的快乐"，还得等一年半后，万一在这一年里他的思想有所变化呢？有变化也很正常，毕竟这里太偏僻，条件太差。

现在，我已经不后悔选择来这里了。这里有这么好的领导，这么好的同事，有这么多可爱的孩子，应该说，这里给了我幸福，给了我奉献的快乐。在津师的时候，老师们时常教导我们："一颗红心，两种准备，到祖国最需要的地方去。"现在，我到了最需要我的地方，我的能力得到了发挥，我的价值得到了体现，这，大概就是生活给予我的最大的幸福吧。

……

14.放寒假了

江月他们送走了杜大星,便迎来了期末考试。

"孩子们,明天就是期末考试了,今天大家一定要把卫生做好,让我们在干净整洁的教室里考试。"下午放学的时候,江月对大家说,"放学了,不做卫生的孩子们可以回家了。"

可是,36个孩子,并没有如以往那样箭一般地冲出教室,个个都跟钉子似的,紧紧地钉在座位上,谁也没有动。

"怎么都不回家呀?都想留下来做卫生?"江月笑着说,"36个人都留下来的话,也没有这么多扫把呀。"

孩子们还是没有动。江月惊讶地打量着孩子们。

"马玉萍,你是班长,你来说说,大家是怎么回事儿?"江月点了班长马玉萍的名。

马玉萍站起身来,一双小眼睛打量着江月,仿佛不认识江月似的。她那平时爱发号施令的嘴巴,此刻却紧闭着,不说话。

"冯远辉,你也是班长,你来说说,是怎么回事儿?"江月又点了冯远辉的名。

冯远辉站起来,一边望着江月,一边用双手理着挂在脖子上的教室门钥匙,还是没有说话。

真是奇了怪了,难道孩子们有什么重大秘密?江月把目光投向了爱告状的郭巧玲。郭巧玲仿佛已经藏不住秘密了,她的嘴巴一张一合的,眨巴着眼睛,仿佛有许多话要说。

"郭巧玲,你来说说。"江月点了郭巧玲的名。

郭巧玲站起来,像竹筒倒豆子似的,噼里啪啦地倒了一通:"听说江老师的男朋友来了……听说江老师的男朋友是大学生……听说江老师很可能下学期就不教我们了……听说江老师很快就会调走……听说……听说……呜呜呜……"

郭巧玲的话没说完,却哭了起来。她这一哭可不得了,教室里的孩子们一个个先后哭了起来。

江月愣了一会儿,她来不及多想,便赶紧安慰这一群令她心疼的孩子:"孩子们,江老师不会离开大家……下学期,我还是你们的老师……你们这么可爱,我怎么舍得离开你们呢?江老师一定要把你们教到小学毕业……"

江月讲完后,学习委员苏先才跑到讲台上,伸出小手指,对江月说:"老师,拉钩。"

"好!"江月伸出小手指,跟苏先才拉钩,"拉钩,上吊,一百年,不许变。盖章。"

"噢——"孩子们拍手欢呼起来。

"刘婷婷,起个音,我们唱支歌再放学吧。"江月说。

刘婷婷起音,大家一起唱《我们是共产主义接班人》。孩子们唱得很带劲,江月也跟孩子们一起唱。在唱歌的时候,江月走了神儿,她心里暗自想:"谁告诉这些孩子们老杜是我的男朋友?老杜算是我的男朋友吗?我一定不辜负孩子们,一定要把他们带到小学毕业……"

时间过得很快,期末考试以及阅卷工作结束,孩子们也来领取了通知书,这一学期的工作,就算结束了。

这顿晚饭,应该是江月他们本学期的最后一顿集体晚饭了吧。

"明天就可以回家了。"李心雨开心地说。

"就是呀,想想都高兴。"龚安萍说。

"我真舍不得你们回家。"梁兴盛说。

吃饭的时候,梁兴盛又给每人倒了一小杯杨梅酒。

"来,为我们的友谊干一杯!"梁兴盛提议。

"为我们的小别干一杯!"代杰说。

"干杯!"大家齐声说。

江月轻轻地抿了一口杨梅酒,说:"好喝,真好喝!"

"那就多喝一点。"梁兴盛说。

"不行,我只能喝一点点,喝多了要醉。"江月说。

"有这么好的杨梅酒,我可得在这里工作一辈子,喝一辈子杨梅酒。"代杰深深地喝了一口杨梅酒后,高兴地说。

"好啊代杰,你这辈子就卖给杨梅酒得了。"李心雨说。

"代杰要是真的把自己卖给杨梅酒了,只怕有些人要哭鼻子。"江月说。

李心雨斜了江月一眼,没有回话。

几杯酒下肚后,梁兴盛说:"安萍,我非常感谢你!"

龚安萍没有说话,只是红了脸。

"梁师兄,拿出实际行动来感谢安萍。"代杰借着酒劲儿,大声地对梁兴盛说。

梁兴盛又喝了一口酒,说:"安萍,我跟你说句话,让大家见证。我的实际行动就是:我愿意为你做一辈子饭,洗一辈子衣。"

听了梁兴盛的话,龚安萍的脸红得真像一个苹果。

"好!为梁师兄将来的实际行动干杯!"代杰提议。

"干杯!"大家又干了一杯。

这天晚上,代杰和梁兴盛都多喝了几杯,但都没有喝醉。大家都为龚安萍高兴,梁师兄的话虽然简单朴实,但却是无数女孩的愿望。晚饭后,大家各自收拾东西,为明天回家作准备。

梁兴盛帮着龚安萍收拾房间。

"你也是明天回家?"梁兴盛问龚安萍。

"嗯。"

"过几天再走吧。"梁兴盛说。

"好久没有回家了,爸爸妈妈肯定都盼着我回去。"

"我送你回去?"梁兴盛问。

龚安萍愣了一会儿,说:"以后吧。"

"好,我尊重你的想法。"梁兴盛说。

东西收拾差不多了,梁兴盛要回他的寝室去修那台电视机,龚安萍如往常一样,坐在一旁,替梁兴盛递递小零件,或是安静地看着他修理。

江月很快就把明天要带回家的东西收拾好了,她坐到书桌旁,开始写日记。

教学生涯中的第一个学期,紧张而又愉快地结束了。

在师范校时,老师教导我们:"要热爱人民的教育事业,热爱学生,做一支蜡烛,燃烧自己,照亮别人。"我又想起津师行政办公楼前那副对联:"甘做春蚕蜡炬,毋忘国运民情。"还未毕业时,这些话语都是抽象的,都只是一个概念存于心。走上工作岗位后,我才深刻地感受到,我们做老师的,必须是一支蜡烛,燃烧自己,为孩子们照亮前行的路。

这一学期,我写完了两个教案本。翻看前面的教案,总能找到一些不足之处,以后写教案的时候,一定要克服那些不足之处,尽量把课备得更完美。

这段时间,冯远辉学习比以前踏实多了,刘婷婷的组织能力也得到了锻炼,苏乾亮在学习上有点松懈,吴明静总是悄悄地帮助别的同学……我得把更多的时间和精力放在孩子们身上,争取不错过每一个孩子的一点一滴的变化。这一学期,我家访了50余人次,单是走的那些路,便可以用"艰辛"二字来概括,就更不必说在家访过程中遇到的比走路更难的艰难苦处了。我被一些没有文化不明事理的家长骂过,被他们赶出过家门,被他们嘲笑过,被他们冷落过……为此,我悄悄地流过眼泪……不过,我并不后悔,我依旧安排时间家访。为了孩子们的成长,为了无数个家庭的幸福,我受的这点委屈,又算什么呢?

经过一学期的学习,孩子们比刚入学时懂事多了。像马玉萍、冯远辉、苏先才这样的聪明爱学习的孩子自不必说,因家庭贫困而特别自卑的吴明静、因尿裤子而一度在同学们面前抬不起头来的李小强、因成绩特别差而特别内向的刘小梅……他们都渐渐开朗起来了。看着孩子们一天天懂事,一天天长大,我无比幸福。翻开成绩单,虽然也有不及格的分数,但我相信,哪怕只考了三分的孩子,他也努力过，也得到了班级的温暖，感受到了老师的鼓励和同学们的帮助，他也一定是幸福的。

这一学期，我感受到了来自各方面的关心。王校长、于贞贵主席、杨芳老师、田翠老师、肖静老师……他们给了我们无微不至的关心和照顾。附近的赵大姐、吴叔，还有吴明静爸爸等家长，经常给我们送菜和柴来，让我们感受到了山区人民的淳朴和热情。坚守和奉献在这里的王校长、杨芳老师等老一代中师生为我作出了表率，如梁师兄一样为学生默默奉献的师兄师姐们是我学习的榜样，我们一起来的代杰志愿到更为艰苦的大月小学上课的举动让我钦佩，还有那些未曾谋面的在更偏远的山区工作的老师们一直在鞭策着我……

明天，我就能回家了，能见到爸爸妈妈了。离家这么远，不能照顾爸爸妈妈，我很内疚。这就是所谓的"忠孝不能两全"吧？不过，我相信爸爸妈妈能理解我，他们一定希望我做一位好老师。

寒假里，不知道能不能见到老杜。

……

第二天，大家早早地来到文家林路口，等待着从沙河开往县城的班车的到来。

班车到了，江月、李心雨、龚安萍和代杰先后上了车。

"再见啊！"梁兴盛朝大家挥手道别。

"梁师兄，上车来一起走呀！"代杰笑着冲梁兴盛喊道。

梁兴盛朝龚安萍看了一眼，笑着说："下次吧。"

龚安萍只是微笑着看着梁兴盛，没有说话。

江月回到家里,发现妈妈正病着,说是已经在床上躺好几天了。

"爸,妈生病了,您怎么不给我打电话呀?"江月说。

"你妈不让我打。"江月爸爸说。

"这点小病,打什么电话呀。你学校那么远,坐车也不方便,天不见亮就得起床走路坐车,不能让你受那份罪。"江月妈妈说。

听到这些,江月的眼眶润湿了。她努力地忍着,不让眼泪流出来。江月开始责备自己:"自己申请到那么远的地方去工作,很长时间都不能回家来看爸爸妈妈,就连妈妈生病了都不告诉自己,我真是对不起他们……如果当初回到家乡来工作,就可以天天回家陪伴爸爸妈妈,他们生病的时候也能照顾他们……"

"小月,想不想调回来?"江月妈妈问。

"哪有那么容易调回来的呀。"江月说。

"让你爸找人去区里问问,如果缺老师,就调回来好不好?"江月妈妈说,"说不定有老师退休呢。"

这一刻,江月的确有点动摇了,她说:"再看吧,一般都没有空出来的名额。"

这时候,她江月在期末考试的头一天对孩子们的承诺又在耳边萦绕:"孩子们,江老师不会离开大家……下学期,我还是你们的老师……你们这么可爱,我怎么舍得离开你们呢?江老师一定要把你们教到小学毕业……"

江月咬咬牙,对妈妈说:"妈,调动不是件容易的事,你们就不要去问了。以后,我会经常回来看你们的……"

15.老杜的志愿

春末夏初,山林中的映山红开了。原本寂静的山林,因为映山红的开放,热闹起来,进而沸腾起来。那一簇簇火红的映山红,美丽在山林里,灿烂在山林里。

山里的孩子,每到这个时节,都会去林中采摘映山红。男孩子们会一边采摘一边把花朵塞进嘴里,或快或慢地嚼着,让那酸酸甜甜的味道,沁入心田。女孩子们喜欢做一顶映山红花环,戴在头上,再到水田边上去照一照,欣赏自己美丽的样子。除此之外,孩子们还喜欢把映山红枝丫带到学校,送给喜欢的老师。

这段时间,江月他们的楼道上,经常会听见"咚咚咚"的脚步声,每当脚步声响过,他们走出寝室来,便能看见或大或小的一束甚至是几束映山红。他们喜欢把映山红插进玻璃瓶里,可以美丽好些天呢。当孩子们送来的映山红特别多的时候,江月他们还得拿水桶来当花瓶,整桶映山红摆在楼道里,真是美极了!

这一天清晨,楼道里又多出许多映山红来。

"心雨,你们班教室里需要映山红吗?"江月问。

"我们班教室里有一桶呢,开得正盛。"李心雨说。

"那我把这些拿到我们班教室里去了啊。"江月说完,便把映山红插进水桶，准备拿到教室里去。

江月来到食堂与教学楼之间的那口池塘边上，打了大半桶水，往教室走去。来到教室里，江月看见，讲桌上也放着一束映山红，一个玻璃瓶被插得挤也挤不下，剩下的那两枝，被插进了粉笔盒里。

"老师，看那里。"邓亮指着卫生角，让江月看。

江月循着邓亮所指的方向望去：天啊，连丫扫（用南竹枝丫做成的扫帚，主要用于扫操场等大块的地方）上也插着映山红，真是太美丽了！

"孩子们，你们把教室打扮得很漂亮，跟你们一样漂亮，我很高兴。"江月说。

"老师，您最漂亮，比映山红还漂亮。"马玉萍大声说，"同学们，对不对？"

"对——"孩子们拉长了声音大声回答。

江月笑了，脸上绽放着一朵花，比映山红更美丽。她大声说："谢谢孩子们！我们开始上朝读课吧。"

听了江月的话，孩子们开始大声地朗读课文。

看着这些可爱又懂事的孩子们，江月由衷地感到幸福。快两年了，孩子们长个头了，长知识了，长技能了。每当看见讲桌被孩子们抹得干干净净，看见讲桌上的教学工具被孩子们摆得整整齐齐，看见抹讲桌的抹布也被叠得四四方方，江月总是感到特别欣慰。

江月觉得，自己也在和孩子们一起成长。她已不再是那个刚走出校园的中师生，已经不再是遇到困难会在心里打鼓的小女孩，她已经成长为一个有思想的能独当一面的人民教师。江月也习惯了这样的生活：每天备课、上课、批改作业，每天和大家一起做饭、吃饭、做卫生、聊天等。

跟江月一起成长的，还有李心雨、龚安萍、代杰和梁兴盛。

代杰还是每天奔走于大月小学和沙河小学之间，李心雨时不时会给代杰送午饭去。代杰吃了饭，两人一起回来，他们也算是正式确立了恋爱关系。

梁兴盛依旧每天背着陈安上下学，四年级快结束了，陈安也长高了，经常跟大家接触，他更加开朗，有时候还会给大家讲笑话。在陈安的成长路上，梁兴盛从来没有缺席过，尽管有时候身体很不舒服，也会坚持背陈安上下学。所幸的是，梁兴盛的身体素质好，也没什么大病需要请假就医的。龚安萍从假装的女朋友成了梁兴盛真正的女朋友，大家都觉得他们很般配。

只有江月，似乎还是单身。在农村，都有"男大当婚，女大当嫁"的观念，所以，江月爸爸妈妈也很为江月的个人问题着急。在春节期间，江月妈妈就多次催促江月，说："小月呀，你都毕业参加工作快两年了，就没遇上个合适的人吗？要不要妈妈找人给你说个对象？"

"妈，您着什么急呀，我还没有满20岁。"江月说。

"过了年，你马上就满20岁了。再过一个年，就21。过了21，离30岁就不远了。"江月妈妈说。

"妈，日子哪能过得这么快呀，我还小，不着急。"江月撒着娇。

话虽这么说，但江月爸妈还是很着急，在他们看来，姑娘家迟迟不谈恋爱，外人会说闲话，好像自家姑娘哪里不好，总是嫁不出去。

江月跟李心雨谈起妈妈的顾虑的时候,李心雨说:"我有预感,老杜很快就会来这里。"

"我也觉得他会来。"江月说,"可是,我担心我害了他。"

"这怎么叫害了他呢?他愿意来这里,你们能走到一起,不是很好吗?"李心雨说。

"如果没有我,他一定能留在重庆城里,或者回县里最好的学校。"江月说。

"也许,在老杜看来,到这里来才是他最好的归宿。"李心雨说。

"与县城相比,这里条件太差了,他一身的才华,只怕被浪费了。"江月说。

"江月,你这话就不对了。"李心雨说,"老杜一身才华,这是铁打的事实。可是,他这一身的才华,不就是为教育教学作准备吗?我们面对的是学生,我们所有的知识与技能,不也就是为学生的成长作准备吗?"

江月沉思了一会儿,说:"嗯,我说错了。我只是觉得,他很优秀,应该留在最好的学校里。"

"条件优越的学校里,优秀的人才很多。我们这里更需要像老杜这样的老师。"李心雨说。

"唉!"江月重重地叹了一口气。

就在这映山红红遍山林的季节里,杜大星开始实习了,他和班上的另外几个同学一起,在他们的大学附近的一所小学实习。实习一周后,杜大星便给江月写了信,说实习结束后会到沙河小学来一趟。

　　十天后,江月收到了杜大星的信。信很厚,里面装着两封信:一封是写给江月的,一封是写给大家的。这大家,当然指的就是李心雨、龚安萍、代杰和梁兴盛了。杜大星在信里给大家汇报了一个好消息,他的硬笔书法作品获得了全国大学生书法大赛一等奖。大家在给杜大星回信的时候,各自汇报喜讯:

　　李心雨班上的学生的小作文发表了,虽然只是两三百字的小作文,但对二年级的学生来说,已经很不容易了。大家都说这是沙河小学的学生发表的第一篇作品。
　　代杰班上的学生的小插画发表了。
　　龚安萍的学生能识简谱了,有的学生拿着简谱便可以唱歌了。
　　梁兴盛最高兴的事情是陈安的成绩又有了进步。
　　……

　　江月也给杜大星回了一封信,连着大家的信,一并寄给了杜大星。
　　夜深了。晚风挟着花和木叶的香,吹进了江月的寝室里。江月的书桌上,摆满了杜大星寄给她的信和明信片。江月抚摸着这些信和明信片,思绪万千。她打开日记本,开始写日记。

　　……
　　平时隔三岔五地收到老杜寄来的信和明信片,没想到竟然有这么多了。我给他写的回信,应该也有这么多了吧?

老杜快要毕业了,这是我所期待的。然而,我又有几分担心。以他的优秀,他完全可以留在重庆,或者分配到县城里最好的小学。可是,我总感觉他会来我这里,像我们众多的中师生一样,把青春和热血奉献给条件最艰苦的地方,奉献给山村的孩子们。

我喜欢这里。我愿意一直留在这里,让山里的孩子们学知识,长本领,插上理想的翅膀,走出大山,走进城市,看到更加美好的世界,有着更加美好的未来。就算他们走不出山区,也能凭着所学的知识,更好地建设山区。我想,老杜也是这样想的吧?

今天,自来水又停了,可能是因为下大雨,山上的泥沙把水管堵塞了。我们又到凉水凼去挑水、淘菜、洗衣裳,我觉得这种感觉挺好的,很有诗情画意。我看见于贞贵主席挑着一担水,唱着《太阳出来喜洋洋》,慢悠悠地走过操场,那份悠闲,那份自在,让我感觉到这里的生活无比美好。我不禁想起了老杜:如果他来这里工作了,是不是也会像于贞贵主席那样,挑着一担水,哼着小曲儿,慢悠悠地走着……唉,江月,你在想什么呢,老杜还没有毕业,还不知道会分配到哪里工作呢。

……

杜大星实习结束后,来到了沙河小学。

见到老杜,江月自然高兴,虽然她想把这份高兴藏起来,但终归是藏不住的,嘴角的笑,眼睛里的笑,越想藏,就越是藏不住,就越是笑得幸福。

晚饭后,杜大星从包里拿出一份礼物送给江月。这是一本影集,让江月又想起了她压在箱底的那本影集,里面夹着各种叶子,每一张叶子上都写着一个字。

这本影集,里面夹的还是叶子,每一片叶子上都有一句话,都署有日期。

这是一张银杏叶,上面写着:满地翻黄银杏叶,忽惊天地告成功。

这一张是梧桐叶,上面写着:一声梧桐一声秋,一点芭蕉一点愁,三更归梦三更后。

这是一张枫叶,上面写着:青林霜日换枫叶,白水秋风吹稻花。

这是一张不知名的树叶,上面写着:生命不息,奋斗不止。

这也是一张不知名的树叶,上面写着:爱上一座山,是因为山里住着某个喜欢的人。

……

江月翻着影集,看着里面的叶子,在心里悄悄地读着叶子上面的句子。叶子上的句子,有古诗词,有名言警句,也有杜大星自己写的句子。

"送给你。"杜大星说,"如果你不嫌弃的话。"

"我哪敢嫌弃啊!"江月说,"这些叶子上,有诗意,有哲理,是一件非常贵重的礼物。"

"礼物要送给合适的人。"杜大星说。

"哪样的人才叫合适的人呢?"江月问。

"懂这件礼物的人,会欣赏这件礼物的人。"杜大星说。

在江月翻看影集的时候,杜大星看出来了,江月非常认真地欣赏那些叶子,非常认真地读着叶子上的句子。在杜大星看来,江月是懂这件礼物的人，是会欣赏这件礼物的人。

江月把影集收起来，跟杜大星聊了会儿天。聊着聊着，杜大星说："我马上就毕业了，想不想知道我即将到哪里工作？"

江月只是笑了笑，没有说话。

"其实你是知道答案的。"杜大星说，"我这次来，就是想找你们校长谈谈，我想申请到这里来工作。"

"你跟你家里人说过吗？"江月问。

"当然说过，并且得到了他们的支持。"杜大星说。

在实习期间，杜大星回过两次家，和家人商量毕业去向问题。

一天晚上，一家人围坐在饭桌旁聊天的时候，杜大星提出了自己的想法："爷爷奶奶，爸爸妈妈，我马上就要毕业了，我想申请去山区学校当老师。"

"大星，到山区工作，说起来容易，做起来难啊！"大星妈妈说。

"如果没有做好吃苦的准备，到了山区，你会很快就想逃跑。"大星爸爸说。

"大星，你有奉献精神，很好。可是，我们还是舍不得你走太远。如果你能回我们这里的小学当老师，天天回家，那才好呢。"大星奶奶说。

最后说话的是大星爷爷，他说："大星，我们大家都希望你能离我们近一点，这样一家人也能相互照顾。不过，山区更需要老师，尤其需要你这样的在大学里深造过的老师，如果你志愿到山区去，我也不留你，毕竟，你的人生是你的，路得靠你自己走，我们谁也不能替你的人生作主。"

……

"爷爷奶奶,爸爸妈妈,你们都是做老师的,而且是乡村老师,你们一定知道农村多么缺乏师资力量,尤其是山区,那里还有许多民办老师和代课老师,分配去的公办老师也留不住,每年都会有人想方设法地调走。"杜大星说,"我在江津师范校时的同学,有志愿申请去山区小学的,有组织分配去山区小学的,我去过那些学校,那里条件艰苦,师资缺乏,但我这几位同学却很有奉献精神,他们甘愿吃苦,乐于奉献,他们的精神感动着我。我特意在那所学校多留了一天,观察那些天真可爱的孩子们。我喜欢那里,决定申请去那里工作,我非常希望能够得到你们的支持。你们都是我的亲人,都是农村老师,我相信你们一定能理解我的心情,理解我的选择,相信你们一定会支持我……"杜大星说。

一家人就杜大星要申请到山区工作的事情聊了好一会儿,最终一致支持杜大星。

杜大星对江月说:"我在把我的想法说给家人听之前,我是很忐忑的。"

"嗯,你担心他们不支持你,毕竟他们知道山区工作的辛苦。"江月说。

"是呀。我爷爷奶奶和爸爸妈妈做了这么多年的老师,他们不可能不知道山区条件的艰苦。"杜大星说。

"那么,你真决定要来这里了?"江月问。

"是呀。"杜大星说,"你没有意见吧?"

江月看了杜大星一眼,说:"这是你的选择,我哪敢有意见啊!?"

杜大星笑了，说："好吧，我就当是你没有意见了。"

杜大星来到沙河小学的第二天，便去找了王校长和杨芳老师。杜大星给王校长和杨芳老师说明了自己的来意，王校长很高兴地握着杜大星的手，说："小杜啊，我替山区人民谢谢你啊！"

在聊了一会儿天后，杨芳老师提醒杜大星，她说："小杜，我想问你一个事情，你不要介意啊。"

"杨老师，江月经常跟我提起您和王校长的好，所以，我一直打心底尊敬您，您有什么话就直接问我吧。"杜大星说。

"小杜，那我就直接问了啊。"杨芳老师说，"你申请到这里来工作，有你的奉献精神，也是为了江月吧？"

杜大星笑了笑，说："对。在江津师范校时，我和江月同桌了三年。不过，在师范校时我们只是一般的同学关系。"

"江月知道你来是为了她吧？"王校长问。

"应该知道吧。其实，我们还没有正式谈过个人问题。"杜大星笑着说。

"小杜，我得提醒你一下。"杨芳老师说，"不管留在重庆城还是分配回县城，如果你和江月成家了，将来，组织上还会照顾家庭，江月调出去的机会就很大。如果你也到了这里，将来你们要调出去的机会就很小了。现在办个调动真是不容易啊！"

杜大星想了想，说："谢谢杨老师的关心和提醒！我也想过这些问题。当我第一次来到这里后，便希望自己毕业后到这里来工作，跟大家一起给孩子们上课，让他们学知识，就这么简单。不管我和江月最后会发展成什么样，来这里，我都不会后悔。"

"小杜啊，你这么优秀，却志愿申请到我们这样的山区学校来当老师，我真是很感动啊！"王校长说，"你回学校后，写一份申请书交给学校。我这边会向组织打报告，协调你工作分配的事情。"

"谢谢王校长！谢谢杨老师！"杜大星高兴地说。

吃午饭的时候，趁着大家都在，杜大星把自己要申请到这里来工作的事情给大家讲了。

"老杜，你可要想好啊。"梁兴盛说，"来了，就可能是一辈子。"

"梁师兄，你不欢迎我啊？"杜大星作出一副不满意的神情。

"我当然欢迎你！我是怕你后悔。"梁兴盛说，"如果你来了不后悔，那是最好的结果。"

"梁师兄，你有想过要调出去吗？"杜大星问。

"没想过。我就觉得我属于大山，因为我是大山的儿子。"梁兴盛说。

"现在有了安萍，就更没想过要调出去了，是吧？"李心雨笑着问。

"这个问题就不用回答了。"梁兴盛笑着说。

"老杜，我很期待跟你成为同事的日子。"代杰说。

"快了，你们期末考试的时候，我应该就可以收到工作安排的通知了。"杜大星说。

"老杜，你来了以后，我们又多一个挑水做饭的人了。"龚安萍说。

"哈哈哈！"龚安萍的话，把大家都逗乐了。

"挑水，我有的是力气。做饭，还比较拿手。"杜大星笑着说，"你们放心吧，我不会成为大家的累赘，我是新人，我得好好地挣表现，挑水做饭扫地种菜洗衣裳，我样样都抢着做。"

"江月，你欢迎老杜吗？"李心雨笑着问一直没有说话的江月。

江月想了想，说："你们都欢迎了，我能不欢迎吗？"

"看，江月这是多么的勉强。看来，我表现还不够好，我检讨。"杜大星说。

江月没有说话，只是笑着往嘴里扒饭。

"江月，你是饿死鬼投胎呀？只顾着扒饭。你就不怕把自己吃撑了吃傻了？"李心雨瞪了江月一眼。

"撑傻了才好，农村有句俗语：'傻人有傻福。'"杜大星笑着说。

"老杜，我们欢迎你！"梁兴盛端起饭碗，对大家说，"来，我们以饭为酒，为老杜的志愿，干杯！"

大家端起饭碗："干杯！欢迎老杜！"

闲聊的时候，老杜告诉大家：要参加函授学习，拿学历。

"目前的情况，中师学历在这里算最高学历了。"梁兴盛说，"在山区，有许多民办老师和代课老师还只有初中学历。"

"按社会发展的趋势，肯定要拿专科甚至是本科学历。就算上级一直对我们没有学历要求，但我们多学一些东西总是好的。"杜大星说，"我毕业拿的学历是专科，我打算马上报函授本科班。"

"我们要上课呀，哪里有时间去学习呢？"江月问。

"对呀，我也想问这个问题。"李心雨说。

"你们完全不用考虑时间冲突这个问题。"杜大星给大家解释道，"这种函授学习，在时间安排上为在职的老师们考虑得很周到，都是在寒暑假上课和考试，不影响我们的正常教学。"

一听说不影响正常的教学工作，大家便来了兴趣。为了能够学知识，拿更高的学历，函授学习所需要的较为高昂的学费和往返的交通费，并没有影响大家的热情。

大山也以它特有的方式迎接杜大星的到来。周日的午后，下了一场太阳雨。太阳还露着笑脸，豆大的雨滴却洒向大地。在阳光的照射下，那些雨滴，像一颗颗闪亮的珍珠，洒向山林，洒向小溪，洒向屋顶，洒在人们的身上……

"哇，太阳雨！"江月高兴地喊道。

"太阳雨后，野生菌会呼啦啦地冒出来。"李心雨说。

"走，我们去捡菌。"龚安萍说。

"我们去叫上梁师兄。"代杰说。

"这可又是一番体验。"杜大星说。

太阳雨过后，大家背着小背篼出发了。他们走过青杠坡，走过沙河街，来到了梁兴盛家里。梁兴盛带着大家，来到山林里，开始寻找野生菌。

"这一朵，像小红伞，太漂亮了！"李心雨说。

梁兴盛看了那朵菌一眼，说："这朵有毒，不能吃。"

"我是听说过，越漂亮的野生菌可能就越毒。"李心雨说。

"捡菌就是要注意，一不小心捡了有毒的，拿回去吃了，那可不得了。"梁兴盛说，"说漂亮的菌都有毒也是不对的，有些菌长得很漂亮，但也很美味，比如鸡油菌，就长得很漂亮。"

"看来，林中也有林中的学问。"杜大星捡起一朵菌，问，"这朵，长满了斑，能吃吗？"

"这朵丑，能吃。"梁兴盛笑着说。

"是不是所有长得丑的菌都可以吃?"江月问。

"那也不一定,也有一些丑菌有剧毒。我打小在山林中摸爬滚打,哪些能吃哪些不能吃,我基本知道,只不过有些菌我还是叫不出名字来。"梁兴盛说。

"哎呀呀!"是代杰的叫声。

代杰踩在青苔上,脚底一滑,沿着斜坡滑了下去。

"哇,你这算是在滑雪吗?"李心雨喊道。

代杰起身来,拍了拍裤子上的泥,说:"比滑雪还有意思,很惊险很刺激,你们要不要来一回?"

"我不来,青苔弄到裤子上都洗不干净。"龚安萍说。

"可以叫梁师兄帮你洗嘛。"李心雨笑着说。

"那你先去滑一下? 反正有人洗衣服。"龚安萍对李心雨说。

"呀!"江月一声尖叫。

李心雨和龚安萍没滑倒,在一旁不声不响捡菌的江月倒是滑了一下,她一屁股坐进了一个坑里,自个儿挣扎了几下,起不来。杜大星走过去,抓住江月的手,把她从坑里拉了出来。

江月不停地拍打着裤子上的青苔,嘴里念叨着:"糟了,可能真洗不干净了。"

"老杜,你这下麻烦了。"龚安萍喊道。

"有什么麻烦的,我告诉你们一个洗青苔的好办法。"杜大星说。

"什么好办法?"大家异口同声地问。

"重新染一遍呗。"杜大星说。

"哈哈哈!"大家都笑了。

"老杜,你这可算是绝招儿了。"李心雨说。

"我觉得可以,换个颜色,就又换件衣裳了。"江月说。

"哟哟哟,江月,哈哈哈!"代杰又对大家说,"什么唱什么随,打个成语。"

"夫唱妇随。"梁兴盛、龚安萍、李心雨异口同声地回答着。

"我们还是认真地捡菌吧,"杜大星笑着说,"要是捡到了有毒的菌,那可不好玩儿。"

大家一边谈笑,一边捡菌,不知不觉中,捡了一小背篼。

回到学校,大家开始打理这些野菌。大家说应该给杨芳老师和田翠老师家送一些去。杜大星提出去送野菌,说是为了加深印象。

开始煮菌了。梁兴盛说,煮菌的时候,不要盖锅盖,多煮一会儿,多放一些大蒜。他还说,这种野菌,要用泡椒炒才更好吃。代杰揽过了切泡椒的活儿。

炒野菌的时候,由梁兴盛掌勺。下午还在林中生长着的野菌,很快就变成了美味,被盛进盘子里,端上了饭桌。

晚饭时间,木楼里传出来的笑声,在沙河小学的上空回荡。

16.梦想与婚礼

"心雨,有你的信。"代杰把一封信递给李心雨。

李心雨拆开信,说:"是以前文学社的同学阿卡(笔名)写来的。"

"就是那个散文写得很棒的阿卡吗?"代杰问。

"是呀,在津师的时候就获过全国的大奖。"李心雨说。

"当时听说过,也算是津师的名人了。"代杰说。

阿卡在信里写道:

……

心雨,又是一段时间没有给你写信了,我感到很抱歉!最近真是太忙了!忙期末考试的事,忙工作调动的事。我要告诉你一个好消息:期末考试后,我就要到报社当编辑了,终于圆了我的文字梦。

心雨,我们在文学社的时候,不是都想做一名编辑吗?文学社的辅导老师茗野先生告诉我们:"编辑就是为他人做嫁衣裳。"以后,我可以为大家做嫁衣裳了,真是很开心啊!

心雨,前段时间还读到了你发表的作品,写得真好!你进步了，我很高兴。你在山里还好吗？我没去过山里，但我听说山区工作条件很艰苦，你有没有想过从山里调出来？有没有想过进报社当编辑？如果你想当编辑的话，我这边也许可以帮你留意一下，看报社是否要进人。

心雨，快放暑假了，你来县城的时候一定要告诉我，我真想见你一面，到时候我们好好聊聊。

……

读了阿卡的信，李心雨沉默了许久。

"怎么了？阿卡没事吧？"代杰担忧地问。

"阿卡没事，好着呢。"李心雨把信递给了代杰。

代杰看完了信，对李心雨说："心雨，如果你也想进报社当编辑，我支持你。"

"调动，谈何容易啊！"李心雨说，"阿卡这封信，的确让我有点动摇，有一种想调出去的冲动。当编辑，是我进文学社后做的一个梦。不过，我知道，这只能是一个梦，一个永远的梦。"

"你发表了作品，还辅导孩子们发表作品，把这些成绩拿到报社去，兴许他们就愿意要你了。"代杰说。

"代杰，你这是在赶我走吗？"李心雨笑着问。

"我哪敢啊！我是担心你心有遗憾。"代杰说。

李心雨又沉默了一会儿，说："我留在这里，自己写点文字，辅导孩子们写好作文，让孩子们的文字走出大山，让更多的孩子走出大山，也值。"

"如果我没有理解错的话，这也算是为他人做嫁衣裳吧？"代杰说。

"嗯,我觉得是。"李心雨说,"如果我丢下孩子们去实现自己的梦想,那么,孩子们的梦想就被耽误了。"

"说得对呀。你不断地发表作品,也算是在实现梦想。在这里,只要我们努力,不但能实现自己的梦想,还能帮助孩子们实现梦想。"代杰说。

"我喜欢这里的生活,喜欢这份宁静。"李心雨说。

"这里还有一封信。"代杰又笑着拿出一封信来递给李心雨。

李心雨接过信,是杂志社寄来的,沉甸甸的,里面一定装着发表作品的样刊,要么是李心雨的,要么是班里的孩子的。

"呀,你为什么不一起拿出来呢?"李心雨一边接过信,一边说。

"我觉得这一定是一份惊喜,所以藏了起来。"代杰说,"把快乐留在最后,不好吗?"

"你这人,竟然玩这些小孩子玩儿的小把戏。"李心雨一边拆信封,一边快乐地责备道。

拆开信封来,是一份杂志,里面刊登了李心雨班上一个孩子的小作文。

"哇,又一篇作文发表了!"代杰高兴地说。

"是呀,真是太开心了!"李心雨的脸上溢满了幸福。

这两年来,大家掏钱订了一些报刊,在江月、李心雨、梁兴盛和代杰的班上轮流着放,让孩子们轮流着读,或多或少都有一些收获。他们还会把图书室里的书拿到班上的图书角去,孩子们看完后又还回去。班上的图书角里,除了挂着订的报刊和在学校图书室里借来的书，还有李心雨他们几个人自己掏钱买的书，惹得别的班级的孩子们也常来这里看书。班里的孩子们把这些书籍当宝贝，别班的同学来借书都是要打借条的，用他们的话来说就是："有借有还，再借不难。"

李心雨用文字让孩子们表达自己的内心世界，代杰也在用他的方式来影响着山里的孩子们。他让孩子们用图画来表达内心世界，用图画来表达孩子们对理想的追求。代杰班上那个叫邓辰的孩子，有绘画天赋，在代杰的指导下，已经在报刊上发表过绘画作品。邓辰的家庭条件不好，连画笔都是代杰买来送他的。

"老师，我长大以后想当画家。"邓辰对代杰说。

"你现在就是小画家了。只要你努力，长大后一定可以当大画家。"代杰鼓励邓辰说。

"哇，真好！我一定要好好地跟您学习画画。"邓辰说这话的时候，眼睛里有光。

学期末的时候，代杰和李心雨、梁兴盛和龚安萍举行了简单的婚礼。

这场婚礼，来得都极不容易，正所谓好事多磨啊！

婚礼前夕，代杰和他的爸爸妈妈去了李心雨家里，跟心雨奶奶商量李心雨和代杰的婚事。心雨奶奶一开始不怎么同意，她背着代杰一家，对李心雨说："心雨呀，奶奶不是不喜欢代杰，代杰这小伙子实诚，是个可以过日子的人。可是，他没有要调出来的想法，你们如果在山里成了家，你再要调出来，就更不容易了。"

"奶奶，我已经不打算调动工作了。"李心雨说，"成家后，我打算把您接去，住在一起，我和代杰也方便孝敬您。"

"我现在手脚还算利索,不想去给你添麻烦。"心雨奶奶说,"心雨,山里条件那么苦,你为什么就不想着调出来呢?我们这平洋大坝的,比出门抬脚就爬坡上坎的山区差?"

"奶奶,我们也不是天天就爬坡,学校里还是很平坦的。"李心雨说,"学校的条件也不错,领导们都很照顾我们,我们生活得很好,工作也很顺利。就算调到这平洋大坝,也不可能成天就在这平洋大坝走来走去的呀,如果那样的话,您岂不是要骂我一天不做正经事了。"

"鬼丫头,我说不过你。"心雨奶奶笑着说,"你自己的终身大事,我也不好阻拦你,不过,眼睛要睁大,不要只看他的优点,还要看到他的缺点。他的缺点你都可以忍受,才能生活得长久。我这话难听,但不过我还是要说,为你终身大事负责。"

"奶奶,我知道你这是为我好。"李心雨说,"代杰有缺点,我也有缺点,我们都能包容对方的缺点,我觉得这就够了。"

代杰也非常诚恳地对心雨奶奶说:"奶奶,您放心,我会照顾好心雨,您把她当成宝,我也把她当成宝。"

除了这句话,代杰的表现也让心雨奶奶放心:他脾气好,善解人意,手脚勤快,爱做家务,很会照顾人。代杰爸爸妈妈也都是朴实的农村人,他们也同样对李心雨好,对心雨奶奶好。这让心雨奶奶放了心。

龚安萍和梁兴盛就更为艰难了。

这学期开学后不久,龚安萍的爸爸妈妈来到学校,他们是想来了解一下梁兴盛。在来学校的这些天,梁兴盛让龚安萍的爸爸妈妈住在自己的寝室里。

"安萍,兴盛修理电器,也能赚不少钱吧?"安萍爸爸问龚安萍。

"他基本是免费帮别人修理,收钱的话,也是收一点新零件的成本钱,如果是从旧家电上拆下来的零件,他不收钱。"龚安萍说。

"嗯,老实人,人缘应该很好。"安萍爸爸说。

"他的人缘的确是好,这周围的人都知道他。"龚安萍说这话的时候,显得很高兴,因为梁兴盛得到了爸爸的赞扬。

"安萍,兴盛怎么每天背着一个男娃上下学呀?"安萍妈妈问。

这下,龚安萍紧张起来。在这之前,她没有给爸爸妈妈讲梁兴盛每天背陈安上下学的事情,现在,妈妈观察到了这件事情,问起了这件事情,龚安萍便紧张起来。

"安萍,这男娃……不会是兴盛的吧?"安萍妈妈问这话的时候,神情很严肃。

"兴盛背的是他的学生陈安,一个残疾孩子,腿有病,走得很慢,兴盛担心他摔跤,便天天背他上下学。"龚安萍说。

"这,要背到什么时候?"安萍爸爸说,"做好事,开始容易结束难。"

"是呀,怕是除了背他上下学,还要在他身上花钱吧?他天天背这个男娃,哪还有多少时间来照顾家庭啊。"安萍妈妈说。

"安萍,春节期间我们去兴盛家的时候,你们怎么没有提起过这男娃的事?"安萍爸爸问。

"如果早知道有这回事,我们当时不会同意这门婚事。"安萍妈妈说。

看来,安萍爸妈对梁兴盛背陈安上学这事有意见。

"爸,妈,兴盛很有爱心,很多人都比不上。"龚安萍说,"难道你们想我找一个铁石心肠的人?"

不管龚安萍怎么说,安萍爸妈就是对梁兴盛天天背一个男娃上下学有看法。

在一起吃午饭的时候,聪明又敏感的陈安也觉察出了紧张的气氛,他从安萍爸妈的眼神里看到了一丝埋怨,那是对自己的埋怨。这天放学的时候,陈安就是不让梁兴盛背他回家。

"陈安,赶紧啊,回了家,抓紧时间做家庭作业,今天的作业可多呢。"梁兴盛催促着陈安。

"梁老师,您先回家吧,我想把作业做完了再走。"陈安说。

"不行啊,你做完了作业,再一个人慢慢回家,要摸黑的。"梁兴盛说。

"你先走,今天我就想自己走回家。"陈安说,"以后,我可以一个人上学,我早上起得早一点,不好走的地方,请同学帮我一把就可以了。"

梁兴盛当然知道陈安心里想的是什么,他耐心地对陈安说:"陈安,我知道你很懂事,你想替我解决烦恼。其实,你是个小孩,完全没有必要为大人的事情烦恼。陈安,梁老师真心地告诉你,只要梁老师还在这里当老师,就一定会背着你上下学,一定不会放下你……"

好说歹说,陈安终于勉强让梁兴盛背着他回了家。

爸爸妈妈不同意这门婚事,龚安萍很伤心。这一天,她去下课从楼道经过的时候,与杨芳老师碰上了。

"安萍,心情不好啊?"杨芳老师关切地问。

被杨芳老师这么一问,龚安萍的眼泪便包不住了。

"怎么了?可以跟我说说吗?"杨芳老师问。

来到杨芳老师家,龚安萍把爸爸妈妈不同意她和梁兴盛结婚的事说了。杨芳老师说:"你爸爸妈妈有顾虑是正常的,为人父母的,都希望自己的女儿嫁个好人家。兴盛是个好人,我相信他会对你好。要不要我给你爸爸妈妈做做思想工作?"

"好的,谢谢杨老师!"龚安萍说。

杨芳老师工作了这么多年,很擅长做思想工作。她给安萍爸妈分析了梁兴盛的性格和为人,讲了梁兴盛这些年的表现,最后说:"兴盛是不可多得的好人啊!他这份责任心,是许多小伙子都没有的,用句俗语来讲,就是'打着灯笼火把都难找的人'。安萍和兴盛谈得来,性格也合得来,只要他们觉得合适,我们就应该支持他们……"

安萍爸妈终于理解了梁兴盛的做法,也终于同意了龚安萍和梁兴盛的婚事。

"安萍,你们的日子定了没有?"李心雨问龚安萍。

"还没有呢。你们定在哪天?"龚安萍问。

"我们想定在这学期末,等考试阅卷结束后,这样不影响工作。"李心雨说。

"好啊,那我跟兴盛商量一下,看能不能定在跟你们同一天。"龚安萍说。

"好啊好啊!这样更热闹。"李心雨说。

于是,代杰、李心雨与梁兴盛、龚安萍商量,把婚礼定在同一天举行。

婚礼很简单，也没有什么特别的仪式。要说真有什么特别的，就是两对新人当天身上穿戴的都是新买的：新衣裳、新鞋袜。这几身新衣裳和新鞋袜，都是极为寻常的，因为工资低，太贵了舍不得也买不起。

李心雨穿的是一件红色泡泡袖裙子搭一双红皮鞋，龚安萍穿的是一件红衬衣搭白裤子和红皮鞋。代杰和梁兴盛都是白衬衫配黑西裤黑皮鞋，再搭一条红领带，都显得极其潇洒。

客人不多，双方至亲的人加上学校的同事，总共才置办了十来桌。饭菜就在学校食堂做，食堂的师傅、学校的同事以及周边热心的村民前来帮厨，也不缺人手。桌席摆在教室里，把两张课桌拼在一起便成一张饭桌，刚好可以坐八个人。

杜大星没有缺席这场婚礼，他笑道："我要是缺席了，估计他们将来会到文家林堵路，不让我上山。"

"老杜，将来你们的婚礼，一定要操办得比我们这场婚礼更热闹！"代杰说。

杜大星只是笑，没有说话，因为江月没有说话。

孩子们知道老师们今天举行婚礼，也用他们的方式对他们的老师进行祝福。

有手制的卡片，上面写着各种祝福语。

有野花做的花环或花束，里面藏着各种祝福语。

最为漂亮的，是那两束百合花。送百合花来的孩子也没有留下姓名，他们只是把花束放在楼道的窗台上，便一溜烟跑了。

"百年好合！"江月把这两束百合花分别送到了两对新人的房间，并对他们说，"这是孩子们的心意，请你们收下！"

"收下收下！"两对新人都很开心地说。

婚礼当天，最为有意思的一幕是：有个村民跑来找梁兴盛，他在操场上大喊："梁老师，梁兴盛老师，我家里的电视机又不行了，能不能去帮我修一下啊？"

有人大声回答他："梁老师今天大喜，不当修理工。"

那人赶紧跑回家去，挑了一担东西来：一头是柴块，一头是菜。

梁兴盛他们听说这事后，都笑了。

"梁师兄，今天你就应该去修电视机，这一天会更有纪念意义。"杜大星说。

"老杜，等你结婚那天，你一定会去参加书法比赛。"龚安萍笑着说。

"哈哈哈！安萍，你这叫以牙还牙呀。"江月说。

"哟，江月，这就开始护着老杜了？"李心雨打趣道。

"她不护着老杜，谁敢护着老杜？"代杰说。

"哈哈哈！"

愉快的笑声，飘出了窗外。

在幸福的婚礼结束后，愉快的暑假生活便开始了。很快，杜大星的工作安排通知也下来了，他已经正式分配到了沙河小学，下学期一开学，他就要到沙河小学当老师了。江月知道，自己喜欢杜大星，杜大星心里也有她，虽然两个人没有正式提过婚姻大事，但两个人走到一起，那是迟早的事儿。

江月觉得不应该再瞒着爸爸妈妈，因为她不希望妈妈再托人给她说媒了，便把杜大星的事情跟爸爸妈妈讲了。

"小月，这么大的事，你该早点跟我们说。"江月爸爸说。

"你决定要留在那个山区一辈子了？"江月妈妈有点生气，她说，"我们养你这么大，到头来，你跑那么远，一年都见不到你几回……"

江月妈妈话没说完，便哭了起来。

经过好一番沟通，江月妈妈的情绪才好了起来，她答应不再托人给江月说媒，让江月跟杜大星交往，觉得合适就成家。

杜大星跟江月约定的在新华书店见面的时间到了。江月来到县城新华书店，见杜大星正在聚精会神地看书。江月没有惊扰杜大星，她也拿起一本书，看了起来。过了好一会儿，杜大星好像把那篇文章看完了，他看了看手表，以为江月还没有到，便又继续看书。江月想笑，但忍住了。

杜大星又看了一会儿书，再看看手表，心里打鼓："约定的时间都过了，怎么还没有来呢？"他四下里张望，看见了正在看书的江月。

杜大星走到江月身旁，小声问："你来多久了？"

"反正我没有迟到。"江月笑着回答。

杜大星在新华书店买了几本书后，便带着江月去了人民公园，他们一边逛公园一边聊着天。

"你把我们的事告诉你爸爸妈妈没有啊？"杜大星问。

"说了。"

"你爸爸妈妈怎么说？"杜大星问。

"说先交往吧。"江月说这话的时候，有点羞涩。

"好，谢谢你！"杜大星高兴地说。

"谢我什么啊?"江月问。

"谢谢你把我们的事告诉你爸爸妈妈呀。如果你一直不说这事,我们的事怎么办?"杜大星说。

"唉!"江月叹了一口气。

这一叹气,却让杜大星紧张了起来,他说:"怎么了?"

江月把妈妈托人说媒的事告诉给了杜大星,她说:"要不是这事儿来了,我可能都没那么快给我爸爸妈妈说我们的事。"

"那我是因祸得福了。"杜大星笑着说。

接下来,杜大星跟江月商量见双方家长的事。

杜大星说:"我奶奶说,按农村的习俗,一般是女方先到男方家里去。"

江月没有说话。杜大星自己先笑了,他说:"其实,我倒是觉得,应该是我先到你们家去才好,这样才能表达我的诚意。可是,我奶奶说,按农村的习俗,得你们家先去我们家看看,对我们家没有意见了,我们才能到你们家去……唉,总之有点复杂。"

江月想笑,但是没笑出来。

"你同意吗?"杜大星问。

"我们先去看看两位老人,也是应该的。"江月说。

江月这句话,让杜大星感到非常高兴,他说:"我就说嘛,你是善解人意的。"

"不过,我还是有点害怕。"江月说。

"你怕什么呀?我爷爷奶奶和爸爸妈妈一定会很喜欢你。"杜大星说。

"你这么肯定?"

"我敢肯定！他们就喜欢朴素有上进心的女孩。"杜大星说，"你一定不要有什么顾虑，你到我们家去的时候，一定要自信一点，有句话叫'自信的女孩最美丽'。"

"这又是你自创的名言吧?"江月笑着说。

"嗯，杜氏语录。"杜大星说。

……

就这样，双方的家长见了面，而且双方家长都很满意，这是江月和杜大星最欣慰的。

17.老杜在楼板上练字

1995年8月29日,新学期开学了。这是江月、李心雨、代杰和龚安萍参加工作的第三个年头,是杜大星工作的第一个年头。

在开学工作会议上,王校长向大家介绍了新分配来的杜大星。王校长说:"这是我们沙河小学的第一位大学生老师。杜大星老师在学校时成绩优异,练就一手好书法,获得过几次全国性的大奖,真是难得的人才……"

王校长让杜大星给大家说几句。杜大星说:"各位领导,各位同事,我叫杜大星。我之所以申请来这里工作,是希望更多的孩子能走出大山……我在上大学的时候,班上有一个家庭非常困难的山区同学,他一直感慨自己在小学的时候遇上了好老师,他说,如果没有那位老师就没有他的今天。毕业的时候,那位极为优秀的同学放弃了留在重庆最好的小学当老师的机会,申请回到了家乡的山区小学……我没有我那位同学优秀,但我会做最优秀的自己……我是新人,我会多向大家学习,希望大家以后能够多帮助我,包容我……"

杜大星的谦虚,杜大星的有条理,让江月感到骄傲。

接下来,王校长还表扬了江月他们,他说:"前年,我们学校分配来的四位老师：江月老师、李心雨老师、龚安萍老师和代杰老师，这两年来，工作非常出色，他们都是师范校培养出来的优秀老师……"

会上，王校长还给大家带来了好消息，他说："在今天的高考中，在我们小学毕业的学生里，有三个孩子考上了大学，一个考上了四川大学，一个考上了西南师范大学，还有一个考上了重庆教育学院……"

有三个孩子考上了大学，这可真是一个振奋人心的消息。

"考上四川大学的叫向阳的孩子给母校写了一封信，"王校长说，"哪位老师来念念这封信？"

"我来念吧。"代杰说完，走上前去，从王校长手中接过了那封信，念了起来：

……

我能考上四川大学，得感谢我的母校——沙河小学。

……

三年级的那个夏天，我永生难忘。

快到期末的时候，我跟黎治明老师一起放学回家。走着走着，我突然被黎老师用力地推开，然后我听见一声巨响……等我回过神，一看，黎老师已经被一块大石头压住了。我想把那块大石头推开，却怎么也推不动。一个路过的叔叔叫来了几个人，才把那块大石头给推开了。大家把被大石头砸晕了的黎老师送到了医院。后来，黎老师的右手臂便没有了，只剩下左手为我们写黑板字，为我们批改作业。

黎老师救了我的命，他失去了右臂，却还在用实际行动来告诉我们："要乐观地面对生活，要勇敢地迎接生命中的每一次挑战，要以最大的热情去解决生活中的难题……"我感谢黎老师！黎老师不仅为我挡了巨石，还以他的言行影响了我的一生！

……

代杰把信念完后，会议室里又响起了热烈的掌声。

王校长请黎治明老师来谈谈感想。黎老师的话很简单，他说："我们做老师的，没有三头六臂，唯一能做的，就是为学生撑一把伞……我们做老师的，首先是自己要乐观坚强，才能让学生学着乐观坚强……向阳同学能考上四川大学，离不开他自身的努力，我当年只不过是为他撑了一把伞而已……"

这时候，江月又回忆起她刚来沙河小学的那年，开学第一天看见的情景：在当时的二年级一班教室里，一位男老师用左手写粉笔字，右臂袖管是空着的，他写字的速度与常人无异，还很工整很漂亮。令江月最难忘的，是当那位老师发现自己在看他讲课后，他脸上露出来的浅浅的笑。

后来，江月知道了这位老师的名字——黎治明，也知道了他的事迹。然而，黎治明老师却从来不在人前提起当年那件十分光荣的事，他只是默默地工作着，默默地奉献着。

"老师们，我们要继续努力啊，小学教育是最基础的教育，只有我们把基础打好了，山区孩子才有出路……"王校长说，"今年，我们新来了杜大星老师，同时也调走了一位老师，就没有多余的老师可以分配到村小去，代杰老师又只能继续留在大月小学了。

这两年，代杰同志坚守在大月小学，不仅学科成绩优秀，还在美术方面启蒙了一批山村娃娃……"

会后，杜大星找代杰商量："代杰，你回沙河小学来，我去大月小学。"

"为什么？"代杰问。

"你在那里两年了，很辛苦。你现在成家了，要照顾家庭。"杜大星说，"我去跑几年，兴许有新老师分配来，我就可以回沙河小学了。"

"我以为你想天天往返锻炼身体呢，哈哈哈！"代杰笑着说，"我已经习惯了，孩子们也习惯了我，你去，只怕他们不认你，哈哈哈！"

"我肯定会照顾好你那群小皮猴儿的。"杜大星拍着胸脯说，"难道你还不相信我老杜？我有的是绝招儿。"

"我肯定相信你有绝招儿，而且绝招儿肯定比我多。"代杰说，"你去了，你知道哪个孩子最爱笑？你知道哪个孩子最爱哭？你知道哪个孩子最爱开小差？你知道哪个孩子不听话了要用哪服药来治？你知道……"

代杰一口气问了那么多的"你知道"。

杜大星沉默了一会儿，说："我不去了。我不去跟你抢大月小学了。那些娃娃，都是你的宝贝。"

新学期，因为学校里有老师调走，还有退休老师因为要搬去跟远方的子女一起生活，学校的宿舍楼里正好空出两套房子，学校总务处把这两套房子安排给了李心雨、代杰和龚安萍、梁兴盛两家。宿舍楼的房子都是两室一厅一厨一卫，近70平米，跟江月他们住的木楼相比，的确宽敞许多，住着也会更方便。这两套房子正好是楼上楼下：一套在二楼，一套在三楼。两家人觉得住哪里都没关系，于是，梁兴盛家住三楼，代杰家住二楼。

搬家很简单，因为都没什么家具，床和办公桌椅也是继续用学校的，宿舍里都有现成的，也不用搬了。代杰最大的家当，便是他的那些画。

"梁师兄，你们搬新家，我也没什么礼物，就送几幅画吧。"李心雨笑着说。

"那可是代杰的宝贝，你拿它们送人，代杰怕是不会同意吧。"龚安萍说。

"同意同意。"代杰说，"只要不把那个会送画的人送出去，送什么都可以。"

"哈哈哈！"代杰的话把大家都逗乐了。

"心雨，你把那些画都取代了。以前吧，我们都说代杰的画宝贝，现在，你可比画更宝贝了。"江月笑着说。

"江月，你现在有老杜撑腰，就可以放肆地跟我们斗了，是吧？"李心雨说，"从今往后，我可是惹不起你了，俗话说'惹不起我还躲不起吗'，所以，我和安萍都搬家了，离你远远的，免得受你和老杜欺负。"

"不远不远，我们这两栋楼之间，就隔着一块坝子。"杜大星笑着说，"我们随时会去打扰。"

"老杜，你再说打扰这样的话就见外了。"梁兴盛说，"我们随时欢迎你们来坐坐。"

……

搬家的气氛很融洽。

替他们搬完家，江月便又开始收拾杜大星的寝室。杜大星住此前李心雨住过的寝室，就在江月隔壁。李心雨在搬走的时候连垃圾也一并带走了，所以也没什么好收拾的，就是把杜大星的东西摆放了一下，便算安置好了。

江月约上李心雨和龚安萍去林中采了一些野花，插进玻璃瓶里，各家各户都摆上一瓶，为新家增添了生机。

当天晚上，在二楼李心雨和代杰的家里做了一顿丰盛的晚餐，算是庆祝大家搬家，也庆祝杜大星走上工作岗位，加入到这个温暖的大家庭里面来。

杜大星接替了刚调走的马波师兄的工作，担任李心雨班上的数学老师。李心雨戏言："唉，这辈子别想逃脱老杜的阴影了。"

"心雨，你在师范校的时候，吃过老杜的苦头？赶紧说出来，让代杰替你报仇。"龚安萍说。

"安萍，你这是唯恐天下不乱的架势啊！"梁兴盛笑着说。

"唉，说来话长啊！我真是满肚子的苦水无处诉。"李心雨说，"在师范校时，一直是老杜的邻桌，一直在他的监视下学习，一直在他的智慧中自卑。我以为，我工作了，他保送上大学了，我就摆脱了他的阴影。哪想到，他竟然还是找来了赶来了，真是冤家路窄啊！"

"心雨，你用一副声泪俱下的样子控诉着老杜的罪行，我都开始可怜你了。"江月说。

"我主动送上门来让你报仇，还不好吗？"杜大星笑着说，"你先工作两年，你是前辈，你可别欺负我这个小辈。"

"老杜,你是新人,可得听前辈的话啊。"梁兴盛说。

"哎呀,不要把我喊老了,什么前辈小辈的。"李心雨朝着杜大星和梁兴盛翻白眼。

"再这么玩笑下去,老杜都要变成小杜了。"代杰说。

"哈哈哈!"大家又一阵大笑。

8月30日,是学生报到入学的日子。清晨起来,杜大星已经把早饭做好了。吃过早饭,江月打算洗洗头再去教室。杜大星把炉灶上的热水舀进水桶里,问江月:"你在哪里洗头方便?你头发这么长。"

"在楼下,那里有条沟,我蹲在那里洗,头发正好不会拖在地上,洗头的水也能顺着沟流出去。"江月说。

"我把水给你提到下面去吧。"杜大星说。

"不行不行,我自己来。"江月赶紧阻止杜大星,不让他帮自己提水下楼。

"为什么不行?"杜大星问。

"别人看见不好。"江月皱着眉头说。

杜大星笑了,他说:"有什么不好的?难道你还认为大家仅仅就认为我们俩是同学关系或者是同事关系吗?"

江月瞪了杜大星一眼,没有说话。杜大星把水提到了楼下,站在那里,等着江月把毛巾、洗发露和冲水用的搪瓷盅拿下来。

"可以了,你上去吧,我洗好了就上楼。"江月说。

"我来帮你冲水吧。"杜大星站在原地,对江月说。

"不行啊。"江月又皱起了眉头。

"你看你,又皱眉头,这样你额头上很快就会长出皱纹来。"杜大星说,"你是怕人家看见我帮你冲水?不要怕。我总得要替你冲水的吧?多让他们看几次,他们就看习惯了,就会当作没看见了。"

"哎呀!"江月还在犹豫。

"赶紧啊,一会儿孩子们都要到了。"杜大星催促着,"你是想让他们看见你洗头我帮你冲水吧?"

"你威胁我,哼!"江月瞪了杜大星一眼,弯下腰来,开始洗头。

杜大星一边替江月冲水,一边小声说:"没想到我这么无赖吧?"

"是。你有自知之明。"江月说。

"我现在才明白,我为什么一定要来这里。"杜大星说。

"为什么?"江月问。

"除了搞好教育教学工作,我还有一项非常重要的工作,就是在你洗头的时候给你冲水。"杜大星说。

"你这张嘴,什么时候抹了油了?"江月说。

"刚抹上的。"杜大星得意地说。

"哎呀——"江月喊道。

"呀,对不起对不起!"杜大星赶紧道歉,然后递上干毛巾。

原来,杜大星一不小心,把水冲到江月的耳朵里去了。

……

江月和李心雨所带班级的孩子们,都升上三年级了。然而,江月班上的吴明静却没有来报到,9月1号开学第一天也没有来。

当天下午放学后,江月决定去吴明静家家访。原来,吴明静的奶奶病得严重,连大小便都需要有人伺候。吴明静的姐姐吴明芳外出做工去了，正赶上明静奶奶病情加重，明静妈妈也提不起事，甚至她自己也需要人照顾，吴明静便没有去上学，她要留在家里照顾奶奶和妈妈，帮爸爸做饭洗衣。尽管明静爸爸一个劲地催吴明静去上学，但吴明静还是没有去。

"老人家病得很重啊！"江月说。

"医院进不起……"明静爸爸无奈地说。

"吴大哥，你不要着急，我们一起想办法。"江月说。

"有钱才有办法啊……"明静爸爸一提到钱，就眉头紧锁。

从吴明静家里回来后，杜大星和江月商量，两人凑了一些钱，然后又去了吴明静家，把明静奶奶送到医院。医生给老人家作了一番检查后，开了许多药，让老人家回家打针和吃药，这样也省了住院费用。

明静爸爸虽然没有文化，但也是个知道感恩的人。接下的几天里，明静爸爸不停地往江月家里拿东西。先是背来了好多干柴块，然后是背来了米、菜和红苕，还有红苕粉、葛根粉等。

"吴大哥，你不能再给我们背东西来了，再背来的话，我们会给你背回去。"江月说。

不善言谈的明静爸爸，用最朴实的语言，给江月表达着他的意思："柴山很大，柴烧不完。菜吃不完，也烂在地里头。红苕粉、葛根粉很多，拿去卖也不值钱……医药费，我们还不起，等明静长大来报恩……"

杜大星和江月都被明静爸爸的朴实所感动。

"山里产出的东西不少，就是变不了钱。"江月说。

"是呀，这里太闭塞了。"杜大星说。

江月在当天的日记中写道:

……

吴明静家的大问题解决了,吴明静能来上学了,我很高兴。

感谢老杜!以前,我崇敬他的智慧与才学,没想到他还有这样一颗滚烫的爱心,在吴明静家需要帮助的时候,老杜拿出了他临行时他奶奶硬塞给他的200元钱。感谢老杜替我分忧!老杜说,我是吴明静的福。此刻,我认为,老杜一定会成为山里孩子们的福。

吴明静是个有上进心的女孩,成绩也不错,我希望她努力学习,改变自己的人生,改变一家人的生活。

……

杜大星在大学里学的是数学专业,但他并没有把写字这门特长给荒废掉。

"在你的大学里,大家都讨论数学问题,而你却在练字,是不是显得有点怪异?"江月问杜大星。

"不怪。"杜大星笑着说,"我经常用练字的时间来思考数学问题。"

"你这是练字和学数学两不误啊。"江月说。

"是啊,比如此刻,我一边练字,一边跟你说话。"杜大星说。

此刻,杜大星正在楼板上写毛笔字。为了节约纸张和墨,杜大星用毛笔蘸水在楼板上写字,写了一会儿就干了,干了就又可以写。杜大星戏言:来山区就是好,这木楼板简直就是全天下最好的纸张,不仅运笔的感觉很好,还可以反复使用。杜大星还给自己规定，每天必须把楼板写满三次。

晚饭后，代杰、李心雨、梁兴盛和龚安萍结伴到了木楼上。

"欢迎回家！"江月笑着说。

"老杜呢？怎么不出来迎接我们啊？"代杰问。

"欢迎光临！"杜大星在屋里大声说着。

代杰首先冲进了杜大星的寝室，大喊道："哇，老杜，你又在拖地板啊？"

这时候，杜大星正在木楼板上写着毛笔字呢。他这支毛笔的笔头很大，旁边放着一搪瓷盆水，写得很潇洒。

"哇，老杜，要不要我再给你准备一套写字工具？超级创新的工具。"梁兴盛说。

"好啊好啊！赶紧给我准备过来。"杜大星说完，又开始写字。

"你等着啊。"梁兴盛说完，便出了杜大星的寝室。

一转眼，梁兴盛便进寝室里来了，他说："老杜，超级创新工具来了。"

"哈哈哈！"一看梁兴盛手中的工具，大家都哈哈大笑起来。

原来，梁兴盛找来的所谓超级创新工具，就是一把扫把和一桶水。

杜大星拿起扫把，在楼板上比画了一下，说："如果用这个来写字的话，我这个房间还不够大，得拿到操场上去写才行。"

"我脑子里有这么一幅画面：不久的将来，在一个大操场上，一个人挥着扫把，写着比人还大的字，众人围观，热闹非凡。"李心雨给大家描述着这样一幅画面。

"我脑子里也有这么一幅画面：不久的将来，在新华书店里，摆着精美的散文集,大家纷纷购买,散文集的作者是李心雨。"杜大星说。

"老杜,你这以牙还牙,还得好。"龚安萍说。

"老杜,你不能只是在你这间寝室里写字呀。"李心雨说。

"我还要到哪里去写才好?"杜大星问。

"还有江月的寝室。"李心雨说,"这样的话,江月也不用拖地板了。"

"行,我每天在我这边拖三遍地板,再去江月那边拖三遍地板。"杜大星说。

"就是说,现在你每天都要写六地板字哦?"龚安萍问杜大星。

"是的。"杜大星说。

"老杜,你这也太勤奋了吧?"李心雨说。

"你们就不要夸奖他了,他会骄傲的。"江月说。

"我同意老杜每天反复在地板上写字,反正都要拖地板嘛,一举两得。"梁师兄笑着说。

大家在说笑之余,龚安萍翻看着杜大星办公桌上的那些硬笔书法字,她感慨地说:"我觉得这间寝室很神奇,住的都是佳人与才子。心雨住在这里时,写了很多优秀的文章。现在老杜住进了这里,又写了这么多漂亮的字。"

"我懂了,安萍这是在鞭策我,告诉我一定要努力,向刚搬走的才女心雨学习。"杜大星说。

"我们出去散散步吧。"江月提议。

杜大星放下笔,大家一起下了木楼,在山间小路上散步。傍晚的大山,气温下降了,时而吹来一阵凉风,吹在脸上,很是舒爽。

六个人走在山间小路上，嗅着成熟的稻香，还有熟悉的炊烟的味道，工作带来的劳累，顷刻间便如屋顶的炊烟，飘散到了九霄云外。

成了家后，代杰和李心雨在经营着自己的小家的同时，依旧在努力地工作着。代杰依旧天天往返于沙河小学和大月小学之间。他和住在木楼上一样，总是早早地起床来做早饭。他们刚搬进宿舍楼套间的时候，李心雨很严肃地对他说："代杰同志，我想宣布一项重要决定。"

见李心雨这么严肃，代杰心里开始打鼓，他小声地问："什么决定？你说，我执行就是。"

"嘻嘻嘻——"李心雨笑了，她说，"这可是你自己说的啊，我做出的这个决定，你必须要执行。"

"必须执行！"代杰拍着胸脯说，"夫人的决定，能不执行吗？"

"好，你好好听着。"李心雨又严肃起来，她说，"下面，我正式宣布：从明天开始，每天的早饭由李心雨同志来做，代杰同志只负责吃早饭，然后去大月小学，好好地上课，不准违反命令。"

"别的命令都可以执行，唯独做早饭这一条，我不能从命。我都习惯了早起做早饭，现在要剥夺我做早饭的权利，我坚决不同意。"代杰深深地鞠了一躬，说，"夫人，能早起为你做早饭，是我的荣幸。"

在家的时候，基本上是代杰负责做饭。李心雨有时候会在一旁淘米洗菜，大多数时候，代杰都不让她帮忙。家里的扫地拖地洗衣服这样的事情，代杰也不让李心雨做。代杰总是对李心雨说："你不用动手，你一边观看就好。你这双手是写文章的手，不是做家务的手。"李心雨便在一旁乐呵呵地看着代杰做事。看着看着，便进到卧室，或是看书，或是写文章。

不过，李心雨还是非常心疼代杰。每天中午近两点的时候，代杰就会回到沙河小学，李心雨总是站在后阳台等代杰，只要看见代杰从马鞍石那边走过来，她便开始把碗筷摆好，把热在锅里的饭菜端上桌，代杰一进屋，洗洗手，便可以吃到香喷喷热腾腾的饭菜。

梁兴盛和龚安萍过的则是另外一种日子。

这学期快开学的时候，陈安拄着拐杖艰难地走到梁兴盛家，对梁兴盛说："梁老师，从这学期开始，您就不用接送我了，我自己能走。您看，我暑假里都在锻炼走路，走得比以前更快了，也更稳当了。"

陈安说完，便拄着拐杖努力地走起来，他走得比以往快了一点，他想证明给梁兴盛看。

"啪——"

陈安走得太急，他摔倒了，而且还摔得很重。

龚安萍赶紧上前去，一边扶起陈安一边说："陈安，你的确比以前走得更快了，更稳了。不过，上学的路很远，你自己走会迟到，还是让梁老师背你吧。"

陈安哭了，他一定是觉得自己很没有用。

"陈安，我知道你懂事，你是想让梁老师轻松一点。"梁兴盛说，"不过，陈安，梁老师并没有觉得背着你上下学很苦很累，我反而觉得很开心，因为你在上学，你很努力，学到了知识……"

梁兴盛给陈安讲了许多，陈安才平静下来，答应让梁兴盛和以往一样，天天背着他上下学。

开学后，梁兴盛如果是住在沙河小学，便会早起出发去陈安家背他上学。有时候，他会在快到要陈安家的路上碰上陈安，懂事的陈安总想给梁兴盛减轻一点负担。下午放学后，梁兴盛会把陈安背回家，然后再返回到沙河小学。更多的时候，龚安萍会和梁兴盛一起送陈安回家。梁兴盛觉得路远，不希望龚安萍一起受累，龚安萍说："你不希望我陪着你一起走啊？"听到这样的话，梁兴盛便只是幸福地笑笑，不再说什么。

有时候，梁兴盛和龚安萍把陈安送回家后，便会回到梁兴盛家住下来，做做家里家外的活儿，陪爸爸妈妈说说话，吃吃饭，一家人其乐融融，很是幸福。每当从家里返校的时候，总是梁兴盛背着陈安，龚安萍背着菜。这些菜，他们总要送一些给李心雨和江月他们。

这日子，除了代杰和李心雨走到了一起，梁兴盛和龚安萍走到了一起，杜大星来到了沙河小学，好像没什么变化。下午或星期天的时间，大家会扛着锄头、挑着粪桶去地里种菜，星期天会安排去沙河街或柏林街上采购一些生活必需品。有时候会各自去家访，去了解学生的家庭情况，跟家长说说学生在学校里的事情，目的是因材施教，对症下药，把学生教好。

秋天，是收获的季节。在这收获的季节里，李心雨又发表了一篇文章。

"心雨，星期天中午，叫上梁师兄、老杜他们，我们聚个餐。"代杰说。

"好啊！"李心雨开心地说。

梁兴盛给代杰家拿了一块腊肉过来，杜大星拿了一个肉罐头过来。江月笑着说:"我什么也没有带,我白吃啊。"

"江月,老杜可以代表你。"李心雨说。

梁兴盛和杜大星在菜地里忙活去了。代杰准备去附近的农家买一只鸭子,杀好再带回来。他对李心雨说:"心雨,你们三个在家里把准备工作做好,等我回来下锅。"

"哟哟哟,心雨,好幸福啊!"江月笑着说。

"你不幸福吗?经常看见老杜给你冲洗头发。"李心雨说。

"你敢说代杰没有给你冲洗过头发?我都看见了。"江月不依不饶。

"我头发短,冲洗的时间短,嘻嘻嘻——"李心雨调皮地说,"你那个头发呀,像瀑布一样,每次都要冲洗好长时间。"

江月白了李心雨一眼,说:"都喜欢跟我斗嘴了,找到保护神了,是不一样啊。"

"江月,老杜不是你的保护神吗?我觉得吧,他来沙河小学,最大的任务就是保护你。"龚安萍说。

"哎呀,安萍,你怎么也帮着心雨说话呀。"江月又白了龚安萍一眼。

"江月,你就承认你是幸福的吧,不然,你可成了我和安萍的敌人。"李心雨笑着说。

……

这一顿午饭很丰盛,除了有姜爆鸭,还有韭菜炒腊肉、罐头肉煮小白菜汤、西红柿炒鸡蛋、凉拌豆芽等。

吃过午饭,大家决定去踏秋。

"老杜,认识这家伙吗?"代杰指着刺梨儿问杜大星。

"已经跟它握过手了。"杜大星笑着说。

"哈哈哈,你还跟它握过手?太夸张了吧。"李心雨笑着说。

"是呀,握过手了,它不是很友好。"杜大星说。

江月把杜大星那天清晨发现学生送来的刺梨儿和吃刺梨儿被刺的事情讲给大家听,听得大家哈哈大笑。

"老杜,这山林中呀,不仅仅有像刺梨儿这样的定时炸弹,还有九阴白骨爪。"梁兴盛说。

"什么?这林中还有梅超风?"杜大星做出一副很害怕的样子,躲到一棵大树后面,说,"大家赶紧躲起来,梅超风那爪子有毒,只要挨了一爪,必死无疑,我们没有解药啊。"

"哈哈哈!老杜,你够风趣啊!"代杰大笑着说。

"梁师兄,你说的九阴白骨爪,又是什么呢?"杜大星问。

"老杜,你想跟九阴白骨爪握手?"梁兴盛问。

"老杜,你想跟梅超风握手啊?"龚安萍笑着问。

"老杜,你就不怕江月吃醋?"李心雨笑着问。

杜大星笑着说:"定时炸弹都能吃,九阴白骨爪应该也能吃。"

"老杜,智慧!"梁兴盛说。

在山林中走了一会儿,梁兴盛说:"来,老杜,九阴白骨爪在这里。"

这里有一棵拐枣树,树上结满了拐枣。

"呀,还真的像爪子呢。"杜大星看着眼前这被大家称作九阴白骨爪的东西,两眼放光,说,"梅超风就是在这里练的九阴白骨爪,她练成后,这里便开始结这东西。"

"老杜,从今往后,你又多了一门工作:考古研究。"李心雨说。

"考古,那可是一门高深的学问,我可不敢涉及。"杜大星说完,摘下一个拐枣,放在鼻子底下闻了闻,说,"还挺香的呢,它叫什么名字?"

"以前告诉过你。"江月说。

杜大星想了想,说:"嗯,想起来了,你说有一种像鸡爪一样的东西,它叫拐枣,对吧?"杜大星说完,把手中的拐枣放进了嘴里。

"老杜,你确定拐枣能吃?"代杰假装惊讶地看着杜大星,说。

"我当然确定。"杜大星说,"你们在看我闻拐枣的时候,个个都在吞口水。"

"哈哈哈!"杜大星的话,又把大家都逗笑了。

在踏秋的过程中,又正好碰上江月班上的体育委员苏乾亮一家在林中砍柴。江月说:"我正想去苏乾亮家家访呢,时机来了。"

"江月,你真是见缝插针呀,踏秋也不忘家访。"代杰说。

"一举两得,不好吗?"江月笑着说。

于是,江月一边和苏乾亮的爸爸妈妈沟通,大家一边帮苏乾亮家砍柴,让这次踏秋显得更有意义。这可真是一举三得啊!

18.红苕粉

山里挖红薯点小麦的时节到了,学校又开始放农忙假。

"加上这个星期天,一共八天农忙假,我们得好好安排一下。"杜大星说。

"老习惯,先去吴明静和陈安家帮忙,然后回老家看看。"江月说。

"嗯,大家一起商量一下具体事宜。"杜大星说。

大家都喜欢回到木楼上来聊天,这天晚上晚饭后,他们也是回到了木楼上,坐在杜大星的寝室里,说着这次农忙假的计划。

"我们还是按323的计划安排吧。"梁兴盛说。

"老杜,知道323计划安排吗?"代杰说,"就是前三天到吴明静家帮忙,中间两天到陈安家帮忙,剩下三天时间,各自回老家看看。"

"我好像知道一点。"杜大星笑着说。

"哈哈,我竟然以为老杜不知道这计划,我把江月给忽略了,在这之前,她一直是老杜安排在我们身边的卧底。"代杰笑着说。

"今年比较冷,大家还是要多穿一点上山,不要感冒了。"龚安萍说。

"胶筒靴都检查过了没有？不漏水吧？"李心雨提醒大家。

"检查过了，不漏水。"江月说。

"江月，你那双胶筒靴不是漏水吗？又新买了一双？"李心雨问。

"没有买，老杜帮我补好了。"江月说。

"哟，老杜，你还是修鞋匠呀？"代杰说，"那你跟梁师兄有得一拼，一个会修电器，一个会修鞋，都是修理工。"

"剪一块橡胶，把火钩烧红，把要补的地方烙到融化，把橡胶贴上去，很简单嘛。我这手艺，跟梁师兄修电器没法比。"杜大星说。

"把火钩烧红了补鞋，可是一门技术活儿。"代杰说，"小时候，我偷偷地补过一次，结果，胶筒靴上的洞越补越大，我又不敢说，只好穿着漏水的胶筒靴去上学。"

"后来被发现了没有？"江月问。

"发现了。我爸问我怎么破这么大的洞，我说可能是耗子咬的吧。"代杰笑着说，"我爸肯定知道我在撒谎，但他没有说什么，只是默默地把破洞给我补好了。"

"你惹的祸，最终还是你爸爸给你补了锅。"梁兴盛说。

"跑题了跑题了。"江月笑着说，"本来说的是农忙假，结果跑到补鞋上去了。"

"那就回到农忙假上来吧。我们明天早上七点出发去吴明静家。"梁兴盛说，"我准备了两大块腊肉，够我们这几天吃了，你们就不要再带肉食了。"

"我带一点木耳去吧，木耳炒肉好吃。"李心雨说。

"昨天，我奶奶托沙河车带了一只板鸭上来，我带半只去吴明静家，剩下的半只，改天带到陈安家去吃。"杜大星说。

"好，老杜考虑得周到。"梁兴盛说。

老天不作美，头几天还将就晴朗着，到了农忙假这一天，下起了细密的冬雨。大家还是撑着伞，冒雨来到了吴明静家。明静爸爸很勤劳，大家来到他家的时候，家里已经堆了如小山似的红苕。

"吴大哥，放农忙假了，我们来帮你挖红苕。"一走进坝子里，江月便大声地对正在屋檐下修理箩筐的明静爸爸说。

"明静，老师来了。"明静爸爸朝屋里喊话。

吴明静从屋里出来，腰间还围着围裙，一副主事的小主人模样。她把大家迎进屋，请大家坐下。

明静奶奶身体硬朗了许多，她拉着江月的手，说："江老师，你们都是好人啊，感谢！感谢！"

明静妈妈坐在灶前，一边往灶里夹柴块，一边望着大家笑。

"吴大哥，我们来帮你挖红苕。"杜大星说。

"天气预报说这几天雨大，不挖。"明静爸爸说。

"那你这几天打算干什么活儿？我们一样可以帮你。"江月说。

"准备做红苕粉，但不过你们不用帮忙，我跟明静慢慢弄。"明静爸爸说。

一听说要做红苕粉，除梁兴盛外，大家都非常兴奋。

"呀，我想学做红苕粉。"李心雨高兴地说。

"你是想吃红苕粉，不是想学做。"代杰笑着对李心雨说。

"我估计想学习做红苕粉的不只有我一个人。"李心雨说，"难道你们大家不想学吗？"

"想，当然想。"代杰说。

"我也想学。"江月说，"吴大哥，那我们赶紧做红苕粉吧，我们都想学。"

"行，人手多，做起来快。"明静爸爸说。

先把红苕淘洗干净。吴明静家有一口专门淘洗红苕的大石缸，把红苕放进去，满半缸的时候，便朝里面加水。水没过红苕后，便用淘红苕专用的苕刮来淘洗红苕。

那根淘洗红苕的苕刮，有着特殊的造型。它是由青杠丫杈做成的带钩的棍子，直径约五六厘米，在石缸里淘洗红苕的时候，把它伸进红苕中，不停地上下勾动，利用它与红苕之间的摩擦，以及红苕与红苕间的摩擦，把红苕表面的泥沙清洗掉。洗了一遍后，把石缸底部塞着布的洞抠开，把泥水放出去，再加一些干净水到石缸里，用苕刮继续清洗红苕。清洗两遍后，直接用水冲缸里的红苕，红苕便干干净净的了。

对淘洗红苕这件事，农村孩子都做过。杜大星虽然也清洗过红苕，但只是清洗自家吃的那几个红苕，没有这样在石缸里清洗过这么多的红苕，所以，他对这件事很感兴趣。他双手抱着苕刮，一下一下地勾动着红苕，不一会儿，便觉得背心在出汗。

"可别小看这活儿，需要力气。"杜大星说。

"在农村，哪样东西不靠力气啊。"江月一边说，一边弯下腰去，准备把塞在缸底的布团取掉，让缸里的泥水流出去。

这时候，明静爸爸又背着一背篼红苕来了。

"吴大哥，除了家里这些红苕，山坡上还有多少没有挖回来呀？"江月问。

"还有很多啊。"明静爸爸说。

"每年都挖这么多红苕,能吃完吗?"杜大星问。

"人能吃几个啊?"明静爸爸说,"使劲地喂猪。猪也吃不完,明年开春,红苕就烂了。"

"那真可惜。"江月说。

"那就多做一些红苕粉呀。"杜大星说。

"往年的红苕粉都没吃完。"明静爸爸说。

"拿到街上去卖吧。"杜大星说。

"家家都有红苕粉,哪个买呀?"明静爸爸说。

杜大星想了想,说:"吴大哥,今年多做一些红苕粉,说不定我可以帮你卖一些。"

"卖不卖都没关系,先做一些放着,总会有用,还可以做成红苕条粉,可以炖肉吃,可以直接做成炒粉当饭吃,红苕烂了也可惜。"明静爸爸说。

清洗干净的红苕需要削皮。削过皮的红苕做出来的红苕粉要白一些,做出来的粉条儿的颜色也会更好一些。

龚安萍已经在和明静奶奶、明静妈妈一起削红苕皮了。

"代杰,我们来削红苕皮。"李心雨找来两把刀,开始削红苕皮。

大家在忙着削红苕皮的时候,戴着斗笠的梁兴盛和明静爸爸已经在坝子里安放好了先前刷得干干净净的搭斗(搭斗:一种收割稻谷的农用木制工具),在搭斗上方支起了滤架。吴明静从屋里拿来滤布,捆绑在滤架上。可别看吴明静只是个三年级的小女孩,做起这些家务来却非常麻利。

削了皮的红苕，需得用磨板来磨成红苕糟。农家的磨板基本是自制的：拿一块铁板（最好是不锈钢板），用錾子在上面打出一些小洞来，再把这块铁板（或不锈钢板）固定在木板上（目的是让这块磨板硬朗，在磨的时候好用力），磨板便制成了。

明静爸爸从邻居家借了一块磨板，这样就有了两块磨板，他和梁兴盛一人一块，坐在屋檐下，围着一个大木盆磨起了红苕糟。

磨了一会儿，代杰走过来，对梁兴盛说："梁师兄，我来磨一下。"

"你想来体验一下，可以。"梁兴盛起身来，说，"不过一定要小心，很容易磨到手。"

"好，我一定全神贯注。"代杰说完，从梁兴盛手中接过了磨板。

梁兴盛也不会闲着，他把大木盆里的红苕糟转移到另一个大木盆里，往里面掺了些水，便开始像洗衣服一样搓揉着磨出来的红苕糟。搓着揉着，水便不再清亮，说明红苕糟里的淀粉已经被搓揉进水里了。

"梁师兄，是不是要准备过滤了？"江月问。

"是。"梁兴盛笑着说，"江月，你无师自通啊。"

"都到这一步了，再不过滤，莫非把这浆汁儿留着煮稀饭？"江月笑着说。

戴着一顶草帽的吴明静拿来木瓢，把刚才揉出来的浆，连同搓揉后剩下的红苕糟，一瓢一瓢地舀进滤布里。

"这个跟滤豆花一样啊。"江月一边摇滤架一边说。

"其实是一个原理，都是把含有淀粉的浆滤出来，经过沉淀，淀粉就出来了。"梁兴盛说。

"老师,戴斗笠。"吴明静拿来一顶斗笠,让江月戴上。

"谢谢明静!"江月戴上了斗笠。这会儿的雨虽然不大,但如果在外面多站一会儿,也会淋湿头发和衣裳。

摇滤架可算是个技术活儿:摇轻了,滤架根本转不起来;摇的方向不对,会感觉滤架很重;摇重了,里面的红苕糟就被摇出去了……总之,不是每个人都会摇滤架。

龚安萍去摇了几下,滤架就像一个跛子,看起来很不协调。

"安萍,你还是去削红苕皮吧,不要来这里添乱了。"江月笑着说。

"我在家里摇过。"李心雨接过龚安萍的班,很自然地摇了起来。

"哇,心雨,你真会摇。"龚安萍说。

"对我来说,这是小儿科。"李心雨一边摇滤架,一边说。

"老师,戴上。"吴明静又拿来一顶斗笠,请李心雨戴上。

"谢谢明静!"李心雨一边戴斗笠一边说。

那些米黄色的浆,沿着滤布底流进了大木盆里。

"红苕粉那么白,这浆为什么是米黄色的呢?"江月问。

"这浆,通过沉淀,上层的水便是米黄色的,但沉淀下来的粉却是白色的。"梁兴盛说,"换了几次水后,上层的水也就清亮了,底下的粉也会更加白。"

"原来是这样啊!"龚安萍感慨道。

"就是说,每一道工序,都马虎不得。"李心雨说。

"在农村干活儿,哪道工序能马虎啊?常言道:'你哄地皮,地皮就哄肚皮。'"梁兴盛说。

"嗯,这句话我也经常听我爸爸讲。"江月说。

做红苕粉,从淘洗红苕、削红苕皮到磨红苕糟,再到滤浆,沉淀,还有晾晒,这一道道工序,都浸透着农家人的心血。如果再用红苕粉来做粉条儿,那还得增加好几道工序。

"红苕粉粑好吃,红苕粉却难做。"李心雨一边滤浆一边说。

……

一天的功夫,经过大家的努力,滤了满满的一搭斗浆再加一大木谷桶的浆。

第二天一大早,大家再去看这一搭斗和一大木谷桶浆的时候,已经分成了两层:上层是米黄色的水,下层是白白的淀粉。

"把上面的水舀掉,再掺一些清水进去,继续沉淀,粉会越来越白。"梁兴盛一边舀水一边说。

"是不是应该把搭斗里的粉转移到木谷桶里去?今天我们滤出来的粉要放进大搭斗里。"杜大星说。

"是应该这样才好。"代杰说完,便开始把搭斗里的粉转移到大谷桶里。

大家在吴明静家做了两天红苕粉,在第三天的时候,天终于放晴了。

这一天,大家做了新的分工:杜大星、代杰和梁兴盛跟明静爸爸一起到地里挖红苕,江月、李心雨和龚安萍在家里做家务。

"里里外外做一遍卫生,再把家里铺盖蚊帐拆下来洗干净。"江月说。

吴明静和江月负责拆洗铺盖和蚊帐,李心雨和龚安萍负责打扫卫生，分工明确，配合默契。

在吴明静家帮忙的三天里，大家都干得很满意。在回家的路上，大家一边走一边聊天。

"我们可以想办法帮吴明静家卖红苕粉，还有葛根粉。"杜大星说。

"老杜，你这个点子不错。"代杰说。

"哟，老杜要改行经商当粉贩子了。"梁兴盛笑着说。

"不过，要找到购买的人群呀。"龚安萍说。

"可以联系一下山外的同学，他们平时也都会用到红苕粉。"李心雨说。

"还可以联系你在大学时的同学，特别是那些分配在重庆城或县城的同学，他们吃的红苕粉基本靠买。"江月对杜大星说。

"老杜，你如果能把吴明静家的红苕粉给卖出去了，那真是为他们家做了一件大好事。"梁兴盛说。

"是呀，如果能帮他们卖了红苕粉，明静爸爸不知道有多高兴呢。明静爸爸勤劳，种那么多红苕，喂猪喂不完，到第二年春天的时候红苕就烂了，多可惜呀。"龚安萍说。

"我觉得吧，这不仅仅是老杜一个人的事，我们大家都要努力才行。"李心雨说。

"我们也联系一下在山外工作的同学。"代杰说。

"好。我们这次回老家，可以跟离家近的同学联系，请他们帮忙宣传一下。离家远的同学，知道地址的，可以写信。"江月说。

"我怎么突然觉得我们都又上一个台阶了呢？"龚安萍笑着说。

"安萍，我们这是在下台阶好不好。"代杰故意抬杠。

的确，大家这会儿正在下青杠坡呢，离沙河小学还有一段距离。

"我是说，我们的思想又上了一个新台阶。"龚安萍解释道，"我们都想到要把山里的土产品卖到山外去了。"

"明静爸爸一再说家里的红苕粉、葛根粉都卖不出去，也吃不完。我想，就算是他想送人，也不好找能送的人家，因为山里人家都不缺这些。"杜大星说，"所以我就在想，应该想办法给他卖到山外去。"

"同意老杜的提议！我们都努力联系山外的同学。"梁兴盛说。

就这样，大家心里都装着一件事：要把吴明静家的红苕粉、葛根粉卖到山外去，让他们家多有一点经济收入。

接下来的一两天里，大家到了陈安家帮忙。第一天的时候，大家都到地里挖红苕。第二天的安排，跟在吴明静家一样：杜大星、代杰和梁兴盛到地里挖红苕，江月、李心雨和龚安萍在家里做卫生，洗铺盖和蚊帐等。

在农忙假回家的三天时间里，江月和杜大星先是回了江月家。江月爸爸妈妈非常开心，他们都把杜大星当自己的儿子看待。

"我妈妈让我在你面前脾气好点。"江月对杜大星说。

"那是因为她知道我脾气好，怕你欺负我。"杜大星笑着说。

"我才不敢欺负你。"江月说。

"你可以欺负我，我不介意。"杜大星说。

"我才懒得当坏人。"江月说。

……

第二天，江月和杜大星回了杜大星家。大星奶奶给江月做了一双千层底棉鞋,她说:"山里头冷,在屋里的时候穿棉鞋,脚暖和了,全身都暖和。"

大星妈妈给江月买了一件新棉袄和一个电吹风机。大星妈妈说:"小月,你的头发长,冬天洗了不容易干,这个电吹风机用得上。"

大星妈妈想得如此周到,让江月感到很温暖。

杜大星拿着这件新棉袄,大声说:"妈妈,我抗议!"

"怎么?你嫌这件棉袄不够好?"大星妈妈不解地问。

"很好。可是,我为什么没有新棉袄?"杜大星问。

"你呀,都参加工作了,自己拿工资买衣服,我们不管。"大星妈妈说。

"好吧,江月才是你们亲生的,我是路边捡的。"杜大星假装生气地说。

江月笑了,她说:"你就别闹了,我把这件棉袄送给你。"

"哈哈哈!"杜大星笑了,他说,"江月,你也有幽默的时候。"

在这两天里,杜大星和江月走访了近处的同学,给他们讲了卖红苕粉的事情,大家都很热情,先各自订购了一些,还说会帮忙宣传,如果身边有人需要,会给杜大星和江月写信。

回到学校,大家要做的第一件大事,便是给自己的同学写信说卖红苕粉的事情。杜大星一口气写了好多封信,连同江月写的信一起交给梁兴盛,梁兴盛把大家写的信一并带到沙河邮局,贴上邮票,寄了出去。

"老杜,你说,我们寄出了这么多的信,会有好消息传回来吗?"江月问杜大星。

"一定会有的。"

"你这么有信心?"江月问。

"当然有。"

"为什么?"江月又问。

"有两种可能:一种是的确需要红苕粉,自己或身边的人需要;一种是因为爱而买红苕粉。"

"嗯,说得对。我们耐心地等待吧。"江月说。

"江月同志,你要相信,你的爱,会无声地传递出去,会传得很远很远。"杜大星说,"而且,在津师时,在我上大学时,我们都得到了爱的润养,爱的浸润,我们也学会了爱。所以,我相信,我们的同学也都是心中有爱的人。"

信件寄出去一个月后,大家陆续收到了回信。

"呀,杨大嘴杨雁,果真是大嘴啊。"江月高兴地喊道。

"怎么回事?杨大嘴又怎么了?"杜大星问。

"她张口就要了二十斤红苕粉,你说,这得要多大的嘴才能吃得下这二十斤红苕粉啊?"江月说。

"你呀!人家又不是一嘴吃完。"杜大星说。

"我知道。我是高兴嘛!杨雁还同时寄来了汇款,把买红苕粉的钱都寄来了,这得多有诚意多支持我们的工作啊!"江月开心地说。

"我知道你高兴。"杜大星说,"我这里也有一个大学时的同学要了15斤,他说买了送亲戚。"

"顾大嫂也要了10斤,她说她是因为听我说红苕粉粑炒腊肉好吃。"江月得意地说,"我在信里给大家讲了如何做红苕粉粑炒腊肉这道菜。"

"值得表扬！"杜大星朝江月竖起了大拇指。

杜大星和江月把同学们所需要的数量加了一遍，一共有46斤。

"呀，我现在有点担心吴明静家的红苕粉不够卖。"江月笑着说。

"完全有可能，还没有统计代杰和梁兴盛他们两家的数据。"杜大星说。

"而且，我们可能还会收到购买红苕粉的信件。"江月说。

"我们可以抽星期天的时间再去帮吴明静家做红苕粉，反正他们家的红苕特别多。"杜大星说。

"好。"江月表示赞同。

为了让吴明静家的红苕粉赶紧变成钱，为吴明静家解决经济上的困难，杜大星从吴明静家拿了红苕粉，按大家订购的数量，用牛皮纸包装好，连同订购的清单一起放进纸箱里，托沙河车带到江津车站，打电话请在县城工作的同学帮忙收取，方便的时候再转交给附近的同学，或者请附近的同学到县城办事的时候去取。当然，大家都给订了红苕粉的同学写了信，告诉他们到哪里去取红苕粉。

大家陆续收到了购买了红苕粉的同学的来信，有的同学说这红苕粉比外面买的好多了，有的同学说学会了做红苕粉粑炒腊肉，有的同学说自己和身边的同事都还想购买，还有同学说今后的红苕粉都在这里买了……

杜大星的一个大学同学在信里说：他们家开了食品店，会一直卖山里的红苕粉，收购价会高于山区集市上的价。

"哇，全是好消息！"李心雨开心地说。

"食品店卖红苕粉,是细水长流啊,一年还是要卖不少的。"梁兴盛说。

"这样的话,吴明静家的红苕粉,就不愁销路了。"龚安萍说。

"至少不至于放在家里吃不完而霉掉。"代杰说。

"我们都努力吧,哪怕卖掉一斤也是钱啊。"江月说。

"我们继续努力吧!"杜大星说。

杜大星还告诉江月:"我爷爷奶奶和爸爸妈妈的同事以及朋友都买了一些。其实我知道,爷爷奶奶买的这些红苕粉,多数是拿去送朋友。"

"大家买红苕粉,都是在支持我们。"江月说,"说大一点,叫支持山区教育。"

"是的,我非常感谢他们!他们虽然人不在山区,却跟我们一样在支持山区教育。"杜大星说。

"老杜,我们又要买炭了。"江月说,"给孩子们添火笼的炭,快没有了。"

"在附近买一点吧。"杜大星说。

"不能在附近买。"江月说。

"为什么?"杜大星问。

"他们都不收钱。"江月说。

"哟,你这人缘还真是好啊!"杜大星笑着说,"那只能到柏林街那边去买了?"

"我想应该是。"江月说。

明静爸爸好像知道江月他们需要炭了,他背了几麻袋炭渣,放在了江月他们住的木楼上。

"吴大哥,你等一下,我给你拿钱。"江月说。

"不要钱,自己家煮饭焖的炭渣,不管钱。"明静爸爸说。

虽然江月执意要给明静爸爸钱,明静爸爸还是执意不收。他说:"我晓得,你们用不了多少炭,都是给娃娃们添火笼用。"

"谢谢你啊,吴大哥!"江月非常感谢明静爸爸雪中送炭。

明静爸爸走了后,杜大星说:"都说山里的冬天很冷,但我分明感觉到了无与伦比的温暖。"

"哟,诗人呐,你都成心雨的徒弟了。"江月打趣道。

"不敢不敢!江老师不要笑话我。"杜大星说。

这一天,江月在日记里写道:

……

明静爸爸送了许多炭渣来,解决了给孩子们添火笼的困难,我无以为谢,只希望自己好好地教育这些山里孩子,让他们成为有知识有出息的人,成为懂得奉献懂得感恩的人。

今天去了刘小梅家家访。最近,刘小梅接连逃学两次,厌学情绪严重。去家访才知道,刘小梅的爸爸妈妈并不知道刘小梅逃学。问她逃学的原因,她说:"我学不好,不如不上学了。"我告诉她:"没有要求你像别的同学那样考高分,你能学多少算多少,哪怕多识得一个字,对将来也有好处……"刘小梅的爸爸妈妈也很配合,他们说,会好好教育刘小梅,让她继续上学。

可不能让孩子们这么小就辍学啊!

……

19.伤离别

1996年春天,在野花开遍山林和小路两旁的美好时节,龚安萍怀孕了。

"安萍,你不能再天天跟着我跑路了。"梁兴盛说。

"为什么啊?"龚安萍问。

"你怀宝宝了,会很辛苦,再天天跑,会累着你。"梁兴盛说。

"可是,书上说了,怀孕期间多走路活动,将来生孩子才快。"龚安萍反驳道。

"你呀,就是不听话。"梁兴盛笑着责备道。

"我以后不天天跟着你跑,每周去两三天还是可以的。"龚安萍说。

"那这样吧,你跟我一起送陈安回家的那天,我们就住我老家,这样就不会太辛苦。你没有跟我一起送陈安的那天,我就回学校来住。"梁兴盛说。

"好的。"龚安萍应答着。

听说龚安萍怀了宝宝,大家都很开心。

李心雨给她在县城工作的同学写信,托他们买几盘钢琴曲磁带,让龚安萍有空就听听音乐,说这叫胎教。

"安萍是音乐老师,上课就是最好的胎教。"代杰说,"不过,有磁带后可以在家里听，也方便。"

江月听说李心雨托同学买磁带，她对杜大星说："老杜，除了听音乐，还有没有别的胎教方式？"

"你也想研究胎教啊？"杜大星笑着问。

江月白了杜大星一眼，说："安萍是我们的好朋友，我们替她研究一下，不可以吗？"

"哈哈！"杜大星笑了，他说，"除了听音乐，当妈妈的多读书，尤其是读故事书，也是很好的胎教方式。"

于是，杜大星写信托他在重庆城工作的同学买一些图文并茂的童话书寄来，他说："安萍一边读故事，一边欣赏美丽的插图，她心情好了，对宝宝的发育有好处。"

原来，杜大星对胎教也是有研究的，江月悄悄地笑了。

李心雨托同学买的磁带到了，杜大星托同学买的童话书也到了。梁兴盛高兴地说："我们家宝宝，是我们这个大家庭中的老大，将来，他一定会好好地保护好随后出生的弟弟妹妹们。"

"如果这三个娃跟别人家的娃打架打不过的话，梁师兄肯定会亲自出马。"代杰笑着说。

"哈哈哈！这完全有可能。"梁兴盛大笑着说，"我亲自出马，肯定是先揍我家的娃，再揍你们两家的娃。"

"哈哈哈！"梁兴盛的话，逗得大家都乐了。

"我来给宝宝读一个故事。我希望她是一个白雪公主，所以，我今天要给她读《白雪公主》。"李心雨说完，拿起童话书，便读了起来：

在遥远的国度里，住着国王和王后，他们渴望有一个孩子。于是很诚意地向上苍祈祷。

"上帝啊！我们都是好国王好王后，请您赐给我们一个孩子吧！"不久以后，王后果然生下了一个可爱的小公主，这个女孩皮肤白得像雪一般，双颊红得有如苹果，头发乌黑柔顺，因此，国王和王后就把她取名为白雪公主。

……

这温馨的场面，让大家忘却了山区工作的辛苦，大家的心里有的只是幸福。

梁兴盛除了每天背陈安上下学外，还时常帮周围的人修理电器。

"梁师兄，你修理电器的时候，应该把安萍带上。"江月说。

"为什么呢？"梁兴盛问。

"这也是胎教啊。将来孩子一出生就会修理各种东西，难道不好吗？"江月笑着说。

"我反对。"李心雨说。

"你为什么要反对？"江月问。

"说好的要生白雪公主。白雪公主怎么可以去修电器呢？"李心雨说。

"哈哈哈！"大家又都开怀大笑。

怀孕后，龚安萍想给肚子里的宝宝织一些毛衣，她便来到了田翠老师那里。

"田老师，我想学织小毛衣。"龚安萍说这话的时候，有点不好意思。

"安萍，要给小宝宝织毛衣了？"田翠老师笑着问。

"嗯，想准备一些。"龚安萍说。

"现在抽空准备一些是应该的。宝宝装在肚子里的时候没有什么事，等宝宝一生出来，就是一堆事，要上课还要带宝宝，一天忙得双脚跳，根本没时间织毛衣。"田翠老师说，"而且，带着宝宝也不适宜织毛衣，一不小心，毛衣针会刺到宝宝。"

"田老师，一直觉得您织的毛衣很漂亮，特别是您织的那些小宝宝穿的毛衣，真是太可爱了！我也想学。"龚安萍说。

"安萍，你会织大人穿的毛衣，小宝宝的毛衣很简单，你一看就会。"田翠老师拿出一套刚织好的小宝宝穿的毛衣，对龚安萍说，"小宝宝的毛衣，一般都织成开衫，这样才方便穿和脱。小孩的裤子要开裆，你看这裆，后面要开得高一些，方便拉屎拉尿……"

"原来，给小宝宝织毛衣还有这么多的讲究呢，您讲了这么多，我怕记不住，我得一边织一边学。"龚安萍说，"等我把毛线买回来，到您这里来织。"

"好。"田翠老师又不忘叮嘱，"给刚出生的宝宝织毛衣，最好买棉线，小宝宝的皮肤嫩，不是纯棉的线，会扎宝宝的皮肤。如果用纯棉线来织，就是贴身穿也不扎皮肤。"

"好的，谢谢田老师！"龚安萍说。

龚安萍在跟梁兴盛一起送陈安回家的时候，在沙河街上买了一些棉线，到田翠老师那里学习织宝宝的毛衣。

"安萍，你不能老是坐着。"梁兴盛对正在织毛衣的龚安萍说。

"行，那我站起来织。"龚安萍说完，便站了起来。

"要出去走动走动。"梁兴盛说。

"好,我们到操场上去走,我一边走一边织毛衣。"

"可不能一边走一边织,万一摔跤了可不得了。"梁兴盛说。

"好好好,我只走路,不织毛衣。"

梁兴盛带着龚安萍在操场上散步,他们一边慢走一边聊天。

"兴盛,宝宝出生后,叫什么名字呢?"龚安萍问。

"就叫狗剩呗。"梁兴盛笑着说。

"也是啊,他爹叫梁兴盛,他叫梁狗剩,正好合适。"龚安萍笑了。

"哈哈哈!你说得对!"梁兴盛说,"名字嘛,我们现在慢慢想,等到出生前,一定能想出一个全世界最好的名字来。"

"行,这事儿就交给你了。"龚安萍说。

"必须交给我,这是我的专利。"梁兴盛说。

……

龚安萍几乎把所有的课余时间都放在织毛衣上了,到学期末的时候,她已经为小宝宝织了好几套衣服。

"哇,安萍,你真是巧手仙姑哎!"李心雨惊叹道。

"等你怀了宝宝后,你会比我更巧。"龚安萍说。

"嘻嘻嘻——"江月拿起一件小毛线裤,翻来覆去地欣赏着,还傻呵呵地笑。

"江月,你笑什么啊?"李心雨问,"笑得这么傻。"

"太好玩儿了,这么小的裤子。嘻嘻嘻——"江月又笑了起来。

"她就爱傻笑。"杜大星说。

"爱傻笑的人最幸福。"龚安萍说。

"老杜,你什么时候娶媳妇啊?我们都等着吃喜糖喝喜酒呢。"代杰问杜大星。

杜大星摇了摇头,叹了口气,说:"可能是我表现不好,有些人还没有答应我呢。"

"那就别贪玩儿了,赶紧做饭去。"梁兴盛说。

"好,你们玩儿,我做饭去了。今天晚上到我们家吃晚饭。"杜大星说完,真的离开梁兴盛家,回木楼做饭去了。

杜大星走后,李心雨对江月说:"江月,听到没有,老杜说的是'今天晚上到我们家吃晚饭',是'我们家'哦。嘻嘻嘻——"

江月瞪了李心雨一眼,继续欣赏那些小毛衣。

"你们都听到没有?今天晚上去江月他们家吃晚饭。"李心雨对大家说。

"都听到了。"大家异口同声地回答。

当晚,杜大星做了几个菜,大家都聚在木楼上,吃了一顿虽然简单但很愉快的晚饭。

夜深人静的时候,江月又开始写日记:

……

老杜很优秀。可是,他越是优秀,我越是有压力。我得好好地工作,做最好的自己,这样才能配得上老杜。

老杜对我也特别好。这话我都写过不知道多少遍了!他不厌其烦地替我冲洗头发,不厌其烦地早起做早饭(当然,一日三餐,只要他有空,都是他在做),不厌其烦地做家务……有时候我问自己:"我是不是太自私了?让他为我做这么多的事情。"但是,如果我不让他做，他又会跟我急，我也就只有成全他了。

这周，去了吴明静和梁远辉家里家访。去吴明静家，主要是想看看她的家人，看看她奶奶和妈妈还好不好，让吴明静感受到温暖。给吴明静买了一套夏装，看到她脸上的笑容，我能感觉到她对这套衣服的喜欢。去梁远辉家，是因为梁远辉最近学习有点松懈，跟他爸爸妈妈交流了情况，希望他们配合我们，在家里做好孩子的思想教育工作。

生活很正常。教育教学工作也很正常。我也没有什么远大的理想，就希望日子就这么正常地过下去。

……

转眼到了1996年秋季学期开学，这是杜大星参加工作的第二个年头。因为杜大星是大学生，工作出色，又爱钻研，学校便安排他当教务员，协助教务主任工作。

"我感觉压力很大啊。"杜大星对江月说。

"你能行。"江月鼓励杜大星。

"放心，我会很努力地工作，不会给你脸上抹黑。"杜大星说。

"我当然放心了。"江月说。

这学期，江月和李心雨带的孩子们都升上了四年级。也就在这个教师节，江月和杜大星举行了简单的婚礼。

"老杜，江月，你们把婚礼放在教师节举行，太有纪念意义了！"在婚礼前夕，李心雨说。

"教师节，对教师来说，是最好的日子。"杜大星说，"所以，我们选择在教师节这一天结婚。"

暑假里，在谈到婚礼的时候，大星妈妈给了杜大星一笔钱，说："这些钱，你拿去，跟江月商量着花，看需要添置些什么，如果不够再跟我讲。"

"这么多钱，花不完。"杜大星说，"我觉得我们好像没什么好添置的。"

"新衣裳总得添两套吧？特别是小月，这么好的姑娘，人生就结一次婚，你可别亏待人家。"大星奶奶说。

"日子再苦，再节约，也不能让小月吃苦。"大星爷爷说，"你可以节约一点，但不能苛刻了小月，好好地替她买几身好衣裳，她是个好姑娘。"

"大星，除了添新衣服，你还要多承担家务。"大星爸爸说，"农村那种大男子主义是不对的。"

"爸，我知道，我最喜欢做饭了。"杜大星说，"而且，沙河小学有一个优良传统：男老师都以跳锅边舞为乐。"

"好好好，这样好！"大星爷爷高兴地说。

"大星啊，你跟小月好好教书，好好过日子，就是我们最大的心愿。"大星奶奶说。

"嗯，你们放心吧，我们都会好好的。"杜大星说。

杜大星把家里拿的钱都交给了江月，让她来安排，该添置些什么用品，该买哪样的衣裳，都由江月说了算。

"别的都可以不买。"江月说，"我们买一台洗衣机吧，主要用于脱水，这里的冬天温度太低，洗了衣服好多天都干不了，都有馊臭味儿。"

"你说了算。"杜大星说，"还应该置两套新衣裳，都说结婚要穿新衣裳，里外一身新。"

"一套就够了。"江月说，"幸好这个季节的衣服不贵。要是冬天结婚的话，买新棉袄可就贵了。"

"你呀，太节约了。"杜大星说，"你这么节约，要是被我爷爷奶奶、爸爸妈妈知道了，他们一定要说我苛刻了你。"

"不是说了这些钱都由我来开支吗？你就不要管我怎么用了。"江月说，"我们手上得有一点钱存着，万一哪个孩子又出现像吴明静家一样的情况，需要我们救急的时候，我们才能拿得出来。"

"嗯，你作主。"杜大星说。

于是，杜大星和江月到柏林去买了一台三峡牌洗衣机，每人添置了一套结婚当天要穿的新衣裳。

……

入秋了，山里的温度越来越低，雾气也越来越浓，挂在阳台上的衣服便越来越不容易干。因为杜大星家有洗衣机，代杰和梁兴盛他们便会把洗了的衣服拿到木楼上来脱水。

"的确是方便多了。"代杰说。

"是呀，脱了水，就是晾在屋里也能干了。"梁兴盛说。

"原本杨芳老师和田翠老师也多次让我们把衣服拿过去脱水，我们觉得每次都麻烦他们，有点不好意思。"李心雨说。

"兴盛，等我们生了宝宝，也要买一台洗衣机，脱水方便。"龚安萍说。

"安萍，可以拿到我们家来脱水嘛，随时欢迎你们过来。"江月说。

"生了宝宝，每天要洗的衣服也多，自己添一台洗衣机更方便,随时都可以洗,就连半夜也可以洗衣服。"梁兴盛说。

"安萍,肚子这么大,不会是双胞胎吧?"江月摸着龚安萍的肚子,问。

"B超检查过了,不是双胞胎。"龚安萍说。

"医生说孩子长得快,让安萍控制食量特别是糖量,说孩子太大了不好生。"梁兴盛说。

"嗯,那是得听医生的。"李心雨说。

"心雨,你也要好好地保重身体,怀了宝宝,可马虎不得。"龚安萍对李心雨说。

"嗯,我会经常来向你请教。"李心雨说,"宝宝还很小,除了反应有点大,别的还没什么感觉。"

这个冬天里,龚安萍依旧不断地为快要出生的宝宝准备衣裳,除了毛衣,还有棉质的布衣裳,这些衣裳叠得整整齐齐地放在另一个房间的床上:红的蓝的黄的粉的……方领圆领桃尖领……各种款式,可爱极了。

"安萍,宝宝太幸福了!"江月说。

"安萍,你可得教我织宝宝的毛衣。"李心雨说。

"这个很简单,一看就会。"龚安萍说。

"安萍,日子快到了吧?"李心雨问。

"快了,不到一个月了。"龚安萍说,"终于要熬出头了。"

"嗯,怀宝宝很辛苦。"李心雨说。

"安萍,等你生宝宝的时候,我来帮你请的接生婆烧水打杂。"江月笑着说。

"安萍,你打算在哪里生呀?"李心雨问。

"我觉得吧，请个接生婆来家里接生就可以了，杨芳老师和田翠老师他们都是在家里生的宝宝。"龚安萍说，"但兴盛说，最好到柏林卫生院去生，这样他才放心。"

"梁师兄那是心疼你。"李心雨说。

"代杰难道不心疼你？"江月笑着问李心雨。

"嘻嘻嘻——也心疼，他也说，等临月了，也到柏林卫生院去生。"李心雨幸福地说。

"你们两个都要好好地保重身体哦。"江月笑着说，"有什么事情吩咐我做就可以。"

"好哦。等我和安萍把宝宝生下来，你要生宝宝的时候，我们俩就听你的吩咐。"李心雨说。

"你们两个为我服务啊？那我可赚大了。"江月笑着说。

就在幸福快要来敲门的时候，厄运却提前一步到来。

接连下了好几天的冬雨，教学楼的楼梯上全是稀泥。梁兴盛一再叮嘱龚安萍："安萍，上下楼梯一定要慢啊，急不得，听见没有？哪怕要迟到了，也不能急。"

"我知道。我会提前十分钟往教室里走，不会迟到。"龚安萍说。

"上下楼梯的时候要注意，孩子们喜欢蹦来跳去的，不要让他们踩到你踢到你。"梁兴盛说。

"我知道，我会靠着墙壁或扶着栏杆走，很稳当。"龚安萍说。

"那就好。"梁兴盛放心地说。

这一天，龚安萍上完了音乐课，正沿着楼梯从教学楼的二楼往一楼走的时候，一个跑得飞快的男孩脚底一滑，眼见着就要栽倒下去，龚安萍心一急，朝前跨一大步，同时伸出手去，想要抓住那个男孩……结果，龚安萍非但没有抓住那个男孩，自己还摔倒了，并沿着楼梯往下滚……

龚安萍大出血，人当即就晕了过去。村卫生室的郑大姐第一时间拿来担架并且给龚安萍检查，她说："大出血了！赶紧送柏林卫生院。"

"安萍，安萍……"梁兴盛抱着龚安萍，着急地哭喊着，"安萍，安萍，你一定要撑住，一定要撑住，我们马上去医院……"

这时候，王校长第一时间安排后勤的赵主任："你赶紧去沙河卫生院，问负责接生的医生，这种情况他们怎么处理。问了情况，你要在路口等我们。如果不行，我们要送柏林医院。快去！耽搁不得！"

"好。"赵主任说完，飞快地朝沙河乡卫生院跑去。

闻讯赶来的两个体格健壮的村民，抬着龚安萍，飞快地朝沙河跑去。

李心雨也想去，江月拦住了她，说："心雨，你怀着宝宝，你不能去！老杜和代杰都跟去了，再加上我，人手是够了。"

"可是，我担心安萍呀，我可以走慢一点。"李心雨说这话的时候，都急得哭出来了。

"我们都担心安萍！但是你的身体不允许你去。"江月对李心雨说，"心雨，你要听话，你好好地留在家里等消息，安萍一定不会有事的。"

安抚好了李心雨，江月想着梁兴盛走的时候没有来得及给龚安萍带衣服，她拿了两套自己的衣服，然后飞快地朝沙河跑去。

赵主任到沙河乡卫生院找医生问了情况，医生说："这种情况需要急救，还可能要动手术，这里处理不了，不能在这里耽搁，赶紧送柏林卫生院，如果在那里能生下来就最好。如果有问题，医生会采取急救措施，再派救护车送到县城的医院去。我们这里离县城远，现在也没有车，而且直接从这里送到县城去也不现实，路上要三个多小时候，肯定要耽误……"

在大家快速地抬着龚安萍往柏林卫生院去的时候，杜大星在乡镇府给县医院打电话过去说明了情况，请救护车马上开往柏林卫生院。杜大星相信，如果县医院的救护车来了，随车的医护人员会有更先进的急救技术。打过电话后，杜大星快步赶上了前面护送龚安萍的队伍。

一路上，梁兴盛都不停地呼唤着龚安萍："安萍，安萍……你要撑住啊……马上就到医院了……"

过了人寿桥，爬仙佛岩那道陡坡的时候，江月明显感觉到，龚安萍的脸色已经不对劲了，但她还是在心里祈祷："安萍一定会没事的！"

一行人满身大汗、气喘吁吁地到了柏林卫生院。一番检查后，医生无奈地摇了摇头，说："都没得救了……"

"安萍……"梁兴盛扑到龚安萍身上，喊道，"安萍……说好的要给你做一辈子饭洗一辈子衣……"

那场景，在场的人都不忍心看。

龚安萍就这样走了，一句话也没有留给大家。

征得龚安萍爸爸妈妈的同意后，梁兴盛把龚安萍葬在了他们家的柴山林中。

梁兴盛不说话，也不吃饭，连水也不喝一口。他就那样无神地坐在龚安萍的坟旁，陪伴着龚安萍。

陈安也陪着梁兴盛，守在龚安萍的坟前。

"安萍妈妈，你劝劝梁老师吧，他不吃饭，不喝水，不睡觉，会生病的，呜呜呜——"陈安说着说着，又哭了起来，"安萍妈妈，呜呜呜……"

……

龚安萍的意外离世，对大家的打击都很大。江月和李心雨也伤心得不能自已。

"心雨，你怀着宝宝，不要动了胎气。"江月提醒李心雨。

"我知道。但我就是控制不住。"李心雨说话的时候，眼角还挂着泪水。

"我们也帮不上什么忙。现在唯一能做的，就是让老杜和代杰多陪陪梁师兄，多劝劝他。"江月说。

"嗯，多陪陪就行了。劝也没有用，一提到安萍，梁师兄又会忍不住。"李心雨说。

……

因为龚安萍的事，江月妈妈强烈要求江月和杜大星调离沙河小学，回到平坝地区的学校去工作。

"小月，想办法调回来，那里太偏远了。"江月妈妈说。

"妈，安萍只是个意外，以后我们会注意安全的。"江月说。

"那里交通不方便，万一有个什么急事，根本就来不及。"江月妈妈说，"不调回我们这里来，调到大星他们家附近也可以，那里交通也比较方便。"

"真的不用调工作。"江月耐心地给妈妈解释着,"像安萍那样的意外,就算是住在医院旁边,估计也来不及。她是从楼梯上滚下去的……"

江月坚持不调工作,江月妈妈心里虽然不高兴,但也没再说什么。

这一天,江月在日记里写道:

……

安萍就这样离开了我们……

我天天都在想念安萍……她的笑声,她的歌声,她的琴声,都时常在我耳边萦绕。我都如此,梁师兄内心的伤痛可想而知。

梁师兄啊,你要好起来,这样,天上的安萍才能安息。

妈妈要求我调回去的心情,我十分理解。这次的意外,如果不是发生在安萍身上,也许也会发生在另外的同事身上,甚至就发生在我或李心雨的身上,所有的意外都没办法避免。既然无法避免,那我们就勇敢地面对吧!山区孩子总得有人来教育,山区教育总得有人来撑起。我、老杜、心雨和代杰,还有更多的中师生,我们都甘愿为山区教育事业奉献终生!

虽然很伤心,但教育教学工作还得继续。

今天去了刘婷婷家里家访。原本也没什么事,爱唱歌的刘婷婷也一切正常,只是好长时间没有跟她的家长沟通了。与家长加强沟通总归不是坏事情,等出了问题再沟通就有些晚了。

……

20.心语信箱

转眼到了1997年秋季入学时间。

暑假里,学校有一对夫妻调走了,从更偏僻的四面山调来了两位新老师,都是单身老师。开学前夕,江月和杜大星从木楼上搬到了宿舍楼里,正好和李心雨家住对门。

家都搬好了,江月妈妈来学校看江月他们的时候,埋怨道:"小月,怀着小孩子是不能搬家的……万一搬出个三长两短的……"

按农村的习俗,怀孕的人是不能搬家的,说是容易造成流产或早产。

"妈,不要信封建迷信,我这不是好好的吗?"江月笑着说。

"没搬出问题,这是老天保佑你。"江月妈妈说,"还有三个月就要生了,凡事要小心,不要太用力,上楼下楼都要踩稳当……"

"妈,您放心吧,我都知道,我会很小心的……"江月说。

"小月,这电冰箱贵吧?"江月妈妈指着客厅里的电冰箱问。

"贵啊,两千多呢。"江月说,"我是不想买的,大星爷爷奶奶非得给我们买,说吃肉方便。"

"也是,你们这里买肉不方便。"江月妈妈打开电冰箱,一边看一边说,"呀,都结冰了,可以放好长时间吧?"

"放几个月都可以。不过，时间放长了就不那么好吃了。"江月说。

"真是好啊！"江月妈妈说。

"大星爸爸妈妈本来还说要给我们买彩电的，我和大星坚决不同意，太花钱了！"江月说。

"以后你们自己存钱买吧，有台电视，在家看电视方便。"江月妈妈说。

"心雨家买了彩电。"江月说，"这样的话，我们可以到他们家去看电视，他们家的肉也可以拿到我们这里来冻。"

"好好好。"江月妈妈高兴地说。

开学的头两天，代杰回到李心雨的老家，把心雨奶奶接来了。李心雨在六月底的时候生下了儿子代山，坐月子的时候，心雨奶奶前来照顾李心雨和孩子，出了月子后，大家一起回奶奶家和代杰家生活了一些天。带着孩子，总觉得老家比沙河小学热，李心雨和代杰便提前带着孩子回到了沙河小学。

"心雨，奶奶年纪大了，尽量少安排奶奶做事。"代杰对李心雨说，"我们接她来，其实最主要是想让她跟我们住在一起，相互间有个照应，在你上课的时候她可以帮着照看一下孩子。能晚一点做的事情，都可以等我下午回来再做。"

"我知道，你放心好了。"李心雨说。

说到李心雨的儿子代山，在取名的时候还费了一番心思。

"取了这么多名字都被你排除了，你到底想给孩子取个什么名字呀？"李心雨问代杰。

"我觉得吧，最好是叫代月。"代杰说。

"为什么?"

"因为我在大月小学工作嘛。"代杰说。

"嗯,叫代月,也的确是有纪念意义。"李心雨想了想,说,"可是,这个'月'字,不就跟江月重名了吗?"

"哈哈哈!我光顾着大月小学,都忘了江月了。"代杰说,"那重新取一个吧。"

"我们两人都来到山里工作,这孩子也是大山的孩子,就叫代山吧。"李心雨说。

"好,就叫代山,是个好名字。"代杰说。

新学期开学会议前,王校长找了代杰谈话。

"代老师,这几年,你天天跑大月小学,辛苦了!"王校长说。

"王校长,这是我应该做的,不辛苦。"代杰说。

"今年调来两个新老师,都是单身老师,我们派一个到大月小学去,你就可以从大月小学回沙河小学来了,也方便照顾家庭。"王校长说,

"我还是留在大月小学吧,我对那里的情况熟悉。"代杰说。

"以前,我知道你离不开你那十几个学生。现在,他们升上了五年级,马上就要来沙河小学上学了。"王校长说,"就让新老师去接手新的班级新的学生吧。"

代杰想了想,说:"王校长,我是这样想的。新来的两位老师,从四面山来,他们已经在最偏僻的地方工作过了,吃了不少苦,调到我们这里来,就让他们留在沙河小学吧,这里条件稍微好一些。我每天往返,已经习惯了。"

"我们主要是考虑到你们家现在有小孩了,需要照顾。"王校

长说。

"谢谢王校长替我们考虑！"代杰说，"奶奶来了，可以替我们分担一些。而且，我也是中午一点多就回到家里来了，也耽搁不了什么事儿。"

……

回到家里，代杰跟李心雨讲了这事。李心雨说："你这样决定是对的，我支持。"

开学的头一天，吴明静爸爸又给江月送了一些干柴和菜来。

"吴大哥，您经常给我们送柴和菜来，太辛苦了！真是感谢您啊！"江月说，"以后您不用走那么远的路给我们送来了，我们可以买。"

"不远。"明静爸爸说，"买，要花钱。我山上的柴烧不完，菜吃不完。"

明静爸爸走后，江月对杜大星说："老杜，把柴和菜给心雨他们拿一些过去。"

"好咧，我来当搬运工。"杜大星立即行动，把柴和菜搬了一些到李心雨家。

"我们经常烧吴明静家的柴，经常吃他们家的菜。"李心雨从柜子里拿出一套秋装来，递给杜大星，说，"帮我把这套衣裳送给吴明静。"

"好，我替吴明静谢谢你。"杜大星说完，把这套秋装拿回了家。

"等梁师兄来的时候，我们也给他一些柴和菜。"江月说。

"他肯定不会要，他每次都说'我离家近，家里多得很'。"杜大星笑着说。

"好吧。"江月说。

当天傍晚时分,明静爸爸又来了,他背了许多青杠炭来,这可是新烧出来的最好的炭。原来,上午他送柴和菜来的时候,看见李心雨家添了小孩,看见江月怀孕快生了,想着要经常给小孩烤衣服,炭一定用得着,便背了一些炭来。

"谢谢您,吴大哥!您考虑得太周到了!"江月说,"这是李心雨老师送给明静的衣服,您收下。"

明静爸爸拿着衣服的手,颤抖着。他心里一定有许多感谢的话,但不知道该怎样表达出来。

正式开学了。江月、李心雨还有代杰班上的孩子都升上五年级了。代杰所在的大月小学的孩子们,这学期都到沙河小学来上学了,13个孩子,一个都没有辍学,他们分到了江月和李心雨的班上,一直读到小学毕业。

李心雨更忙了些,生了小孩,当班主任,还担任了学校的大队辅导员,因为之前的辅导员调走了。

代杰在大月小学又接了一批一年级的孩子,他说:"等他们上五年级的时候,我同样会一个不少地交到沙河小学来。"

从大月小学到沙河小学来上学的那些孩子,经常会在早上的上学路上和代杰相遇:代杰爬山,孩子们下山。孩子们很懂事,时不时会约好时间,一起在路口等着代杰,跟老师问个好,跟老师聊几句天,然后再去上学。

这一天,代杰刚走到青杠坡的那个路口,便听到了"嘻嘻嘻"的笑声,仔细一看,林中藏着几个小孩。

"嘿,我看见你们了。"代杰笑着说,"出来吧。"

以邓辰为首的几个小孩子从树林里走出来了,邓辰手里拿着一个花环,直接套在了代杰的头上。这个花环,是用藤蔓加野花做成的,很漂亮。

"谢谢你们!"代杰高兴地说。

"代老师再见!"孩子们挥着手跟他道别。

"再见!"

看着孩子们下山远去的身影,代杰感慨万千,他对自己说:"看着健康快乐的他们,我这些年跑了这么多的路,值啊……"

这一天傍晚,杜大星做了几样菜,打算请李心雨一家和梁兴盛一起来聚聚。李心雨一家过来了,梁兴盛却不在家。

"梁师兄一定是回家去了。"代杰说。

"经常回家去也好,可以和他父母交流一下,一个人在学校里,更孤独更伤感。"李心雨说。

"唉,也真是苦了他。"杜大星叹息道。

"要是安萍还在,该有多好!"江月说。

"是啊!老天爷是嫉妒他们的幸福。"李心雨说。

……

梁兴盛背了六年的陈安上初中了。开学报到的头一天,梁兴盛就到了柏林中学,把陈安的情况给学校领导讲了,领导说:"我们会安排班主任,在班上成立帮扶小组,照顾好陈安的生活。一定会让他顺利地初中毕业……"

柏林中学开学报到的那天,也是沙河小学开学报到的日子,梁兴盛要给一年级的孩子报到,便托隔壁的堂兄把陈安送到了柏林中学。

接下来的日子，梁兴盛有时候住在学校，有时候回老家住。他并没有从龚安萍离世的阴影中走出来。周末，梁兴盛会去柏林中学背陈安回家，星期天下午，他又背着陈安去柏林中学。路上，陈安会给梁兴盛讲班上的事情，梁兴盛也会给陈安讲刚接手的一年级的小屁孩儿们发生的有趣的事情。在这样的交流中，梁兴盛是幸福的，他可以短暂地忘记失去龚安萍的痛苦。

这天下午，梁兴盛把陈安送到柏林中学后，返回到沙河小学，跟大家一起种菜。杜大星正在锄地，代杰正在往地里撒种子，李心雨抱着孩子在一旁陪伴着，江月挺着大肚子，一边织毛衣一边看大家种菜。

"我来晚了，我偷懒了。"梁兴盛一下地，便拿起一把锄头，跟杜大星一起挖地。

"梁师兄，又送陈安到柏林中学去了？"江月问。

"是的，送到了就马上赶来了，昨天听你们说今天要种菜。"梁兴盛说。

"梁师兄，你就像陈安的爸爸一样关心着他。"代杰说。

"有时候吧，我觉得我也像他的哥哥。"梁兴盛说。

"陈安遇上你，是他的福。"杜大星说。

"珍惜缘分吧。"梁兴盛说。

"是啊，我们几个能走到一起，也是缘分。"杜大星说。

……

聊了一会儿，江月说："你们慢慢种菜啊，我回去做饭，晚上在我们家吃。"

"江月，你不用回去煮饭，我奶奶在煮，晚上到我们家吃。"李心雨说，"你挺着个大肚子，如果让你做这么多人的饭，只怕老杜要找我们拼命。"

"拼命倒是极有可能的事情，可是如果我把你们都得罪了，江月要跟我拼命。"杜大星笑着说，"如果要在我们家吃饭，我马上丢下锄头回家帮厨。"

"江月，看来你并没有见色忘义啊。"李心雨说。

"那是当然。"江月说完，又指着正在织的毛衣问李心雨，"心雨，这里要添多少针才好？"

"五六针就够了。"李心雨说。

江月也利用课余时间给小宝宝织了不少毛衣。她还会在毛衣的领口袖口处勾一圈花瓣，让毛衣更加漂亮。

聊了一会儿，李心雨对江月说："江月，我想在校园里设一个信箱。"

"怎么突然有这个想法？"江月问。

"前几天不是发生了一件事情吗？"李心雨说。

"嗯，我知道那件事。"江月说。

就在上周，学校里发生了一件事情：一个六年级的女孩，因为跟家里发生了口角便离家出走了。家里人和学校老师找了整整两天，才在一个岩洞里把她找到了。

"我想在校园里设一个信箱，让有心结的孩子给我写信，我会给他们回信，打开他们的心结。"李心雨说。

"这个主意好啊！"江月说。

"可以，我也投一票。"杜大星也听见了李心雨和江月的话，他说,"但是,心雨,我建议你把这事给校长汇报一下,争取得到学校行政班子的支持。"

"好,谢谢老杜的建议!"李心雨说。

李心雨的想法,得到了学校领导班子的支持与鼓励,她便开始着手准备信箱的事情了。

关于信箱的命名,就如给自己的孩子取名字一样,李心雨也颇费心思。她在征求大家的意见的时候,杜大星说:"就叫心语信箱吧。心中的'心',语言的'语',心语。而且还和信箱的创始人'心雨'谐音。"

"这个好!"代杰说。

"高明啊,老杜!早知道,我一开始就来问你,我就会少浪费几个脑细胞了。"李心雨笑着说。

信箱由学校后勤赵主任负责准备好并且安排挂在了教学楼底楼的楼梯口,信箱上的"心语信箱"几个字由杜大星书写。在当周的升旗仪式结束后,李心雨给全校师生讲了为什么要设置"心语信箱",并告诉孩子们:"孩子们,你们有什么心里话想给心语姐姐讲,都可以写好投进信箱里,心语姐姐会给你们回信,解决你们心中的疑惑……"

一周时间过去了。李心雨打开信箱,里面摆着一封信。这是一封折叠成三角形的信,是一个女孩写的。女孩在信中写道:

心语姐姐,我每天都要被妈妈吵一顿,我简直想死……心语姐姐,请您一定替我保守这个秘密……

看见女孩在信末留下的班级和姓名，李心雨感觉到肩上的担子之沉重，她对代杰说："孩子如此信任我，我如果不把这项工作做好，就对不起那些愿意吐露真心话的孩子们……"

　　李心雨给女孩回了信，并且找了个合适的机会，亲手交到了女孩的手上。

　　第二周周末的时候，李心雨打开信箱，里面有五封信。在星期天的时候，李心雨很认真地把这五封信回完了，决定在孩子们来上学的时候一一交给他们。

　　在心语信箱开设的第二个月，一天，李心雨打开信箱，里面竟然塞满了信，一数，有六十几封。

　　"天啊，竟然有这么多孩子信任心语姐姐。"李心雨说。

　　"这是好事啊，孩子们心中的疑虑解决了，对他们的成长有好处。"代杰说。

　　"可是，我发现我根本回不过来这么多的信。"李心雨有些着急了，"孩子们把信投进了信箱，就是希望下周来上学的时候能收到回信，我不能拖啊。"

　　"我帮你写吧。"代杰说。

　　于是，代杰也加入了回信的队伍。

　　江月、杜大星和梁兴盛听说信回不过来后，都加入了回信的队伍。

　　"我们不仅有心语姐姐，还有心语哥哥。"江月笑着说。

　　"只要加入进来的，都叫心语姐姐。"李心雨说。

　　"不管叫心语姐姐也好，叫心语哥哥也罢，只要让我们参与回信，我们就很开心。"杜大星说。

"老杜说得对,只要不把我赶出回信的队伍就行。"梁兴盛说,"我每天除了上课,除了给别人修电器,还可以写回信,生活更充实了。"

"梁师兄,把陈安送进中学了,你不习惯吧?"代杰笑着问。

"是呀,总觉得生活缺了点什么,正好用回信来填补一下。"梁兴盛说。

……

这信写着写着,代杰又出了个主意:"我们可以到学校去申请一些信封,把我们的回信弄得美丽一点。"

"怎么弄?"李心雨问。

"我可以抽空在信封上画一些画。"代杰说。

"我可以在信封上写一句寄语。"杜大星说。

"好主意啊!"李心语高兴地说。

"我画没有代杰画得好,字没有老杜写得好,文章没有心雨写得好,梁师兄会修的电器,我简直就不会修……哎呀,你们可别把我挤出回信的队伍啊。"江月说得有点可怜。

"江月,你的回信是很棒的,你通过引用名言警句来讲道理,替孩子打开心结,这是我应该学习的。"李心雨说。

"江月教育理论书看得多,所以写起回信来头头是道。"代杰说。

"谢谢你们的夸奖,江月无以为报,只能把回信写好。"江月笑着说。

……

这一天,江月写了几封回信后,便又打开日记本,开始写日记：

……

五年级了，孩子们的思想有了很大的变化，毕竟是长大了，都自认为是小大人。孩子们在懂事的同时，也变得执拗起来，有时候都不听老师劝，仿佛觉得他们比老师更懂事。

心语信箱的设立，让更多的孩子可以有说心里话的地方，一定程度上减少了意外的发生。平时跟大家一起回信，虽然忙了点，辛苦了点，但很开心，很充实，毕竟可以走进孩子们的内心，跟他们做心灵的朋友。我认为，这是一件平凡的事，也是一件高尚的事，我们一定要坚持做下去。

下周，我得抽时间，让老杜陪着我去家访，计划去吴大敏和吴世康家。

……

21. 贞卿来了

11月初的时候，江月妈妈来到学校，强烈要求江月提前请产假，回到离县城较近的老家待产。

"妈，您不用担心，没事的。"江月说，"还没到生产的时间，我怎么可能请假啊！"

"小月，你说是生孩子要紧，还是教书要紧？"江月妈妈生气地问。

"都要紧。"江月说，"心雨不也在这里生的孩子吗？乡卫生院的医生来接的生，也很顺利啊。"

"我不放心你。"江月妈妈说。

"妈，我经常听人家说，农村人生孩子，好多人都还在山坡上做事，就把孩子生在土沟里了。我好歹还会请妇产科的医生来接生，您就放心吧。"江月安慰着妈妈。

"我担心啊。"江月妈妈还是不放心。

"我每个月都到柏林卫生院去检查了，一切正常。"江月说。

"小月呀，我说你来这里教书就是吃苦，你还不信。"江月妈妈说，"你每个月都要挺着大肚子去柏林卫生院，得走近两个小时吧？唉，真是造孽！"

"妈，医生说了，多走路，把身体锻炼好，才生得快。"江月笑着说，"每次去医院检查，老杜都陪我摆龙门阵，一边摆龙门阵一边走一边歇，一直摆到卫生院，不累。"

"嗯，幸亏大星对你好，不然，我都不放心你在这上面。"江月妈妈说。

非常不放心的江月妈妈，在江月家住下了，她要守着江月把孩子生下来。

这段时间，大家都特别忙。

南部山区的教学观察课马上就要开始了，各学校要派出各科老师去参加比赛，要评出团体总分及名次。沙河小学要组织语文、数学、美术、思品、音乐等科目参赛。先是在学校组织比赛，选出来的老师还要多次试讲，磨课，再拿出去参加比赛。

杜大星是学校里唯一的一个大学生教师，教学理论比别人丰富，在大城市里学习过两年，在最好的学校里实习过两个月，各方面都很有经验，又是教务员，所以，赛课这件事便由他挑大梁。

"小杜，赛课的事情，准备得怎么样了？"王校长问杜大星。

"我正准备向王校长汇报一下。"杜大星说，"第一轮磨课已经结束了，各赛课老师都收到了修改意见，正在积极地调整自己的课，本周星期五还会有一次集中磨课。"

"好好干，我们都相信你！前程无量啊，小杜。"王校长说。

"谢谢校长！我们会把赛课这件事做好的。"杜大星说。

杜大星除了要组织好学校的老师们参加赛课，他自己也担任了学校数学科目的赛课，这样一来，他简直忙得不可开交，听别人的课，给别人提意见，上自己的课，听别人提意见，帮别人改教案，自己也要改教案……

"我这段时间特别忙，不能好好照顾你，你自己要多注意身体啊。"杜大星对江月说。

"没事，有妈妈在呢，你放心地忙工作去吧，不用天天守着我，孩子生下来又跑不了。"江月笑着说。

"你还真会开玩笑。"杜大星说，"不过，你有这样乐观的态度，我也就放心了。"

李心雨和代杰也非常忙。李心雨的语文课和代杰的美术课都要参加比赛，同样是磨课、听意见，改教案……梁兴盛没有参加赛课，但他担任了磨课提意见修改教案的任务。

身边所有的人都在忙，仿佛只有江月一人闲着。

其实江月也不闲。

这段时间，心语信箱里的信也非常多，回信就成了江月一个人的任务。江月一封封地读着这些信，一封封地回着信。现在，回信的方式有三种，都是江月精心设计的。一种是纸质信，写好后，折成各种形状，比如：心形、三角形、飞机、船、青蛙等，这些都是江月在师范校时便会折的。为了折出更多的各种各样的东西来，江月特意托县城的同学帮她买一本折纸手工书，她在期待着那本书的到来。第二种是树叶信，在她以前收集的树叶书签上写信。第三种是明信片，这明信片，包括大家凑钱买的明信片，还有大家自制的明信片——在画纸上画不同的图案，再配上文字，非常漂亮。

江月经常是写回信写到很晚，很多时候，杜大星都从教务办公室忙完回家来了,她却还在写信。

"江月同志,你这是在跟我比优秀抢先进吗?"杜大星问江月。

"我哪有跟你抢啊。"江月一边写信一边说。

"我都准备休息了,你却还在工作,不明摆着要跟我比优秀抢先进吗?"杜大星说。

"你看,这么多的信要回呢。"江月说。

"你赶紧睡觉去,我来回信。"杜大星说,"你天天这么熬夜,当心我们的宝宝一出生就会写信,那可就把全世界的人都吓坏了。"

"嘻嘻嘻——"江月笑着放下笔,洗漱去了。

江月妈妈在给江月推算预产期,她告诉江月:"小月,要不要请个假去找医生看看?应该快生了。"

"妈,我好好的,请什么假呀。"江月说。

"我觉得,我们去医院住着吧,有医生在,我心里头踏实。"江月妈妈说。

"哎呀,妈,你不要太担心了。如果发作了,这里离沙河街很近啊,村卫生室的郑大姐也给学校的老师接过生,您真的不用担心。"江月说。

听说卫生室的郑大姐会接生,江月妈妈天天都关注着郑大姐的卫生室开门了没有,关注着郑大姐来了没有,她还打听到了郑大姐家住哪里,万一江月要生了的时候她能快速地请到郑大姐。

一天早晨,江月起床来的时候,杜大星已经吃过早饭到办公室忙去了。江月吃过早饭,便觉得肚子有点疼,正准备给妈妈说的时候,便听见杜大星在楼下喊:"江月,江月,你下楼来的时候把我放在办公桌上的教案带下来。"

"好。"江月答应着。

杜大星虽然没有催着马上要教案,但江月知道,这段时间,赛课是学校的头等大事,对杜大星来说也是非常重要的事,所以,江月把到嘴边的话也咽了下去,拿起教案,下了楼。

江月把教案递给杜大星后,一看时间,还有十来分钟就要上朝读课了,她便朝教室走去。说巧也不巧,江月刚到教室门口,爱告状的郭巧玲便来告状:"江老师,刘大贵欺负李月娅,李月娅在哭呢。"

江月把刘大贵和李月娅叫到了阳台上来,开始给他们做思想工作。

"怎么回事?你们俩谁先说?"江月问。

"我不小心踩到她了,她就哭,就说我是故意的。"刘大贵说。

"他是故意踩我的,我没有拿家庭作业给他抄。"李月娅说。

"我不是故意的。"

"你就是故意的。"

……

两个孩子谁也不让谁,江月花了整个朝读课的时间来给他们做思想工作,他们才相互道了歉,进教室去了。

第一节课是江月的语文课,她觉得肚子有点不舒服,腰也有点胀疼,她以为是刚才在教室外面站久了的反应,便也没有太在意,只是在心里想:"等上了这两节语文课就去沙河卫生院看看,也不知道是不是快要生了。"

快到下课的时候,江月的肚子剧烈地疼痛起来,她意识到肯定是要生了，想赶紧回家去。可是，她刚走到教室门口，便已经疼得站不住了，她扶着教室门，慢慢地坐到了地上。

班长马玉萍反应快，她起身来，冲出教室，冲到一旁的办公室门口大喊："快，快，江老师是不是要生了……"

马玉萍这一喊可不得了，办公室里的包括李心雨和肖静老师在内的几位老师同时冲到了江月的教室门口。

"哎呀，肯定是要生了。"李心雨喊道。

"赶紧去请郑大姐，她会接生。"肖静老师说。

"去找杜老师，问他要不要送到医院去。"

……

杜大星和另外几个老师也赶来了，几个同事合力把江月抬回了家。卫生室的郑大姐跑来了，一检查，说："呀，这个是快发作，娃娃马上就要出来了。"

在大家一阵忙乱的时候，梁兴盛没有跟谁说一句话，他第一时间跑出校园，朝沙河街方向跑，谁也不知道他要跑到哪里去，要去做什么。

果真如郑大姐所说的，江月是快发作，不到半个小时，孩子就生下来了。

"恭喜杜老师，添了个千金！"郑大姐高兴地报喜。

"好好好，我就想生个女儿。"杜大星高兴地说。

"江老师个子高大，平时爱活动，上天保佑，生得快，少受苦。"郑大姐说。

"谢谢郑医生，谢谢郑医生！"江月妈妈在谢了郑大姐后，掩饰不住内心的喜悦，夸奖着江月，"我们家小月在读书的时候很喜体育，打球，跑步，样样来。"

就在这时候，梁兴盛满头大汗地跑回来了，他把乡卫生院的妇产科医生带来了。得知江月顺利地生下了孩子，梁兴盛长长地舒了一口气，说："生了就好，生了就好……"

梁兴盛在说这话的时候，眼里含着泪水。大家都能理解梁兴盛此刻的心情，他经历过伤痛而且那伤一直没有愈合啊！

"谢谢你，梁师兄！"杜大星对梁兴盛说。

一番处理后，郑大姐对江月说："江老师，你累了，好好睡会儿。"

"谢谢！"江月很疲倦，道了声谢，闭上眼睛，很快就睡着了。

客厅里，李心雨、代杰和梁兴盛分享着杜大星的幸福。

"恭喜你呀，老杜！有接班人了。"代杰说。

"取名字了没有？"李心雨问。

"我想取名贞卿，坚贞不屈的'贞'，颜真卿的'卿'。"杜大星说，"等江月睡醒了，我再征求一下她的意见，之前她是同意的。"

"莫非江月也有反悔的时候？"李心雨笑着问。

"在我这里，她随时可以反悔。"杜大星说。

"贞卿，好名字。"梁兴盛说，"我真希望有机会能当小山和贞卿的老师。"

"好啊，梁师兄，我们一言为定！你可不准反悔。"李心雨说，"将来，我十二分地愿意把小山交到你的班上去。"

"老杜，你愿意吗？"代杰笑着问。

"愿意，十三分地愿意。"杜大星说。

江月睡醒后，杜大星拉着她的手，说："你太吓人了，差点把孩子生在教室里了。"

"就是啊，我早些天就叫她去医院，就是不信。这突然要生，吓得我脚杆软。"江月妈妈说。

"没有生在土沟里就好。"江月笑着说。

"总算母女平安！谢谢你，给我生了个可爱的女儿。"杜大星说。

杜大星和江月商量后，决定给女儿取名叫杜贞卿。

赛课终于结束了，沙河小学在南部山区赛课活动中，获得了团体总分第一名的好成绩。

江月也只休了一个月的产假，出月子后，便走进教室给孩子们上课，她笑着说："不上课，心里慌。"

在江月休产假的一个月里，江月班上的班主任和语文课都由杜大星来担任，在这一个月里，杜大星真是忙得不可开交。

"江月，你没有休满产假就上课，是心疼老杜吧？"李心雨笑着问。

江月笑了笑，说："也算是有吧。在阳台上看着孩子们在操场上跑来跑去，听着上课铃声下课铃声，心里着急。"

"你就是上课的命。"李心雨说。

"你不也一样吗？"江月说，"你的产假也没有休完。"

"唉，闲在家里，心里慌啊，跟你一样。"李心雨说，"你在月子里的时候，老杜警告过我，叫我不要给你看心语信箱里的信，他担心你会回信，影响休息。"

"我就说嘛，你都不给我看那些信。"江月责备道，"你也跟着老杜一起欺负我。"

"这不叫欺负你,是为你的身体着想。"李心雨说。

"现在可以让我看那些信了吧?"江月问。

"当然可以,信比较多,我们都回不过来呢。"李心雨说。

江月拿到了心语信箱里的信,又开始给那些和心语姐姐说心里话的孩子回信了。

22. 调动

2001年，是沙河小学的办学历史上极为重要的一年。

这一年，由中国人民解放军海军工程大学捐资25万元兴建的教学楼拔地而起，海军工程大学还捐了办公电脑和打印机等先进的教学设备，让沙河小学的教育教学迈上了新的台阶。

望着崭新的教学楼，江月感叹道："当年，我们住进那栋木楼时，真没想到它会变成今天的样子，真漂亮！"

"当年，我第一次来沙河小学，我总有一种感觉，这里一定会变。"杜大星说。

"也是啊，一代代教育工作者在努力，一代代山区孩子在成长，还有那么多爱心人士在奉献，加上政府对教育的重视，再贫困的山区学校，都会发展变化。"代杰说。

"我挺想念我们的木楼。"李心雨说。

"木楼里的时光，值得我们用一生的时间来回忆。"江月说。

"唉，可惜，安萍没有看见这幢漂亮的教学楼。"李心雨有些伤感。

江月抬头看了看天，她说："安萍在天上看见了，她正在祝福我们大家呢。"

"但愿是吧。"李心雨说。

沙河小学是挂在半山腰的小学,新教学楼的修建,颇费了一番功夫,所有的建材,都是人工从公路边搬运上来。所幸的是,听说从乡政府通往沙河小学的公路马上就要动工了,这消息真是振奋人心。

"要致富,先修路。"杜大星说,"沙河小学通公路,是迟早的事情。"

"是呀,现在山区人民的思想变化很大,他们除了'脸朝黄土背朝天'地劳作之外,还希望有更便利的交通,希望能经常到外面去看世界,去增长见识。"代杰说。

"海军希望小学的成立,公路的连通,是沙河小学的福,是山区人民的福。"梁兴盛说,"我就盼着我们山区人民有进步,能致富。"

梁兴盛在说这话的时候,眼眶湿润了。

"梁师兄,有我们大家在,山区人民肯定能过上更好的日子。"杜大星说。

"梁师兄,你是不是要学习修电脑了?"代杰说,"要是新配置来的电脑坏了,我们都不会修,那可就成废铁一块了。"

"这是个重要问题。我正在自学,希望能够成才。至少目前我知道了一件事:电脑嘛,硬件不容易坏,就是系统容易出问题,我正在研究如何处理电脑系统的问题。"梁兴盛说。

"梁师兄,目前,我们就把维修电脑的希望寄托在你身上了。"江月说。

"保证完成任务!"梁兴盛拍拍胸脯,说,"实在不行,我就到城里拜师学艺。"

"梁师兄,我佩服你!"杜大星拍了拍梁兴盛的肩膀,说,"梁师兄,像你这样的教师,一定是山区教师的脊梁。"

"我不算啊。"梁兴盛说。

"算!"大家异口同声地说。

2001年的暑假结束了,秋季学期开学。

27岁的杜大星,已经担任了三年教务主任。之前的教务主任,为了照顾家庭,调到了区里工作。大学毕业的这六年里,杜大星拿过一次国家级两次省级书法大赛的大奖。他总是利用工作和照顾家庭之余,努力地挤时间练字,他总是说:"古人云'三天不练手生',这话的确不假。"

平时教学工作和教务处的工作忙,杜大星就抽早上、中午和晚上的时间练字。有时候,就连做着饭他也要进屋里写写字。有一次,江月带着贞聊从外面回来,还没进家门,便闻到了煳味儿。

"老杜,老杜……"江月进了屋,却没有听到杜大星的应答。

江月直接冲进厨房,发现锅里的菜已经煳了。江月把锅从灶上端开后,便进屋去找杜大星。杜大星把自己关在房间里,正在专心地练字呢。

"老杜!"江月提高了音量。

"呀,你们回来了?"杜大星回过神来,望着江月。

"今天晚上我们吃什么呀?"江月故意问。

杜大星想了想,一掀起脑袋,说:"哎呀,锅里还炒着菜呢。"

杜大星扔下笔,便往厨房跑去,他看见了煳在锅里的菜,笑了笑,说:"老天有眼,这菜不好吃,给我们煳掉了,我重新炒一锅，绝对美味。"

李心雨也笔耕不辍。她在上课和带孩子之余，不断地阅读，不断地写作，发表了不少作品。这些年，李心雨不仅仅是自己发表作品，仍旧辅导班上的孩子们在全国公开发行的报刊上发表作文，还有孩子在全国作文竞赛中获一等奖。还记得在孩子们上六年级的一天，李心雨收到了一封特别的信，里面装着一份获奖证书。

"天啊，获奖了！"李心雨高兴地对代杰说。

代杰接过获奖证书看了看，高兴地说："这孩子不错啊！这是全国大奖啊！"

"太开心了，比我自己发表了文章还高兴。"李心雨说。

李心雨辅导的学生作文获全国大奖的消息，很快就在全校传开了。

王校长对李心雨说："李老师，你来山区这些年，真是为山区娃娃做了不少事情啊。你给娃娃们订报刊，让他们增加了阅读量，拓宽了视野。你教娃娃们写好作文，还推荐发表，让山区娃娃更加自信。你创建的心语信箱，让山区娃娃有了说心里话的地方，在娃娃们的心理健康方面起到了重要作用。李老师，你是我们师范校培养的优秀人才之一……非常感谢你们扎根山区教育，为山区教育作贡献……"

这一学年，因为有一位家就在大月小学附近的男老师毕业分配回来，代杰就调回到了沙河小学。学校为了照顾夫妻双双扎根山区的家庭，在工作上也作了一些调整：代杰和李心雨同带一个班，代杰上数学课和全校的美术课；杜大星和江月带同一个班，杜大星上数学课和三个年级的写字课，再加上教务处的工作。学校这样安排，方便这两个家庭在带孩子忙碌的时候可以自主调整一下课程，在不耽误工作的同时，还能照顾好家庭。

江月家的杜贞卿和李心雨家的代山都上幼儿园了。因为幼儿园就在校园里，江月和杜大星接送杜贞卿也方便，江月妈妈便回老家去了，因为江月爸爸不太会做饭吃，家里的活也需要她回去一起干。

"心雨，江月妈妈都回去了，我也回去吧，小山上幼儿园了，也不用你们时时照看着，你们接送也很方便。"心雨奶奶说。

"奶奶，您就别回去了，那边家里也没有别的人，您就跟我们住一块儿。"代杰说。

"奶奶，我们都喜欢吃您做的菜，您走了，我们就吃不到了。"李心雨笑着说。

"对！除了我们，江月他们也喜欢吃您做的菜。"代杰说。

其实，李心雨和代杰留下奶奶，并非就是爱吃她做的菜。心雨奶奶年龄大了，也到了需要照顾的年龄，李心雨和代杰商量，让奶奶一直住在学校，度过一个愉快的晚年。

从暑假开始，沙河小学便在积极地筹备"海军希望小学"成立典礼。

新学期开学后不久，这一天，终于到来了。这是沙河小学全体师生的节日，也是全体沙河人民的节日。校园里，全体师生以最佳的精神面貌迎接这一庆典。校园外，挤满了热情淳朴的山区人民。

这一天，沙河小学是一片欢乐的海洋。

这一天，沙河小学全体教师都看到了更加美好的希望，看到了沙河小学更加美好的明天，他们对扎根山区教育，把孩子们教育得更好,增强了信心。

"贞卿,我们的学校叫什么?"江月问女儿杜贞卿。

"海军。"杜贞卿说。

"我们的学校,叫海军希望小学。"江月说。

"我们的学校,叫海军希望小学。"杜贞卿跟着江月说。

"海军希望小学。"江月继续教。

"海军希望小学。"杜贞卿跟着念。

……

杜贞卿快四岁了,除了白天的相处,晚上睡觉之前,江月和杜大星都会尽量抽时间陪她,陪她聊天,给她讲故事。

"贞卿,今天由爸爸给你讲故事。"杜大星坐在床前,对女儿说。

"不要爸爸讲。"杜贞卿说。

"要妈妈讲?"杜大星问。

"贞卿自己讲。"杜贞卿说,"老师讲的。"

"好,贞卿讲故事给爸爸妈妈听。"杜大星高兴地喊道,"江月,快来,听贞卿讲故事。"

江月来到了杜贞卿的床前。

"你们都坐端正。"杜贞卿说。

"好,坐端正。"江月拉过椅子,端正地坐着。

"我开始讲故事了,认真听哦。"杜贞卿俨然一副小老师的模样,她讲道,"从前,有个国王,生了一个漂亮的小公主……小公主在森林里遇上一只青蛙……公主亲了青蛙一下,青蛙身上的诅咒就解除了,就变成了青蛙王子……"

这个故事应该是杜贞卿才听幼儿园老师讲的,她努力地回忆着,断断续续地把故事讲完了。

"贞卿讲得真好!"江月夸赞着。

"能听贞卿讲故事,爸爸妈妈很幸福!"杜大星说。

"爸爸。"杜贞卿喊着。

"嗯。"杜大星应着。

"你也是青蛙变的吗?"杜贞卿问。

杜大星想了想,点点头说:"对。"

"那,我可以亲你一下吗?"杜贞卿问。

杜大星又想了想,点点头说:"可以。"

杜贞卿亲了杜大星的额头一下,然后目不转睛地盯着杜大星。过了一会儿,杜贞卿说:"我以为爸爸会变成青蛙呢。"

"哈哈哈!"江月和杜大星都笑了。

"你们不要笑。"杜贞卿一本正经地说,"如果哪天我有了魔法,我一亲爸爸,爸爸准会变成青蛙。"

"好,爸爸等你拥有魔法。"杜大星一本正经地说。

"算了,我还是不亲爸爸。"杜贞卿说。

"为什么?"江月问。

"爸爸变成了青蛙,不好玩儿。"杜贞卿说。

"好,爸爸不变青蛙。"杜大星抚着女儿的头,说,"乖宝宝,睡觉了。"

……

夜深人静,江月在灯下写着日记。

……

今天，贞卿给我们讲了《青蛙王子》，讲得不错，还差一点把老杜给变成了青蛙，哈哈哈！贞卿在一天天长大一天天懂事的同时，一天天变幻着她的奇思妙想，真是开心。

班上的孩子们上三年级了，在懂事了的同时，捣蛋鬼也多了起来，我得多费些心思引导他们。杨新连续三天迟到，明天我得去家访，看看到底是什么情况。

今天，收到了吴明静的来信。明静在信上说，初三的学习生活很忙碌，每天都有做不完的作业，为了冲刺出好成绩，考上理想的高中，她周末都没有回家，留在学校复习功课。我得好好地给明静回一封信，让她在努力冲刺的同时，一定要劳逸结合，多锻炼身体。等老杜去镇上开会的时候，给明静带点钱去，让她多吃肉。

……

初冬时节。一天，江月和李心雨到城里开小学语文教研会，碰上了师范校时的同学大嘴杨雁。

"呀，江月，李心雨！"杨雁大叫着跑过来，对江月和李心雨又是拉又是拽又是拥抱。

"哇，杨雁！"江月高兴地叫了起来。

"你一点都没有变。"李心雨对杨雁说。

"我倒是希望能变，把嘴变小一点，哈哈哈！"杨雁说完，张大嘴巴，哈哈大笑起来，那嘴巴越发的大。

"你们家管得宽先生还好吧？"江月问杨雁。

"好得不能再好。"杨雁笑着说。

"他还管得那么宽吗?"李心雨问。

"现在是我管得宽了,哈哈哈!"杨雁说完,又大笑起来。

杨雁和宦德宽分配回家乡的中心小学后,因为杨雁的音乐极好,两年前已经调到了城区的一所小学,宦德宽也跟着调来了。杨雁原来是以音乐老师的名分调来的,但现在学校缺语文老师,她除了教音乐,还要教一个班的语文。

"这又一次体现了我们中师生都是万金油,哪里需要就往哪里抹,不管往哪里抹都管用。"杨雁笑着说。

"那是,就是让我们上体育课也一样不在话下。"江月说。

说起家庭,杨雁高兴地说:"呀,江月,你跟老杜终于修成正果了。"

"嘻嘻——"江月笑着。

"心雨,我相信代杰一定很优秀。"杨雁说。

"谈不上优秀,但是工作很努力。"李心雨说。

聊到孩子,杨雁说:"我们家那淘气鬼,现在在城区最好的幼儿园,那里条件可好了,老师配得好,学校的教学设施也很先进……江月、心雨,有句话叫'不要让孩子输在起跑线上',孩子一定要从幼儿园便上最好的学校……江月,你们家老杜的字写得那么好,这叫特长,肯定会有城区的学校抢着要他……心雨,你发表了那么多文章,你想要调进城,一定不费吹灰之力……你们这样的优秀人才,一直呆在山区学校,真是屈才了……趁着还年轻,考虑一下调动的事情吧,就算是为了孩子好……你们在山区奉献了这些年,有调动的想法,相信组织上也能理解……"

会后,江月顺便回家去看了爸爸妈妈。爸爸妈妈虽然没有提调动的事，但他们对江月说，谁的学校离家近，谁天天上了课就可以回家……江月知道，爸爸妈妈多么希望她能守在身旁啊！

回到沙河小学，江月动了想调动的心思。

"心雨，你想调动吗？"江月问李心雨。

"你想调动了，是吧？"李心雨问江月。

"嗯。"江月点点头，说，"可是，我不敢跟老杜提这事。"

作为教务主任的杜大星，一头扎进工作里，搞教研提质量，为学校的发展拼尽全力，他来这里就是为了扎根山区教育，为山区教育作贡献，他从来没有想过调动的事情。

"我跟代杰商量过这事了。"李心雨说，"代杰说，没有想过要调动。他说，这里的条件比大月小学好多了，比四面山的一些村小好多了。说实在的，看到孩子们成长，我很幸福。我们读师范校，学本领，不就是为了教育孩子吗？我们当年志愿申请到山区来工作，不就是想着为山区教育作贡献吗？现在想着要调动，就违背了我们的初衷……我是这样想的。"

"嗯，你说得也对。"江月说。

"江月，你想调动，我也能理解。我奶奶跟我们生活在一起，我在老家也没什么别的牵挂了。而你不一样，老家还有爸爸妈妈，你想调回去照顾他们，我们都能理解。但前提是你要做好老杜的思想工作。"李心雨说，"老杜平时挺善解人意，但在调动这件事情上，你可得好好跟他沟通。"

江月原本也想打消调动的念头，可是，杨雁的话一直在她的耳边，爸爸妈妈的念叨一直在她的耳边，她对自己说："一定要想办法调动，要么给贞卿一个好的学习环境，要么到离爸爸妈妈近一些的地方。"

也正巧，就在江月不知道该怎么跟杜大星说起调动的事情的时候，家里的电话响了，杜大星不在家，电话是江月接的。电话是杜大星在大学时的同学打来的，他当年毕业后分配到了重庆城区最好的小学，今天打电话来，说有个调动机会，他们学校特别需要书法老师，他觉得杜大星最适合，便给学校推荐过了，学校已经同意面试，现在就看杜大星的意思了。那个同学还说，如果杜大星愿意，杜大星先去，等下一年，学校有老师退休，会有编制空出来，学校会把江月也调过去。

江月心中一喜：到重庆城区最好的小学去工作，那贞卿就可以接受到最好的教育了。

杜大星在办公室忙完了工作，刚踏进家门，江月便高兴地对杜大星说："老杜，有个好消息要告诉你。"

"什么好消息？你这么兴奋。"杜大星问。

"我们贞卿可以到重庆最好的幼儿园上学了。"江月笑着说。

"怎么回事？"杜大星问。

江月兴致勃勃地把刚才接电话的事告诉给了杜大星，哪知杜大星却并没有露出高兴的神情，他说："我要是愿意留在那里，当年就留下来了，用得着现在才折腾吗？"

杜大星的话，像一盆冷水，浇在了江月的头上。不过，江月依旧没有放弃，她说："当年还没有贞卿啊。现在，我们得为贞卿考虑，让她受到最好的教育。"

"那你说说，什么叫最好的教育？"杜大星问。

"学校条件好，师资好，就能让孩子得到最好的教育。"江月说。

"我承认,这样的教育,是算好的教育。"杜大星说,"不过,最好的学校里,也有不成器的孩子对不对?而在我们这样条件相对艰苦的学校里,只要老师和孩子们一起努力,也会出人才,对不对?"

"我说不过你。"江月有点不高兴了。

"这里又没有裁判,不需要输赢。"杜大星笑着说,"如果有裁判的话,我会主动投降认输的。"

江月瞪了杜大星一眼,想笑,却又笑不出来,她想了想,把杨雁的话抬了出来,她说:"不管怎么说,我不能让我们家贞卿输在起跑线上。"

"'不要让孩子输在起跑线上',现在很流行这句话。可是,大家都是在断章取义,你这么爱读教育理论,难道你还不知道这句话的出处吗?这是卢梭的名言,原句是这样的:'不要让孩子输在起跑线上,是对儿童的摧残。'我想,这句话的深刻含义,不用我来解释给你听了吧?"杜大星继续说,"城里的孩子需要写字老师,山区的孩子就不需要了?在城里,找个能教好写字课的老师很容易,在我们山区容易吗?我们贞卿需要得到更好的教育,这山里别人家的孩子就不需要吗?我们贞卿,除了老师,还有我们自己可以教育,而这里的农家孩子,却只有我们可以教……"

江月觉得杜大星说得很有道理,但她心里却总是梗着什么,总觉得顺不过那口气来。她着着实实地生了好几天闷气。

心语信箱里的信又满了。李心雨取了信,请江月一起回信。

"江月,这次的任务又很艰巨呢,这么多的信。"李心雨把厚厚的一叠信交到江月手上。

"噢,是够多的。"江月说。

"那事,老杜不同意吧?"李心雨说,"你又不是不知道老杜的性格,把那事放下吧,不要跟自己生气。"

"他呀,什么都好,就是那犟脾气,十头牛也拉不回来。"江月说。

"如果用牛都能拉得动,这老杜就不属于你了。"李心雨笑着说,"在大学里,我不相信没有女生喜欢老杜。你知足吧!"

"哼,你也合伙欺负我。"江月假装很生气。

"好了,不生气了,这么多信等着我们回呢。"李心雨说。

江月在给孩子们回信的时候,内心充满了自豪感。在晚上的日记里,她这样写道:

不知道到底为了什么,我竟然差一点放弃了自己曾经的最引以为豪的做法:志愿申请到山区来当老师。为此,我还跟老杜置气。现在想来,我真是太不懂事了,或者叫太偏激了。

与城区的孩子们相比,山里的孩子们更需要我们。我们也离不开山里的孩子们,比如这心语信箱,如果哪一天我们失去了心语信箱,失去了给我们说心里话的孩子们,如果不再当心语姐姐,我们一定会丢失了自己。

调动的事情,我不会再提。

……

这一年的冬天,格外冷。

在城里最好的高中念高二的陈安，在这隆冬季节，经历了爷爷离世的伤痛。

"爷爷……爷爷……呜呜呜……"陈安在爷爷的坟前，长跪不起。

梁兴盛守在陈安身旁，无声地陪伴着陈安。

自从陈安上初中后，他的学费和生活费，基本都是梁兴盛在出。因为梁兴盛一直没有再成家，家里人也埋怨过梁兴盛："你也不再成个家，一心就为陈安考虑，莫非你老了能靠得了他？"

"我不图靠谁，只图心安。"梁兴盛说。

现在，陈安爷爷离世了，村里的人都说陈安成了孤儿。然而，陈安并不是孤儿，他有那么多的亲人在关心着他，帮助着他。

"以后，把我这里当成你的家。"梁兴盛对陈安说，"梁老师别的东西没有，但是我这里有亲情。遇到困难了，遇到高兴不高兴的事了，都回来跟梁老师说一声。"

"扑通——"陈安跪在了梁兴盛面前。

"陈安，起来。"梁兴盛扶起泪流满面的陈安，他自己也泪流满面，他说，"我们都要好好地生活下去。"

"嗯。"陈安重重地点了点头。

江月、杜大星和李心雨、代杰坐在一起商议，他们决定跟梁兴盛一起帮助陈安念完高中，念完大学。一开始，梁兴盛不同意，说这样会给这两个家庭带来经济上的负担。

"梁师兄，一直以来，我们都把陈安当成我们自己家的孩子，我们家是这样，代杰家也是这样。"杜大星说，"现在，陈安爷爷走了，我们大家都是他的亲人，所以，我们大家一起资助他，给他更多的爱,让他好好地念完高中,念完大学,不是很好吗?我们三个家庭一起来帮助陈安,大家的压力都不会太大,同时大家都收获到了帮助陈安的快乐……"

杜大星终于说服了梁兴盛,三个家庭一起来帮助陈安。

在高考前夕,杜大星去城里开会的时候,专门去学校看了陈安。杜大星和陈安在校园里一边走一边聊天。

"陈安,紧张吗?"杜大星问。

"有点紧张。"陈安说,"不过,我们班上还有比我更紧张的同学,整晚整晚地睡不着觉。"

"有点紧张很正常,一点都不紧张却不正常。"杜大星说,"有句话叫'有压力才有动力',不过,压力太大了也不行,要学会调整自己。我们不能急于求成对吧?就算明天就要高考了,也不能在今天一口气学到很多知识,得循序渐进,慢慢来……"

"谢谢杜老师!"陈安说,"杜老师,如果一个人知道他最终的归宿在哪里,他还需要有理想吗?"

杜大星沉默了一会儿,说:"有些东西我们无法改变。但我们可以改变自己,比如,让自己变成一个有远大理想的人,让自己变成一个有奋斗精神的人。有远大的理想,有奋斗精神,我们才能走得更远,飞得更高。虽然,我们最终都可能要回到最贫瘠的地方,做一份最默默无闻的工作,但也不影响我们满腹经纶……"

听了杜大星的话,陈安也沉默了好一会儿。

"杜老师,我的高考志愿,可以报师范院校吗?"陈安继续问,"如果我当老师,会被嘲笑吗?"

"陈安,你记住,职业无高低贵贱之分,任何职业都是平等的，都是高贵的，因此，任何一位努力做好本职工作的人，都是值得尊敬的。"杜大星说，"教师是人类灵魂的工程师，是太阳底下最光辉的职业，不管是谁，选择了太阳底下最光辉的职业，都不应该被嘲笑……"

陈安不由自主地拉着杜大星的手，说："谢谢您，杜老师！您让我明白了许多。"

杜大星回来后，把自己跟陈安的交流给大家讲了，大家都感到很欣慰，毕竟陈安越来越懂事了，越来越阳光了。

"老杜，谢谢你！"梁兴盛说，"你让陈安又成长了许多。"

"谢什么啊，我们一起陪伴着陈安成长，是应该的。"杜大星说。

"说实在的，我觉得陈安是我们大家学习的榜样。"江月说。

"他那种积极向上的心态，真值得我们学习。"李心雨说。

"陈安有今天的阳光，离不开你们的帮助。"梁兴盛说，"你们都是陈安生命中的贵人。"

"梁师兄，你不要说得这么客气。"代杰说，"我们的职业是老师，教书育人是我们的天职，给陈安最好的教育，也是我们的职责。"

"嗯，代杰说得对。"杜大星说，"我们身边的每个孩子都需要我们用心去浇灌，他们才能长成参天大树。"

"让孩子们长成参天大树，才是我们守在山里要做的事情。"代杰说。

2003年的暑假里，陈安收到了一所师范大学特殊教育专业的录取通知书，大家都为他祝福。

"我一定会努力,成为像你们这样的优秀教师。"陈安说。

"陈安,既然作了选择,就要用一生的时间来守护自己的理想。"江月说。

"嗯,江老师,我记住了。"陈安说。

……

在无比的喜悦中,大家为陈安准备了学费、生活费以及生活用品,都把他当成自己家的孩子看待。

江月和杜大星同时供着上学的,还有吴明静。在陈安去上大学的这一学期,吴明静升上了高中二年级。她在给江月的信中提到自己压力很大,总觉得自己比不上别人,有着极大的自卑情绪。

"你赶紧给明静回一封信,下周我要去城里替校长开会,到时候我找她谈谈。"杜大星说。

"好的。"江月说完,便开始给吴明静写信。

明静:

    见信好!

    收到你的来信,我们很高兴,你学习这么忙,还抽时间给我们写信,而且愿意跟我们讲心里话,我和杜老师都非常感谢你对我们的信任。

    明静,高二了,你感觉到学习压力很大,这是正常的。试想,一个上高二的孩子,如果一点学习压力也没有,那他应该是一个不爱学习的孩子。明静,你看看你的周围,哪个同学没有压力呢?哪怕是你们班上的第一名,一定也有压力,只不过,有些同学不把压力写在脸上,而是深藏在心底,我们大家都看不到罢了。明静,我们每个人都生活在压力中，因为我们每个人的肩上都有一份责任，都有一个理想，我们都在为着这份责任，为这个理想而努力着，唯恐自己做得不够好，所以，我们都有压力。我们有压力，表明我们在意我们正在做的这件事情。我想说的是，如果压力太大，一定要学会调解，学会给自己松绑，最后化压力为动力，为着责任，为着理想而努力拼搏。

你是大山的女儿，你走出了大山，到城里的高中上学，你应该为自己感到骄傲。回头看看你的同学们，有些小学毕业后就辍学了，有的初中毕业后就外出打工了，而你，一路努力，上了城里最好的高中，你是大山的骄傲啊！你觉得你比不上别的同学，你在跟别的同学比什么呢？比衣着打扮吗？你的朴素超过了许多同学。比长相吗？亭亭玉立的你无可挑剔。比成绩吗？只要你在不懈地努力，不断地超越自己，你就是最棒的。明静，你不用自卑，你应该自信才是！你是我们大家的骄傲！你也是你自己的骄傲！

明静，时间过得真是快呀，你都高二了。想起当年你小学一年级入学的时候那小小的害羞的模样，我悄悄地快乐地笑了。明静，你一定要问我在笑什么，告诉你吧：你长大了，大方了，开朗了，懂事了……你有着那么多的优点，真是让我开心呀！

明静，你要向陈安哥哥学习。陈安，他不仅是你学习的好榜样，也是我们大人学习的好榜样。这么多年来，他没有被疾病打垮，身体没有垮，精神也没有垮，他那坚韧不拔的精神，值得我们每一个人学习。四年后，也就是你大三的时候，陈安哥哥就走上讲台了，那时候，相信他是最棒的教师，相信你也是最棒的大学生。

明静，你不要再多想什么，一门心思扑在学习上，争取学业进步。我们如果去城里开会,一定会去看你的。

祝你

身体健康,学习进步!

江老师

封上信封,贴好邮票,江月对自己说:"江月,你一定要坚守山区教育,守护更多的山区孩子,长成参天大树。"

23.两个小懂事

就在陈安进大学的这一年,2003年9月,杜大星已经升任为学校的副校长,江月的女儿杜贞卿和李心雨的儿子代山也入学了。

杜贞卿是个爱思考的女孩,跟杜大星一样,点子特别多。代山是个很有责任感的男孩,在家就是一个小主人的模样,还一直把杜贞卿当成亲妹妹来保护着。

梁兴盛是杜贞卿和代山的班主任兼数学老师,他依旧如父如母,做孩子们的引路人。

"妈妈,我们班刘波的裤子撕破了,梁伯伯拿针线来给他缝好了。"杜贞卿回家来,对江月说。

"梁伯伯一直是个好老师。"江月说。

"刘波没有爸爸妈妈,好可怜。"杜贞卿说。

"嗯,你和同学们要多帮助刘波哦。"江月说。

"当然了,他的铅笔丢了,我还送过他一支铅笔呢。"杜贞卿说。

"好样儿的!"江月表扬了女儿。

紧接着,杜贞卿把嘴凑到江月的耳朵边上,很神秘地对江月说,"妈妈,我想告诉您一个秘密。"

"什么秘密呀？"江月笑着问。

"您一定要保守这个秘密哦。"杜贞卿特意强调，"一定不能告诉给心雨阿姨。"

"好，一定不告诉。"江月说。

杜贞卿悄声告诉江月："今天，代山哥哥把他的一双皮鞋送给了刘波。代山哥哥说，他给心雨阿姨讲，他不小心把皮鞋弄丢了。妈妈，您一定要保密哦。"

"保密，一定保密。"江月很认真地对杜贞卿说。

杜贞卿说的刘波，江月见过。刘波这孩子，家庭经济一定非常困难，一身已经很短了的不合身的衣裳，补丁也补得不齐整，因为是他爷爷替他补的。2003年，较之于江月他们刚分配到沙河小学来的1993年，这十年间，山区发生了很大的变化。通了公路，大家交通方便了，虽然大家赶集还是喜欢走路，但搞个建设运个化肥什么的，都用上了摩托车或者是机动三轮车甚至是小货车。十年间，在农村，一幢幢新房子拔地而起，沙河街上也添了好几幢楼房，平添了几许生气。现在的孩子们的穿着，与十年前相比好很多了，基本上看不见光脚上学的孩子了。家庭经济稍困难些的孩子，无非就是中午的饭菜简单一点，零花钱少一点，穿的衣服便宜一点。学校食堂里，吃午饭的孩子越来越多，带饭到学校来吃的孩子越来越少，饿着肚子不吃午饭的孩子基本没有了。听说大月小学也开设了小食堂，请了一个工人来专门为孩子们煮饭，饭菜虽然简单，但老师和孩子们总算能吃得上热腾腾的午饭。条件好了，江月曾跟李心雨戏言："我们给孩子们热饭菜的事业，破产了，我们也跟着失业了。"

在这样的条件下，刘波还穿打着不齐整的补丁的衣服，还穿着破胶鞋来上学，家庭条件的确是不好。

然而，刘波在收到代山送给他的皮鞋后，却并没有穿在脚上。懂事的刘波把皮鞋交给了梁兴盛，聪明的他对梁兴盛说："梁老师，代山把皮鞋弄丢了，我捡到了……"

梁兴盛把皮鞋藏在身后，对代山说："代山，你的皮鞋丢了?"

"丢了丢了，真的丢了。"代山的眼睛骨碌碌地转，他说，"刘波那双皮鞋，是他爷爷给他买的，跟我的皮鞋一模一样，但绝对不是我那双。"

梁兴盛笑了，他慈爱地望着代山，一时不知道该说什么才好。

"梁老师，刘波那双皮鞋……真不是我送的……"代山有些着急，他说，"我的皮鞋丢了，不知道丢到哪里去了……"

梁兴盛把皮鞋拿到代山面前，说："代山啊，你很聪明，刘波也很聪明。这双皮鞋，你拿回去吧，刘波会有一双新皮鞋的。"

代山拿着"丢失了"的皮鞋，悄悄地回了家。李心雨发现这双皮鞋后，问代山："小山，这皮鞋怎么回来了?"

"它认识路，自己就回来了。"代山竟然将计就计，这样回答李心雨。

事后，大家聚在一起聊起这件事的时候，都笑得直不起腰来。

现在，山区的经济条件虽然好了不少，但孩子们在上学的路上依旧会打湿鞋袜、裤子，甚至摔进水田里，一身泥水来到学校。

这一天朝读课的时候，杜贞卿急急忙忙跑回家，从衣柜里拿了一条裤子，又跑进了教室。原来，班上有个女孩尿了裤子，又不敢跟老师说，只有自己悄悄地流眼泪。懂事的杜贞卿一看，便知道她的同学尿了裤子，因为她听大人们聊天的时候知道有孩子尿了裤子

349

不敢说，只是悄悄地哭。

"贞卿，你不怕你同学把你的裤子给弄臭了吗？"杜大星假装虎着脸问杜贞卿。

"爸爸，您太没有爱心了！"杜贞卿一本正经地说。

"是吗？"杜大星问。

"是！我和妈妈都要批评您！"杜贞卿说，"妈妈会给打湿了裤子的学生换裤子，会拿热水给学生洗脚，会给那些长冻疮的学生烫手……可你，什么也没有做。"

"贞卿，爸爸忙学校的事，班上的事就由妈妈来做了。"江月笑着替杜大星解围。

"贞卿批评得对！以后，我也要多抽时间来关心班上的学生。"杜大星说。

"好，我和妈妈等着看爸爸的表现。"杜贞卿说这话的时候，像个小监督员。

事后，杜大星对江月说："言传不如身教！你教得好。"

"我很高兴，爱，是可以传承的。"江月自豪地说。

在这一年的隆冬季节，发生了一件令江月心里打鼓的事。

一天，江月发现杜贞卿的存钱罐空了。一直以来，杜贞卿都像一个小财迷一样，把一枚枚硬币投进她的存钱罐里，谁也不能动用她的这些钱。现在，这存钱罐突然空了，钱到哪里去了呢？

"是不是拿去买零食了？"江月一边想，一边朝学校的小卖部走去。

可是，小卖部的杨姐却说杜贞卿没有去买零食吃。这到底是怎么回事儿呢？

说来也巧,江月碰上了李心雨,李心雨也说儿子代山的存钱罐空了。

"两个小财迷的存钱罐同时空了?"江月张大了嘴巴。

"这两个小家伙,一定有秘密。"李心雨笑着说。

"那我们静观其变?"江月问李心雨。

"嗯,静观其变。"李心雨笑着说,"狐狸尾巴总会露出来的。"

过了两天,梁兴盛找到江月和李心雨,一副很严肃的样子,可把江月和李心雨吓了一跳。

"梁师兄,你不要吓我们,赶紧说说,这两个孩子是怎么回事?"江月问。

"就是呀,你赶紧说说是怎么回事。这两个孩子把存钱罐里的钱都拿走了。"李心雨说。

"我不吓你们了。"梁兴盛笑了,他说,"贞卿和小山,拿来一些零钱,让我去买几条裤子放在班上,给那些在路上打湿了裤子的同学换,说要向你们学习。还责怪我之前添置的那几条裤子不够用,哈哈哈!"

"哇,虚惊一场。"江月松了一口气。

"好,总算没有白养。"李心雨笑了。

"梁师兄,这两个小淘气鬼,一定是受了你的影响,学会献爱心了。"江月说。

"是呀,什么样的老师就会教出什么样的学生来。梁师兄的爱心,感染了贞卿和小山。"李心雨说。

"你们俩就不要总是夸奖我了,我们大家都一样,在平凡的工作岗位上,做着平凡的事情。"梁兴盛把钱递到江月和李心雨面前，说，"这些钱，你们拿回去吧，放回孩子们的存钱罐里。"

"不用收回来了，这是孩子们的爱心。"江月说。

"江月说得对。梁师兄，这钱虽然不多，但它是孩子们的爱心，你拿去，为班上再多添两条裤子备用吧。"

就这样，杜贞卿和代山存的零钱，变成了两条裤子，放在梁兴盛那里，跟之前添置的裤子们放在一起，随时准备着为那些走路打湿了裤子的孩子换上。

在存钱罐空了的事件发生不久后，江月又发现了一件让她惊讶的事情。

星期天，江月在阳台上洗完了衣服，晾好，进到里屋的时候，发现杜贞卿慌慌张张地往抽屉里藏着什么。江月假装不知道，她允许孩子有自己的小秘密。而且，江月坚信：孩子的小秘密藏不了多久就会露出小尾巴，或者是孩子自己忍不住主动把秘密给讲了出来。

可是，当江月走到自己的书桌旁的时候，发现刚刚摆在桌面上的信少了一封。江月清楚地记得，她今天要回的信有六封，而现在桌面上摆的信只有五封。还有一封信到哪里去了呢？联想起刚才杜贞卿的表现，江月心想："一定是贞卿把信拿走了。"

杜贞卿拿信有什么用呢？杜贞卿识字早，还学会了查字典，偶尔遇到不认识的字可以跳过，她大概可以把一封信读完。难道她仅仅是为了读到心语信箱的信吗？江月开始观察杜贞卿，她从杜贞卿的卧室门前经过的时候，假装没有看她。

"妈妈，我要向心雨阿姨学习，当小作家，我要写文章了，你不要来打扰我哦。"杜贞卿对江月说了这话后，便把卧室门给关上了。

江月明白了:"这家伙,一定是在写回信。"

果然不出江月所料,杜贞卿这会儿正在给一位有烦恼的小姐姐回信呢。她写道:

姐姐,我是杜贞卿。谢谢你给心语信箱来信!你说你妈妈喜欢骂你,我觉得她那是爱你。你想,如果你妈妈不爱你的话,她就不理睬你了。姐姐,我希望你和你的妈妈和好。祝你们全家开心!姐姐,我想跟你做朋友,你同意吗?

这其中,"骂"字、"睬"字和"意"字她不会写,一开始用了拼音代替。但又觉得不妥,便查了字典,把拼音改成了汉字。

不一会儿,代山出现在江月家门口,他小声喊道:"贞卿妹妹,贞卿妹妹……"

江月假装没有听见,一直躲在厨房里。

"小山哥哥,什么事啊?"杜贞卿从卧室里出来,小声说,"我在写回信。"

"我也写了,你去帮我看一看。"代山说。

"好。"杜贞卿说完,便去了代山家。

江月在心里笑了,她对自己说:"这两个小家伙,还真有秘密瞒着我们呢。"

等杜贞卿回来后,江月对她说:"贞卿,妈妈请你帮个忙,你愿意吗?"

"好啊好啊,我最喜欢帮妈妈做事了。"杜贞卿高兴地说。

江月把杜贞卿带到自己的书桌旁,指着桌面上的信件,说:

"现在，心语信箱里的信越来越多，妈妈真是忙不过来了，你能跟妈妈一起写回信吗？"

一听这话，杜贞卿瞪大了双眼，说："妈妈，您说的是真的吗？"

"是真的呀，妈妈什么时候骗过你？"江月说。

"哇！我要告诉小山哥哥去。"杜贞卿说完，等不及江月说话，便一溜烟往代山家跑。

不一会儿，代山也跟着杜贞卿来了。代山对江月说："阿姨，我也想写回信，可以吗？"

"当然可以啊！"江月说，"我去给你妈妈说，她一定会同意你们加入写回信的队伍里面来。"

"哇！真是太好了！"代山高兴得跳了起来。

江月这一招可真够妙绝！不多一会儿，杜贞卿和代山便把他们写的回信拿出来，让江月和李心雨指点，看有没有写得不好的地方。

江月和李心雨很认真地读着孩子们写的回信，读着读着，都两眼发出了欣喜的亮光。

"心雨，我们交换看。"

"好。"

江月和李心雨交换着看孩子们写的回信，都感到很欣喜。

"写得好！"江月表扬着孩子们。

"贞卿，小山，你们写得非常好。"李心雨说。

杜贞卿和代山相视一笑，还扮着鬼脸。

"不过，你们现在还小，文章写得不长，还有学习任务，你们每周回一封信，好吗?"江月说。

杜贞卿和代山看了看江月，又看了看李心雨，仿佛在等李心雨发话。

"嗯，说得对。"李心雨说，"等你们长大了，就可以多帮我们写一些回信。"

"多大才叫长大呢?"杜贞卿问。

"长到几岁才叫长大呢?"代山问。

"工作了，就叫长大了。"江月说。

"小山哥哥，我们一定要快快地长大。"杜贞卿说。

"嗯，等我们长大了，也当老师吧，也要设一个心语信箱，那时候，我们就有回不完的信了。"代山说。

"好啊好啊!"杜贞卿高兴地说。

听见孩子们的话，江月的眼前仿佛真的浮现出孩子们长大了的身影，她仿佛看见两个老师正在伏案回信……

"妈妈，明静姐姐这周要回来了吧?"杜贞卿的话，把江月的思绪拉了回来。

江月这才想起，前几天收到吴明静的信，她说这周放假，她要回来看江月。

"妈妈，不要忘了用茶树菇炖鸡哦，您说过，茶树菇炖鸡很有营养，要等明静姐姐回来吃。"杜贞卿提醒着江月。

"谢谢贞卿提醒妈妈!"江月笑着说。

前不久，班上一个孩子拿了一包晒干了的茶树菇来，杜贞卿嚷着要吃，江月告诉她，茶树菇炖鸡很有营养，等明静姐姐放假回来再吃，因为明静姐姐学习很辛苦，很需要营养。杜贞卿一直记着这事儿呢。

杜贞卿的懂事，让江月感到很欣慰，她在日记里写道：

……

我原本以为，把贞卿带到城里最好的学校，才能给她最好的教育。现在看来，我错了。我们以身作则，把自己的工作做好，自己做一个优秀的人，便是给孩子最好的教育。

……

在杜贞卿上小学二年级的那个春天里，李心雨在忙着赛课的事情，她要代表整个津南片区到城里赛课。这样一来，江月便要花更多的时间来处理心语信箱里的信件。

这几天，杜大星外出交流学习去了，家里就只有江月和杜贞卿。这一天，江月从心语信箱里取了信回到家，坐在办公桌前，一封一封地读着。这时候，杜贞卿背着书包回来了，她两颊绯红，没有了往日走路时那雄赳赳气昂昂的气势。

"妈妈。"杜贞卿来到江月身旁，轻轻地喊了一声。

江月正忙着写回信，她连看也没有看孩子一眼，便应了一声："贞卿，乖，自己做作业去啊，妈妈忙呢。"

杜贞卿便没再喊妈妈。江月以为孩子做作业去了，便只顾着写回信。

这可不是一封一般的回信。当江月读到一个六年级的孩子的来信的时候，她特别着急。这个孩子在信里写道：

……

心语姐姐,我有时候甚至怀疑我不是我爸爸妈妈亲生的,我是他们捡来的。他们很长时间都不回家来看我,有时候会给我打电话,可是,电话里说不了几句话就会吵起来,他们吵我,我就挂电话。前两天,他们又给我打了电话,我让他们抽空回家来,他们说要挣钱,钱钱钱,钱比我还重要吗?我们又在电话里生气了,话还没说完便挂了电话。

爸爸妈妈这样对我,我觉得活着没什么意思,我真想死,这样,或许我就解脱了。心语姐姐,我特别想收到您的信……

……

江月怀着担忧的心情给这个女孩回信,她希望在明天早晨便把这封信送到这个女孩的手上,替她解决烦恼,让她健康快乐地成长。

江月一口气写了好几页信纸。

突然,江月的心不知道被什么给揪了一下,她愣了一会儿,回过神来,便开始喊:"贞卿,贞卿……"

没有杜贞卿的应答声。江月以为孩子做完作业出去玩儿了,便也没在意,便开始做晚饭。

江月做好了晚饭,她在阳台上大喊:"贞卿,回来吃晚饭了。杜贞卿,回来吃晚饭了……"

可是,却没有应答声。

江月以为杜贞卿在李心雨家跟代山一起玩儿,便到李心雨家寻找。可是,李心雨家里并没有杜贞卿。代山说:"贞卿妹妹放学就回家了，她没有来我们家呢。"

李心雨跟着江月找遍了校园的每一个角落，也没有找到杜贞卿。

杜贞卿去哪里了呢？这可急坏了大家。

就在大家急得不可开交的时候，江月接到了住在沙河街附近的肖静老师打来的电话，说："江老师，贞卿在沙河诊所里……"

"啊？"一听孩子在诊所里，江月吓了一跳。

"江老师不要着急，贞卿没事，你们来接回去吧。"肖静老师说。

江月着急出门去接孩子，李心雨对她说："江月，让代杰骑摩托车带你去接贞卿，天黑了，你一个人去不安全。"

就这样，李心雨在家里陪着代山，代杰带着江月去了沙河街上。

见到杜贞卿的时候，杜贞卿已经在诊所的床上睡着了。医生说："老师，你们还真是大意啊，孩子发高烧都不知道，还让她一个人跑出来。不过她现在没事了，吃了药，打了针，睡着了。"

"谢谢医生！"江月说。

原来，杜贞卿下午放学回家来，感觉身体不舒服，头重脚轻，走路摇摇晃晃，便喊了一声"妈妈"，那时候江月正忙，没有理会她。懂事的杜贞卿已经习惯了爸爸妈妈的忙碌，她便在床上躺了一会儿。可是，躺着并不能解决问题，而且越躺越不舒服，她对自己说："我要去看医生。"

杜贞卿起床来，拿着自己的零花钱，来到村卫生室，门却关着。她又对自己说："沙河街上有看病的地方。"她便独自朝沙河街上走去。一路上，杜贞卿还很高兴，她认为她没有给妈妈添麻烦，她要去诊所拿药，看病，回去后告诉妈妈："我长大了，能干了。"

杜贞卿硬撑着走过新房子，走过青杠坡。还没到诊所，她便走不动了，迷糊中，便在路旁睡着了。有好心人看见了路过的杜贞卿，一摸，发着烧呢，便送到了诊所。

有在诊所看病的人说："这女娃，像是沙河小学杜校长的女儿。"

于是，诊所的医生便给住在沙河街附近的肖静老师打了电话，请她来确认一下，看是不是杜校长的女儿。肖静老师来确认后，便给江月打了电话。

江月搂着杜贞卿，泪流满面。

当晚，江月在日记里写道：

……

贞卿，我懂事的女儿，妈妈对不起你！

你一直很懂事，很少让我们操心，所以，在我和爸爸工作繁忙的时候，往往忽略了你。在我和爸爸的心中，学校的工作很重要，班里的孩子们很重要，却唯独没有觉得"你是最重要的"。贞卿，我们对不起你！

今天，你发了高烧，妈妈却没有察觉，这是妈妈的严重失职，这才导致你一个人去看病，甚至在路边睡着了。幸亏你遇上了好心人，要是遇上坏人，后果真是不堪设想，爸爸妈妈一定会后悔一辈子。

贞卿，以后，爸爸妈妈一定会多照顾你的感受，多花心思在你的身上,在你的成长路上,我们一定不会缺席。

……

杜大星回来后,江月给他讲了孩子独自去沙河看病的事情。杜大星却笑着说:"好啊好啊,说明长大了懂事了。"

"你这人,怎么这样啊!"江月责怪道。

"长大了懂事了,有什么不好吗?难道要像刚出生时那样,天天抱着,天天喂水喂奶,天天哄着?哈哈哈!"杜大星说完,哈哈大笑起来。

"哼,你就不心疼贞卿。"江月故意说道。

"父母太心疼孩子了,孩子会永远长不大。"杜大星说,"我们不能总是像老母鸡护小鸡娃一样,我们要舍得放手……"

"好了,行了,一说到这些,你就像教育家一样。"江月抢了杜大星的话茬儿。

"你看了那么多教育理论方面的书,你才是教育家。"杜大星笑着说。

在杜贞卿独自去看病后不久,李心雨家的代山也闹腾了一回。

代山特别喜欢跑到梁兴盛家去玩。这一天,他到梁兴盛家里玩耍的时候,见梁兴盛在修理雨伞。

现在孩子,家庭条件好了,都用上了雨伞,以前用的斗笠和塑料薄膜雨衣,已经过时了,被淘汰了。现在的孩子,下雨天,你如果像1993年那会儿一样,给他一顶斗笠或一件塑料薄膜缝成的雨衣,他宁可淋雨,也不会把斗笠戴在头上,不会把这种雨衣披在身上,用他们的话来说:"太丑了!"

为了能在下雨的时候给没有带雨伞的孩子救急,梁兴盛添置了一些雨伞。雨伞总是会坏的,梁兴盛便成了修伞工。用梁兴盛的话来说:"我也许都可以靠修伞来挣钱了。"大家也戏说梁兴盛:"梁老师,修了电器修电脑,修了电脑修雨伞,修了雨伞又修什么呢?"

梁兴盛有时候沉默不答,有时候会说:"等我退休了,就修理自己呗,到那时候,自己身上有一些零件可能也应该要修理了。"

梁兴盛在修理东西的时候,代山最喜欢在一旁观看。代山很聪明,他时不时会提一些问题:

"梁老师,雨伞的骨子,可不可以焊接呢?"

"梁老师,电脑有时候出现黑屏,有时候出现蓝屏,是不是对用电脑的人有意见啊?将来,如果让我去造电脑,我就让电脑会跟着人们的心情来改变屏幕的颜色。"

"梁老师,现在让您修录音机的人越来越少了,录音机是不是被电脑代替了?"

……

代山还私自打开过家里电脑的机箱,拆下过硬盘。代杰警告他:"你要是把你妈妈存在电脑里的文章给搞丢了,看她怎么收拾你。"

代山却十分有把握地说:"梁老师说过了,只要不把硬盘拆坏,只要不动电脑程序,什么都丢不了。"

这会儿,代山在看梁兴盛修雨伞。这段时间,春雨多,雨伞使用的频率高,坏得也快。

"梁老师,这两把伞,也修吗?"代山指着边上的两把雨伞,问。

"那两把雨伞修不好了,让它们光荣地退休吧。"梁兴盛说。

"我拿回去试一试,好吗?"代山说。

"可以。不过,你要注意哦,伞骨子会割破手。"梁兴盛说。

代山拿着这两把被梁兴盛退休的雨伞回了家。他鼓捣了好一会儿,都没能把这两把伞修好。可是,代山总觉得班上不能缺了这两把雨伞,他想:"要是天突然下雨,很多同学都没有带雨伞的话,那么,梁老师准备的雨伞就不够用……所以,不能缺了这两把雨伞。"

代山想了想,一拍脑袋,对自己说:"我有办法了……"

不一会儿,代山去了梁兴盛家,一进门就说:"梁老师,雨伞被我修好了,我放在老地方啊。"

正在厨房里炒菜的梁兴盛大声应道:"好的,谢谢你,小山!"

过了两天,遇上下雨,李心雨和代杰都急着找雨伞下楼去办公室。可是,他们找来找去,就是不见能撑出去遮雨的伞,找到的是两把已经没办法撑开的坏雨伞。

"这破伞是从哪里来的?"李心雨问代杰。

"我也正想问你呢。"代杰说。

正巧,梁兴盛从李心雨家门口经过,问:"去办公室吗?走啊。"

"在找雨伞呢,好伞都不知道躲哪里去了,只看见两把破伞,可能是小山捡回来的破烂儿。"代杰说。

"哈哈哈!把那两把不知来路的破伞拿来我看看?"梁兴盛大笑说。

代杰把那两把破伞拿到梁兴盛面前,说:"就是这两把。不会是小山从你那里拿回来的吧?"

"哈哈哈！我懂了。"梁兴盛又一次笑了。

"梁师兄，怎么回事？"代杰问。

梁兴盛说："小山前几天帮我修伞，我说这两把伞该退休了，不能用了，他说他拿回来替我修。我想着吧，他愿意摆弄，就由着他吧，反正多动手多动脑对孩子不是坏事。后来，小山去我那里，说伞被他修好了，当时我在炒菜，也没多想。他肯定是把你们家的好伞换到我那里去了。"

"这吃里扒外的鬼家伙！"李心雨笑骂道。

"你们等一下，我去把伞拿下来。"梁兴盛说。

"不行不行。小山拿上去的伞，他肯定认识，我们不能动他的伞。"代杰说。

"对，不能动他的伞。"李心雨说，"我去学校小卖部买两把伞就是。"

……

与其说是代山鬼点子多，还不如说是梁兴盛把他的爱心传递给了代山，传递给了杜贞卿。梁兴盛对班上的孩子们的爱，代山和杜贞卿都看在眼里。

星期天的清晨，代山和杜贞卿都对家人说，他们要到梁老师家里做一天作业，谁也不许打扰，但他们要回家里吃午饭。然后代山和杜贞卿跑到梁兴盛家里，说要借用一个房间。梁兴盛一直把代山和杜贞卿当成自己的孩子看待，没有多问，就答应了他们。

两个孩子用报纸裹着一大包东西，神神秘秘地来到了梁兴盛家。他们躲在屋里，叽里咕噜地说着什么，梁兴盛也没注意听。中午的时候，梁兴盛请两个孩子在家里吃午饭，他们说回家吃，不给梁老师添麻烦。两个孩子轮流回家吃午饭,梁兴盛笑着想:"嘿,还留守值班,好像在守着一个重大机密。"

下午,两个孩子依旧在房间里,外面也听不见什么大的动静。该到吃晚饭的时间,两个孩子还是轮流回家吃了晚饭。

半夜时分,屋里没有了动静。梁兴盛敲了敲门,没有回应声,他一着急,使劲一推门,便把里面的插销给推掉了。眼前的情景,让梁兴盛哭笑不得:

两个孩子,一个躺在床上,一个躺在地上,竟然睡着了。地上,摆着两条新布毯,被他们用彩色粉笔画成小裤子的形状,有一条布毯已经被裁剪开来,边上那条裤子,缝的针脚长短不一,但总体能看得出是裤子的样子。剪刀、粉笔、针线……散落一地。

"老杜,代杰,快到楼上来收拾残局。"梁兴盛对着楼下大喊。

大家都上楼来了。

"哟,睡得跟两只小猪一样。"江月说。

"这床新毯子是我们家的,这床一定是你们家的了。"李心雨笑着对江月说。

"这裤子,画得像,肯定是代山画的。"杜大星说,"代杰,虎父无犬子哦。"

"这是贞卿缝的吗?妈呀,长针短线的,跟狗啃的一样,是我教的吗?"江月哭笑不得。

……

杜贞卿拿来的这床布毯,是大星奶奶送的,江月都没舍得用,她想着等吴明静考上大学了,把这床布毯送给她,带到大学宿舍里去用。现在,被杜贞卿拿来做裤子了,真让江月笑也不是,气也不是。

"梁师兄,你教出来的学生中,将来不仅有优秀的修理工,还会有优秀的裁缝。"代杰说。

"不要骂我误了你们的宝贝就好。"梁兴盛笑着说,"如果说孩子们成了优秀的裁缝,你们也有功劳,你们家不也准备了一些小裤子备用吗?"

"哈哈哈!"大家都笑了起来。

回到家里,不管是江月家还是李心雨家,都没有批评孩子,都是给他们说,献爱心是对的,但做事情要跟大人商量,比如,拿布毯去做裤子是不正确的,应该到街上去买现成的裤子,或者是说买了布拿到裁缝铺里去做。

"妈妈,梁伯伯家的柜子里,怎么有那么多小宝宝穿的衣服呀?都很漂亮呢。"杜贞卿问江月。

江月知道,杜贞卿和代山一定是翻看过梁兴盛家的柜子了。

"贞卿,在别人家的时候,不要随便翻人家的东西,妈妈告诉过你啊。"江月严肃地说。

"我们不是故意要翻柜子的。"杜贞卿说,"我们想把做好的裤子藏起来,想藏进柜子里。"

江月跟杜贞卿讲了龚安萍和孩子的事情,然后叮嘱杜贞卿:"贞卿,不要在梁伯伯面前提这件事情,梁伯伯会伤心的。"

"嗯,我懂了。"杜贞卿很懂事地说,"梁伯伯不会没有孩子的,我和小山哥哥都是他的孩子,陈安哥哥也是……"

24. 爱的传递

2009年春天，五年级的代山和杜贞卿，在班上成立了"爱心志愿队"。这个志愿队，面向全校学生服务，主要有以下几个方面：

为低年级孩子提供可换的裤子。尽管现在修了乡村公路，尽管前些年的泥泞小路已变成了用水泥板铺就的大路，但小孩子们在上学路上还是会打湿裤子，"爱心志愿队"会每天派一名同学在校门口值守，发现有打湿了裤子的低年级同学，便带他们到办公室换裤子。志愿队的同学会给换裤子的同学作登记，并且要求该同学把穿过的裤子带回家去洗干净再送还给志愿队。买裤子的钱从哪里来的？有一部分是代山和杜贞卿的零花钱，有一部分是全校师生筹的爱心捐款。

为低年级孩子提供烤鞋袜服务。路虽然好了，但总有一些孩子会踩进水田或水洼里，如果是在秋冬季节，穿着湿鞋袜容易感冒，所以，烤鞋袜，也是一项很暖心的服务。自从这个服务开展以来，江月、李心雨和梁兴盛家的火炉旁，总是挂满了鞋。如果是在大冬天，大凡在烧煤的老师家的火炉旁，也基本是挂满了湿鞋。江月、李心雨和梁兴盛家里的火盆一直没有熄过火，上面总会烤着孩子们打湿了的衣裤或鞋袜。

为全校同学提供雨天借伞服务。现在，农村的经济条件也好了,许多家长都会在孩子的书包里备一把伞,遇上下雨,家长们也会尽量给孩子们送伞来,所以,需要借伞的孩子也不会太多。为了防止有孩子有借无还,志愿队还立了一条规矩:借伞必须打借条,如果有丢失,必须照价赔偿。

……

除了这些,"爱心志愿队"还会定期组织一些活动,其中较为有意义的活动是:交换书籍。志愿队会提前发出倡议,让大家在某一时间把家里看过的书带来交换,这样,大家都可以用自己的那一本书交换到没有读过的书。代山和杜贞卿也会把家里的书拿到志愿队去交换,他们说:"要起好带头作用。"

代山和杜贞卿忙得不可开交,但成绩却没有落下,真正做到了品学兼优。

"老杜,我们是不是应该管管贞卿了?你看看,她和小山,搞得比我们还忙。"江月对杜大星说。

"为什么要管?你担心他们俩会上房揭瓦?"杜大星一边写字一边说。

"那还不至于。"江月说,"我只怕这俩孩子胆子越来越大,一副干大事儿的模样,我就担心他们做错事。"

"你这叫过于担心。贞卿和代山都是中师生的后代,铁定不会有事。"杜大星一本正经地说。

"你这么自信?"江月问。

"你可以不相信我,但你总相信津师吧?"杜大星说。

"你又拿津师来唬我。"江月瞥了杜大星一眼,说,"你这算是提醒我了,贞卿和代山,是在替我们发扬光大津师的优良传统。"

"说到点子上了。"杜大星说,"爱与奉献,永远值得传承。"

江月还是担心孩子们耽误了学习,便专门找杜贞卿和代山谈了话。哪想到,这两个孩子却应对得头头是道。

"妈妈,您认为献爱心和学习相冲突吗?我觉得一点也不冲突。"杜贞卿说。

"江阿姨,一个人如果没有爱心,他的学习成绩再好,又有什么用呢?"代山反问江月。

"妈妈,从小我就看见你在奉献爱心,那也没有影响您的教学工作吧?那么,我一边奉献爱一边学习,有问题吗?"杜贞卿说。

"江阿姨,您和我妈妈都是志愿申请到这山区里来工作的吧?我和贞卿要学习你们的奉献精神,有问题吗?"代山问。

……

听到这些,江月竟然不知道该跟这两个孩子说些什么了。

当江月跟李心雨说起这事的时候,李心雨笑着说:"这叫'长江后浪推前浪,一代更比一代强'。我们就偷着乐吧。"

说到奉献爱心,吴明静爸爸其实也在为山区教育作贡献。虽然吴明静已经快大学毕业了,但明静爸爸却时不时给江月家送菜,送柴块,送木炭。江月家用不完,便分给大家一起用。那些木炭,依旧是多数都用在孩子们的身上。明静爸爸不善言谈,但他一定是怀一颗爱心,跟江月他们一样,在为山区教育作贡献。

也就在这个春天里,江月又动了调动的心思。现在,想调进城区的学校,需要参加进城考试,而且有年龄限制,需要35周岁以下才能报名。江月马上就要满34岁了,杜大星也快35岁了,就是说,如果他们不抓住今年这最后的机会,他们就再没机会进城了。江月跟杜大星谈起想调动的时候，她的理由是："贞卿马上就要上初中了，如果我们调进了城，贞卿在城里上初中和高中，我们方便照顾。"

"孩子到城里上初中，我不反对。"杜大星说，"可是，为什么一定要陪着照顾着呢？我们山区哪年不出几个大学生？又有几个山区大学生是家长陪着考上的呢？"

"你怎么就不替我们自己考虑一下呢？你在外面有这么多的关系，在关键时刻，怎么就不拿来用一下呢？"江月埋怨杜大星，"当了六年的副校长，什么时候帮自己人办过一件私事？"

杜大星却不生气，他笑着说："唱唱师范校的校歌，消消气。"

"我不会唱！"江月生气地甩出一句。

"忘了？我来起个头。"杜大星还真起了个头，"驴溪岛上的儿女，前进前进前进……"

正在气头上的江月自然不会跟着唱。杜大星自己把校歌给唱完了："……为了祖国的明天，我们要永远做个光荣的人民教师。驴溪岛上的儿女，前进前进前进，跟着中国共产党，奔向共产主义，共产主义前程。"

唱完了校歌，杜大星顿了顿，说："尽职尽责的人民老师都很光荣，扎根山区的人民教师最光荣。"

江月依旧在生气。平时几乎不拌嘴的江月和杜大星，为了这事，打了冷战。

杜大星一向脾气好，面对生气的江月，能讲道理的时候讲道理，当江月蛮横不讲理的时候，杜大星就采取投降政策，最后是皆大欢喜。而这一次，江月却拧住不放，开始复习进城考试规定的科目——《教育学》和《心理学》。

见江月在复习《教育学》和《心理学》,杜大星笑着说:"毕业这么多年了,这些理论知识都忘了吧?拿出来复习一下也好,对今后的工作有帮助。"

改变江月的,是陆续收到的两封信。

陈安来信了。他在信中谈到自己在特殊教育学校的教学生活,很辛苦,但很充实很幸福。陈安还提到了当年大家对他的关心和帮助,他说:"当年的你们,肯定和现在的我是一样的心境,虽苦犹乐……"

陈安于2007年大学毕业,毕业前夕,他给大家写了一封信回来,说他特别想回沙河小学来当老师,跟大家一起圆山区孩子的梦,但是,他学的是特殊教育专业,更适合特殊教育学校的学生。他还说:"山区有你们热爱着,坚守着,我很放心,我还是到最适合我的特殊教育学校去吧……"

紧接着,马玉萍也来信了。马玉萍在信中写道:

……江老师,非常感谢当年您让我当班长,极好地锻炼了我的能力……我马上就大学毕业了,决定报考母校。我要好好地准备公招考试,争取以优异的成绩考上母校。如果今年我失败了,我会好好地复习,明年再考。江老师,我真想回来跟你们一起,陪伴着山区孩子成长。

江老师,告诉您一个好消息,吴明静也跟我一样想报考母校。如果我们俩都考上了,我们俩就是同事了。

你们还记得在美术学院上学的邓辰吗?就是那个特别爱画画的

邓辰，一到四年级都在大月小学上学的邓辰，他前段时间还开了个人画展，我们都替他感到骄傲呢。

……

是的，前不久，代杰收到过邓辰的信，他在信里表达了对老师们的感恩，他提到了代杰对他的启蒙，提到了李心雨送他的蜡笔，说那是他拥有的第一盒蜡笔。邓辰也提到了到沙河小学来上学后大家对他的关心……

江月默默地收起了《教育学》和《心理学》。杜大星却戏说道："怎么收起来了？你的第一届学生都要回来当老师了，你不好好学习，当心被他们赶超。"

"我中师毕业，虽然函授学习拿了专科和本科学历，但专业知识肯定比不过师范大学的本科生，等他们回来后，我一定会多向他们请教。"江月说。

"嗯，思想又进步了。"杜大星说。

这一天，江月又写了一则长长的日记：

……

说实在的，这些年，我非常感谢老杜！他不仅是我生活上的伴侣，也是我精神上的导师，他教我学会了很多。我也很感谢老杜的家人！这些年，我们一直资助着贫困学生，如果不是他家人帮助我们，我们的生活会过得非常拮据。大星的爷爷奶奶和爸爸妈妈都是非常有爱心的人，都是非常优秀的人民教师，我想，我们也要继续优秀下去。

……

现在班上的孩子们是我的第三届学生。现在的生活条件好了,孩子们却越来越难管理了,他们很聪明,见识广,受外界的干扰也多,更容易学坏。我们这些做老师的,唯有操更多的心,尽量不让一个孩子掉队。

……

这周,计划去梁文和袁小建家里家访。

……

有爱的日子,过得飞快。

时间一转眼就到了2019年春天。杜大星担任沙河小学的校长已经快五年了。

杜贞卿念的是师范大学,马上就面临实习了。

这一天,江月拨通了杜贞卿的手机,开始聊天。

"贞卿,在做什么呢?"

"在填一个表。"

"什么表啊?"

"关于实习的。"

"准备到哪里实习啊?"

"去最需要我的地方呗。"

江月愣了一下,她有预感:这家伙要搞怪。

"贞卿,回来实习吧,让你爸给你联系城区的学校。"

"哎呀,你们就不要替我操心了。"

"你已经找好地方了?"江月问。

"应该是找好了。"

"什么叫应该是？到底是哪里呀？"江月继续问。

"到时候就知道了。妈，我马上要交表，不跟您聊天了啊，再见了啊。"

杜贞卿挂了电话。江月愣了好久。

"老杜，你给贞卿打个电话。"江月说。

"你不刚打过吗？"杜大星说。

"我总觉得她有点怪怪的，指不定要跑到哪个特别远的地方去实习。"江月说。

"这有什么不对吗？"杜大星问。

"如果跑到新疆跑到西藏那么远的地方，也对？"江月问。

"难道不对吗？"杜大星继续问。

"对！"江月生气了，"到那么远的地方去，你舍得？"

"我有什么舍不得的呢？"杜大星说，"当年，你写申请书，志愿申请到这里来工作的时候，爸爸妈妈舍得吗？"

"当然舍不得。"江月说。

"那你不是也来了吗？"杜大星笑着说。

江月白了杜大星一眼，说："你只会为贞卿说话。"

"我不是在为贞卿说话，我是在报仇。"杜大星严肃地说。

"你报什么仇？"江月不解地问。

"报当年你写申请书时不告诉我之仇。"杜大星说。

"哟，是1993年津师毕业那会儿吗？这仇，你一直没说过，却记了26年？"江月说。

"对，26年。"杜大星说。

"去去去！别转移话题。"江月说。

"俗话说：龙生龙，凤生凤。"杜大星说，"贞卿要申请到那么远的地方去实习，正说明了她是我们的女儿，不是捡来的。"

江月想到杜贞卿的学校里去劝阻杜贞卿，杜大星不让她去。杜大星说："贞卿都快大学毕业了，成年了，她自己的事情，应该由她自己作主了。"

紧接着，李心雨接到了代山的电话。

"妈，我要和你们商量一件事。"

"什么事啊？要添置什么大件物品吗？"李心雨问。

"不添置。我现在什么都不缺，就缺一个理想。"

"什么？缺理想？你当年考美院的时候，不就是冲着你的理想去的吗？"李心雨说。

"嗯，那算是我的理想。可是，我现在又有了一个新的理想。"

"说出来吧，多一个理想也没什么不好。"李心雨说。

"那我说了啊。"代山大声说，"我要当老师。"

"好啊，也没有谁规定说美术学院毕业的学生不可以当老师。不过，前提是你要取得教师资格证。"

"我已经拿到教师资格证了。"

"那好啊，我们支持你当老师。"

"谢谢妈妈的支持！我马上就要跟贞卿一起去援藏了，去西藏的边远地区，那里需要我们。"

"什么？援藏？还是西藏的边远地区？还跟贞卿一起？小山，你再说一遍……"

"我马上就要跟贞卿一起去援藏了。"

"你……"

……

挂断电话后,李心雨大喊:"代杰,过来!"

"哟,夫人有什么吩咐?是要洗头啊,还是要喝水?"代杰笑着问。

"赶紧给你儿子代山打个电话去,他要去援藏。"李心雨生气地说。

"哦?援藏?好事啊。"代杰说,"说明小山有志向。"

"好什么好啊,西藏那么远!"李心雨说这话的时候,都急得快哭了,"他悄悄地考了教师资格证,要跟贞卿一起去西藏当老师。"

"这有什么不好呢?"代杰笑着说,"孩子有他自己的理想,我们应该支持才对。"

"西藏那么远,小山要吃很多苦啊……"李心雨说。

"小山不吃苦,别人家的孩子也会去吃苦。"代杰说,"心雨,你怎么突然转不过弯来了?当年,我们是怎么走过来的,难道你忘了吗?"

李心雨努力地克制着自己的情绪。过了好一会儿,她才缓过来了。

李心雨和代杰来到了江月家,还叫来了梁兴盛,大家坐在一起谈孩子们的事情。

江月和李心雨把杜贞卿和代山要去援藏的事情讲了,梁兴盛说:"我支持贞卿和小山的做法。我知道,江月和心雨肯定舍不得。我还知道,其实你们也想通了,这两个孩子不过就是走了你们俩当年走过的路,只不过他们走得更远而已。所以,我想说,贞卿和小山比我们强多了。"

"老杜，你家贞卿把我们家小山拐到西藏去了，这笔账我必须找你算。"代杰笑着说。

"不要找我。贞卿是跟她妈妈学的。"杜大星说。

"跟我学的？你不也是志愿申请到这里来的吗？"江月说。

"好好好，跟我学的。"杜大星投降。

"贞卿，贞卿，"江月又开始埋怨杜大星，"你看你取的名字，贞卿，贞卿，你不是想让她手拿毛笔写字吗？现在她手不拿毛笔，却跑到西藏去支教。你得去把她给我捉回来。"

"不取杜贞卿，那取什么名字？叫杜沙河？"杜大星笑着问。

"就应该叫杜西藏。"江月说。

"现在改还来得及。"杜大星说。

"哈哈哈！"大家都笑了起来。

……

没过几天，江月又拨通了杜贞卿的视频电话。

"妈，"杜贞卿发现江月身边坐着这么多的人，高兴地喊道，"哇，大家都在啊！梁伯伯好！代叔叔好！心雨阿姨好！爸爸妈妈好！"

"什么时候回来呀？"江月问。

"刚过来不久，现在就回去，浪费车票啊。嘻嘻嘻——"杜贞卿调皮地笑了。

"你们也真是，跑那么远。我们就是想你们离得近一点，好照顾。"江月说。

"妈妈，当年你们到沙河小学的时候，年龄比我们现在要小几岁吧？你们都能照顾好自己，我们难道不行吗？别把我们当成小宝宝了。"

这时候，代山不知道从哪里蹦出来了，他也高兴地跟大家打着招呼："嗨！大家好！非常想念大家呢！"

江月把手机递给李心雨，李心雨冲着代山责备道："小山，你才不想我们大家呢，跑那么远的地方去躲我们！"

"没有躲没有躲，我们纵然有天大的本事，也逃不出你们的手掌心。这不，又被你们罩住了。哈哈哈！"代山依旧那么开朗。

这时候，李心雨发现代山的脸上有脏东西，便问："你呀，脸上都有泥。"

"我刚送一个孩子回家，回来还没来得及洗脸呢。"代山说。

"送孩子回家，弄一脸的泥？"李心雨问。

"路不好走，一身泥是常事。"代山说得很轻松。

"嗯，路越不好走的地方，就越需要你们。小山，记住，你是中师生的后代，你一定要做一名优秀的教师。"代杰一字一顿地说。

"遵旨！"

……

视频电话挂断后，李心雨有些哽咽，她说："我在网上查过，有些孩子离学校太远了，一个星期或一个月甚至是一学期才回家一次。每次回家，都得由老师护送，翻山越岭，过沟渡江，很辛苦也很危险……"

"心雨，小山现在已经长成大山了，他是真正的男子汉，他一定能扛得住困难，为孩子们撑起一片晴天！"梁兴盛说。

"梁师兄，小山和贞卿能有今天的作为，也有你的功劳。你把他们带到小学毕业，对他们的影响非常大。"李心雨由衷地说。

"对孩子影响最大的，还是孩子的父母，言传身教，潜移默化。"梁兴盛说。

没过多久，江月又收到了杜贞卿传来的一组照片，她给江月留了言："妈妈，我们这里有一位来援藏的老师，已经在这里工作三年了，她竟然是沙河小学毕业的学生，她说，她收到过心语姐姐的长信，那封长信一直温暖着她……妈妈，我发现这封信是您写的，我认得您的笔迹。我想说，心语姐姐真伟大！你们真伟大！我也要在这里建一个心语信箱，我也要做心语姐姐，读孩子们的信，给孩子们写信……"

从杜贞卿发过来的照片看，那封长信一共有八页，的确是自己写的，而且，江月还清楚地记得，就是杜贞卿自己跑到沙河街上去看病的那天，她给这个女孩回了一封长信，写了几页她记不得了，但当时回信的内容她还大概记得。江月看了信后，给杜贞卿回了一条消息："贞卿，你还记得你自己去沙河小学看病那次吗？那次，妈妈就是在给这个姐姐写回信。真是抱歉啊，贞卿，当年，为了孩子们，妈妈忽略了你，原谅妈妈！"

杜贞卿很快就回了一条消息："亲爱的妈妈，如今，我都是当老师的人了，我非常理解你们当年的做法。或许，将来我的孩子也会早早地懂事，替我分忧，一如当年的我一样……"

江月把杜贞卿发来的照片和消息一并分享给了大家。

"我们继续做心语姐姐吧。"梁兴盛说。

"必须继续，这是一件非常有意义的事情。"杜大星说。

"心语信箱，一定会在西藏开出最鲜艳的花来。"李心雨说。

"嗯，作家就是不一样。"江月打趣道，"随便说一句都是诗。"

过了一段时间，江月和李心雨都收到了孩子们发来的在学期末的时候送学生回家的小视频。这些小视频，路上有鲜花，有歌声，有欢笑，也有险滩，有沟壑，有急流……大家分享着这些小视频，快乐着，担忧着，却也幸福着……

"这样的地方，比当年的沙河小学，艰苦十倍百倍啊！"江月说。

"但是，没有在他们脸上看见'苦痛'这两个字。"李心雨说。

"他们的人生才刚刚开始，历练历练是好的。"代杰说。

杜大星什么也没有说，他铺开纸，提起毛笔，写了几个大字：

择一事而终一生。

"江月，把这几个字拍下来，发给孩子们。"杜大星说。

江月把这幅字拍下来，分别发给了杜贞卿和代山。

随后，杜贞卿提议："我们这个温暖的大家庭已经温暖自己温暖他人好长时间了，为了方便交流，我们建个微信群吧，更方便我们分享与交流。"

于是，杜贞卿建了一个微信群，江月和李心雨一家，还有梁兴盛都进了群，这样一来，一人说话，六人响应，真好。

为了表达内心的想法，江月急着去翻开日记本，准备写日记。李心雨笑着说："江月，写日记的灵感来了？怕灵感跑了？这么着急写日记呀！看来，我们还不如你的日记重要哦。"

江月合上日记本，说："哎呀，我现在记忆力没有以前好了，有什么想法不赶紧记下来，过一会儿就忘了。"

"江月，这些年，你的日记本都能堆到屋顶了吧？"代杰问。

"如果整理出来，是不是可以出一套书了？"梁兴盛问。

"梁师兄，代杰，你们就不要笑话我了。"江月说，"心雨写的文章出版了，还会有人买来读，我这些东西，不会有人读的。"

"那可不一定，你整理出来，一定是一套既温暖又有教育意义还非常有价值的书。"李心雨说。

江月笑而不答，只管在日记本上写字。

尾声　荣光

初夏，又到映山红开满山林的时节。

一个星期五的晚上，杜大星接到了师范校时的班长吴亚妮的电话，这个电话就是一个集合令，让全体同学到白沙集合。

吴亚妮为什么要召集全班同学紧急集合呢？

当年师范校的化学科代表李烧杯李少培，那个每学期铁定有三科不及格而且补考基本是刚好及格的李少培，在白沙一所学校担任校长，他在走访贫困生家庭的时候，路遇一户人家发生火灾，他在救火的过程中不幸被烧伤，送医院抢救无效，离开了大家。吴亚妮通知大家集合，希望大家能去送李少培最后一程。

"我们开一辆车去就可以了，节约一点。"老杜说，"心雨不在家，代杰，你坐我们的车就可以了。"

"好的。"代杰答道。

李心雨已经是知名作家了，出了不少书，时常会应邀到全国各地去讲座。这些天，李心雨正在杭州的学校巡讲，这次送别会，她只能缺席。

现在交通方便了，不管是柏油路也好水泥路也罢，村村都通了公路，车来车往很方便。1993年，江月他们刚分配到沙河小学来的时候，每天只有一趟到县城的班车，要坐三四个小时才能到。现在，自己开小车一个多小时就到县城了。曾经最为偏远的四面山，现在高速公路贯通，就是到重庆主城也很方便了。杜大星开着车，大家很快就到了白沙。

江月他们赶到的时候，吴亚妮正一边擦眼泪，一边生气地指责李少培："李烧杯，师范校时，那么多补考你都挺过来了……呜呜呜——"

一向坚强的被大家称作"无压力"的吴亚妮班长，竟然放声大哭起来。在场的所有人都掩面，擦泪。

前来送李少培的，除了他的同学和校友，还有他的学生：小学生、初中生、高中生、大学生……还有那些已经在各行各业工作了的学生，他们都在细说着他们的李老师他们的李校长的好。

"当年，我上小学的时候，没有鞋穿，是李老师给我买了一双胶鞋。"

"我把学费钱弄丢了，不敢回家，是李老师拿出钱来帮我交了学费，然后送我回家，但他并没有给我爸爸妈妈讲学费的事情。"

"那一年，我高考没发挥好，很郁闷，如果不是李老师安慰我，可能我早就不在这个世界上了。"

……

李少培的学生，遍布在社会的各行各业：有当教师的，有当法官检察官的，有经商的……他们都在相互述说着李少培对他们的好，说着说着，便又泪流满面。

师范校的同学们还是在20年同学聚会时见过面了，掐指一算，许多同学又是六年没有见过面了。当年因为走不开而没有参加20年同学聚会的同学，跟大家便是26年没有见面了。他们也三三两两地聊天，了解大家的近况。在这一群同学中，班长吴亚妮现在是某高校的党委书记，团支书苏杭是某电视台的总编室主任，丁小章是某博物馆馆长，刘长发一路读到博士做了博士后现在是某高校的博士生导师，大嘴杨雁的歌已经传到了祖国的大江南北……在同学们的聊天中，大家得知，师范校培养了不少优秀人才，在津师校友中，有宣传部部长，有人社局局长，有乡镇党委书记，有校长，有企业家……当然，更多的校友依旧坚守在农村小学，日复一日，年复一年地做着极其普通的老师，给孩子们传递着看似简单却又极为重要的做人的道理和学科知识。

送过了李少培，吴亚妮提议："都到白沙了，去母校看看吧。"

于是，大家手牵着手，肩并着肩，一如当年周末逛街的样子，朝师范校走去。

当年的船桥已经不在，一座大桥连接两岸，过桥时没有人守在那里收钱或者饭菜票了。

"哎，江月，我没带钱，借我一角钱，交过路费。"杨雁站在桥上，大声说。

"杨雁，你找错人了。"刘胜说。

"那你替我交这一角钱吧。"杨雁说。

"应该找管得宽先生才对。"刘胜说。

"噢，也是。"杨雁这才回过神来。

过了桥，大家来到江边，踩在卵石上，踩进江水里，回想着当年在江边散步的情景。

来到操场上，有些同学开始跑步。穿了高跟鞋的女同学，也脱掉了高跟鞋，光着脚丫，在塑胶操场上跑步。

"当年，一遇到下雨，这操场啊，简直就是我们的仇人，把干干净净的白网鞋弄得非常脏，脏得都洗不干净，抹再多的鞋粉也白不过来。"江月说。

"我又想起领导们讲话的时候说'留长发……的同学'怎么怎么着，每次都要把我吓一跳。"刘长发说。

"同学们听好了，"苏杭跑到台上，大声喊道，"我们中师生，不准谈朋友耍另（恋）爱，否则，一律按规定处分……"

苏杭这是在模拟当年陈书记的讲话呢。

有的同学在操场上跑步，有的同学在曾经的教室走廊里走过，有的同学透过玻璃窗数教室里有多少张桌子和多少把椅子，有的同学在教室外面的象形假山旁坐下……

"呀，神探亨特儿来了！"女高音杨雁大声喊道。

"杨雁，你这是在吓唬谁呀？我们现在还会怕亨特儿吗？"任耀飞说，他以为杨雁又像当年一样拿神探亨特儿来吓唬大家。

"呀，真的是亨特儿校长来了！"吴亚妮大声说。

杨雁没有吓唬人的意思，当年的神探亨特儿校长，如今已经是满头白发却精神矍铄的亨特儿校长，朝这边走来了。

"校长好！"同学们都上前去跟亨特儿校长打招呼，握手，拥抱。

"我认得你们，你们都是少培的同学。"校长说，"我也来送送他。好学生，好校长，津师的骄傲！"

老泪纵横的亨特儿校长，握着同学们的手也在颤抖着。

"校长,您再给我们训一次话吧。"杜大星说。

"你是那个字写得非常好的杜大星吧?你保送了大学,大学毕业后,志愿申请到了沙河小学,现在那里叫海军希望小学。"亨特儿校长说。

"是的校长,我是杜大星。"杜大星说。

"当年,我训你们训得太多了,都特别烦我吧?"亨特儿校长说,"今天,如果还要再训大家一次的话,那我就建议大家一起来唱唱我们的校歌吧。"

"好!"大家齐声回答。

于是,杨雁起音,大家一起唱《江津师范校歌》:

驴溪岛上的儿女,前进前进前进,向着灿烂的朝阳,献出对人民教育的忠诚。我们生活在母亲的怀抱,牢记战斗的光荣历史,热爱教育勤奋学习,团结友爱俭朴求实。为了建设四化,我们要用心血浇灌千万棵桃李,为了祖国的明天,我们要永远做个光荣的人民教师。驴溪岛上的儿女,前进前进前进,跟着中国共产党,奔向共产主义,共产主义前程。

别了亨特儿校长,大家又要离开师范校,各奔前程。

走在林荫道上,同学们手牵着手,肩并着肩,说说话,流流泪……

大家一步三回头,那四根柱子的校门已经不在,校门下面那个越野赛跑时很要命的陡坡已经不在,那个由船连起的路过要收费的船桥已经不在……但驴溪半岛还在,驴溪精神还在,"学高为师,身正为范"的校训还在,"甘做春蚕蜡炬,毋忘国运民情"的理想抱负还在,中师儿女那忠诚、勤奋、奉献、坚毅的优秀品质还在……